虎と十字架《とらとじゅうじか》

南部藩虎騒動

平谷美樹
Yoshiki Hiraya

実業之日本社

『虎と十字架　南部藩虎騒動』目次

江戸初期の南部藩略図
津軽藩
糠部郡
根城
三戸城
花輪城
鹿角郡
南部藩
久保田藩
（秋田）
盛岡城
岩手郡
朴木金山
紫波郡
高水寺城
閉伊郡
稗貫郡
大迫城
花巻城
和賀郡
遠野城
岩崎城
二子城
伊達藩
（仙台）

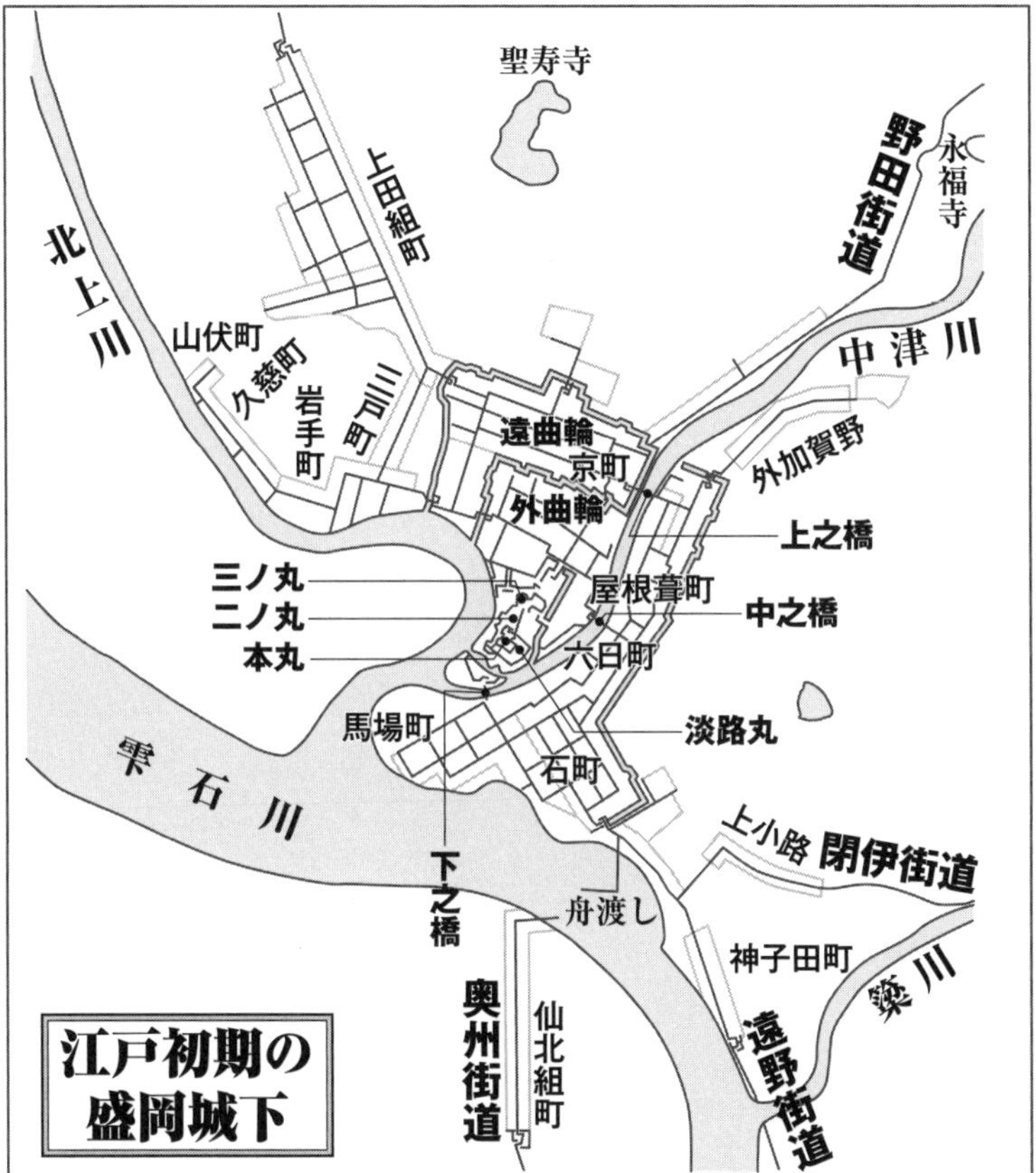

＊よくわかる盛岡の歴史』（東京書籍刊）を参考に作成しました。

装画／ヤマモトマサアキ
題字／伊藤康子
装丁／加藤 岳
地図／ジェオ

虎と十字架　南部藩虎騒動

【徳川実紀】巻八の寛永三年（一六二六）此年条には、

「又、南部《なんぶ》信濃守利直《としなお》は、慶長十九年駿城にて給はりし虎二疋有りしが、其の一は去年死しければ、其の皮をはぎて、利直父子鞍帕《あんはく》につくり、許を得て御上洛供奉の時より用ゆ」

とある。

南部利直は、カンボジアから家康に贈られた虎を拝領したのであった。別の記録によれば、虎拝領は大坂夏の陣の後、元和元年（一六一五）八月ともいわれる。

二頭の虎は、乱菊丸《らんぎくまる》、牡丹丸《ぼたんまる》と名付けられ、城内で飼われた。

序章

一

寛永二年（一六二五）十月十五日。陸奥国南部領紫波郡《むつのくになんぶりょうしわぐん》の山中である。

山道は満月でぼんやりと明るかった。両側に迫る木々の影が、星空を切り取っている。

旅装束の二人の女が急ぎ足で歩いている。一方は五十絡み。もう一人は二十歳《はたち》そこそこの娘である。着物は上等な小袖であり、裕福な家の内儀と侍女であろうか――。

二人とも怯えた表情を浮かべ、初冬の空気は冷たく口元に息が白く凍る。

「少し……、休めませんか？」

婦人の方が途切れ途切れに言った。

腿《もも》と脹《ふく》ら脛《はぎ》が張って、脚のつけ根が痛んだ。足袋を履いていたが、鼻緒の前坪が当たる部分が擦れてマメが出来ている様子だった。

「朴木《ほうのき》金山は目と鼻の先。もう少しの辛抱でございます。追いつかれれば、あちこちに迷惑がかかります」

娘の口調は切迫している。

「そうですね……」

婦人は諦めたように言う。

坂道はしだいに険しくなり、頭上に見える星空も木々の影で狭められる。

婦人は、道の果てに小さな光を見た気がした。目と鼻の先と言うには遠すぎる。けれど、あの光を目指して進めば一歩歩む毎《ごと》に目的地に近づくのだ——。

そう思うと下肢《かし》のあちこちの痛みは和らいだ。

前方、左右の木々の間から、五、六人の人影が現れた。道一杯に並ぶ。

二人の女ははっとして立ち止まり、懐剣の袋を抜いて紐を解く。

人影はゆっくりと近づいて来る。

背後に気配。

娘がさっと後ろを振り向く。十人ほどの人影——。

「挟まれました」

娘が言う。

「城からの追っ手ですか？」

婦人が訊く。

「違うようです」

近づいてくる人影の何人かは毛皮をまとっていた。

野臥《のぶせり》か――。

声を上げれば、金山に届くだろうか――？

娘は唇を噛みながら思った。

相手は十数人。半分であれば、なんとか倒す自信はあったが――。

「わたしが斬り込みますので、森の中にお逃げ下さい」

逃げたところで十中八九捕らえられるだろうが、万が一に賭けるしかない。

娘は婦人を背後に回し、じりじりと森に後ずさる。

人影は、左右から足早に二人に近づく。

「どこへ行くんだ？」

笑いを含んだ声が訊いた。

女二人は答えない。

「とって食おうってんじゃねぇんだ。答えてくれよ。金山へ向かってるんだろ？」

娘は答えず、刃を抜く。

「危ねぇな。そんなもの振り回すと怪我をするぜ」

男たちは腰の後ろから棍棒を抜いた。

腰に打刀《うちがたな》を差し落としているが、それを使うつもりはないらしい。

生け捕りにする気か――。

ならば勝機はある。

婦人を森の中に押しやり、懐剣を構えた。

下生《したば》えの笹を掻き分け、婦人は森の中へ走り込んだ。
人影の一人が、婦人を追って駆ける。
娘は素早く人影に駆け寄って、躊躇《ためら》うことなくその首に刃を滑らせた。
血飛沫《ちしぶき》を上げて、一人が倒れた。
「手練《てだ》れだぞ！　用心しろ！」
人影は棍棒《こんぼう》を構える。
一人が囲みの外側から森へ走る。
娘は地を蹴り、男に追いついてその膝裏に懐剣を突き立てた。
男は絶叫を上げて下生えの中に転がった。
振り返った娘は棍棒を振り上げて襲ってくる三人を見た。
娘はそのまま突っ込んで、真ん中の男の懐に飛び込む。
懐剣を突き上げ、真下から喉《のど》を刺した。
男の腹を蹴って刃を抜くと、左手で男の腰刀を抜いた。
懐剣を右の男に投げつける。刃は胸に吸い込まれるように突き立った。
左の男の腹を打刀で薙《な》ぐ。
残った男たちがばらばらっと森の中に駆け込む。
娘はそれを追い、背後から袈裟懸《けさが》けに斬って行く。
五人の敵が娘の後と左右に回り込む。
娘は打刀で牽制しつつ、前を走る敵を斬る。

前方で婦人の悲鳴が上がる。

焦って速度を上げる娘の足が木の根に当たり、体勢を崩した。

その瞬間、後頭部に激しい衝撃を感じた。

視野が暗転し、娘は昏倒した。

二

同年十二月十八日。深更の晴れ渡った夜空の降るような星の下、陸奥国南部領盛岡は根雪に覆われていた。

一昨年の七月に二代将軍秀忠《ひでただ》が隠居し、三代将軍徳川家光《とくがわいえみつ》の治世である。

関ヶ原の合戦以後、慶長、元和年間を経てもなお、将軍家による諸大名の淘汰は続き、未だ政の基盤を確かにしていく途上であった。初代家康に仕えた大名も存命で、将軍家は、時に強行に改易を申し渡し、時に御前に呼びつけて遠回しに脅し、懐柔して行った。

南部氏は関ヶ原の合戦で東軍に属したため、所領を安堵され十万石の大名として認められていた。

城下町盛岡は、北上川《きたかみがわ》、中津川《なかつがわ》、雫石川《しずくいしがわ》の合流点にあった。町の北側、東側は北上高地、西は奥羽の山々に囲まれ、南側の北上川両岸に広く穀倉地帯が広がっている。

南北に奥州街道、西に秋田街道。東は北上高地を越えて沿岸に通じる野田街道、閉伊街道《へいかいどう》、遠野街道。北上川は伊達領を経由して江戸へつながる水運の要であった。

盛岡城はその頃、側を流れる中津川の氾濫によって石垣や堀が破壊されたため修理の間、領主南部利直は三戸《さんのへ》城や高水寺城を仮住まいとするなんとも落ち着かない状態であった。

冷え込んだ夜気の中に獣の臭いが満ちている。盛岡城の東、鍛治屋門外《かじやもんがい》に設けられた虎籠《とらかご》——虎の檻の中である。

檻は毎日清掃されていたが、猛獣の臭いは強い。檻の設置された場所は二方を石垣で囲まれていて、いつも獣臭が蟠《わだかま》っていた。風の加減でそれが城外に流れ出すと、近隣の犬たちは尾を尻の間に挟んで怯えるのだった。

闇の中に紅い光が瞬く。虎の目であった。吐く息の湯気が光を霞ませる。

雄虎《おす》——乱菊丸は檻の隅にうずくまり、土間の中央に投げ出された〝餌《えさ》〟をじっと見つめていた。

そこから発せられる臭いのせいで、牙を立てることを躊躇しているのである。人には感じ取れるか取れないかの微かな臭いであったが、虎の警戒心を刺激するには充分だったのだ。

餌は人の死骸であった。

灰色の囚人の着物を纏《まと》った、初老の女である。

隣の雌《めす》虎、牡丹丸の檻からは、肉を咀嚼《そしゃく》する音が聞こえている。隣の〝餌〟からは危険を予感させる臭いはしてこない。

乱菊丸は舌なめずりをして、ちらりと隣の檻を見た。こちらの〝餌〟と同様に囚人の着物が見えたが、まだ若い女のようであった。

奪おうにも、檻が邪魔をして向こう側へは行けない。乱菊丸は苛立って小さく唸った。

いつもの鹿肉であればいいのにと、乱菊丸は前脚で初老の女の死骸を檻の隅に押しやった。

その時、足音が聞こえた。人の足音である。人数は二人。

少し遅れて人の臭いも漂ってきた。いつも檻の掃除や餌の世話をしている者の臭いとは違うが、どこかで嗅いだことのある臭いだった。新鮮な鹿肉の匂いもする。

臭いと足音の主は檻に近づき、二階への外階段を登った。

檻は二階建てになっていて、一階の清掃時には虎を二階に上げて閂《かんぬき》をかけることになっている。

清掃はいつも昼間に行われていたので、乱菊丸は怪しんだ。

二階へ通じる内階段の上の引き戸が開いた。

上から鹿肉の匂いがする。

警戒心よりも食欲が勝った。

乱菊丸は内階段を登る。

二階の中央に鹿の腿肉が置かれていた。

乱菊丸は肉に飛びつき、齧みついた。

檻の一階へ通じる引き戸が閉まる。

乱菊丸はすぐに肉を平らげた。いつもの餌よりも量が少ない。もっとないかと辺りを見回す。

その時引き戸が開いているのに気づいた。

何か様子がおかしい――。

乱菊丸は開いた戸から顔を出して階下を見た。

いつもは閉ざされている檻の扉が開いていた。

隣の檻から牡丹丸が外へ飛び出すのが見えた。

つられて乱菊丸は内階段を下り、檻の出口まで一気に走った。土間に転がった死体をちらりと見る。満たされぬ空腹が乱菊丸の脚を止める。

もう一度死体に歩み寄って臭いを嗅いだ。

やはり餌とは思えない臭いが気になり、死体の側を離れた。

檻の外に目をやると、牡丹丸の姿は石垣の角を曲がって消えた。

乱菊丸は鼓動が高鳴るのを感じた。

故郷の森で捕らえられ、船で異国に運ばれ、狭い檻で陸路を移動させられ、この檻に落ち着いた。餌はちゃんと与えてもらっていたし、少々手狭だったが檻の清掃はしっかりとなされて、清潔な環境で生活できている。

だがここには、この極寒の季節がある。

空から白いものが降り、一面を埋め尽くすこの季節を何度過ごしただろう。

森へ帰りたい。

ぼんやりとした記憶しかなかったが、故郷にはここのような極寒の季節はなかったはずだ。

ここに辿り着くまでにどれだけ長い旅をしてきたかも忘れて、乱菊丸は檻の扉を出れば故郷の森に帰れるような気がした。

そっと右前脚を檻の外に出す。

左前脚も踏みだし、危険なものが潜んでいないか左右を窺う。

人の臭いがする。

はっとして臭いの方向を見る。
檻の二階に人の姿があった。檻の中から自分の様子を見ている。
乱菊丸は躊躇した。
罠《わな》があるのではないか――。
だが、囚われの身から解放されたいという本能が勝った。
乱菊丸は檻を飛び出した。

第一章　虎捕物

一

「平四郎《へいしろう》さま。平四郎さま――」

　声が聞こえ、徒目付《かちめつけ》米内《よない》平四郎は目を開けた。この年二十八歳。奥御医師の一人、米内祥庵《しょうあん》の四男で冷や飯食いだったが、十九歳の年に徒目付に取り立てられた。まだ独り身で、実家に家族と同居していた。

　辺りは暗い。廊下の方へ首を曲げると、障子の向こうに手燭の灯りと小者の吉蔵《きちぞう》の影が見えた。

「どうした？」

　平四郎は起きあがりながら訊く。

「辰助《たつすけ》さんがお出でで」

　辰助とは平四郎の手下《てか》、徒目付支配小者である。平四郎が徒目付になった時につけられた数名の小者の一人であった。

「すぐ行く」

平四郎は起きあがる。

空気は凍てついていて、一気に目が覚めた。

「大捕物とのことで、お召し物を用意いたしました」

吉蔵が障子を開けた。畳んだ裁付袴《たっつけばかま》と打裂羽織《ぶっさきばおり》の入った乱箱を差し出す。

「そうか――。何時《なんどき》だ？」

「寅の上刻（午前四時半頃）あたりで」

吉蔵が答える。

徒目付は、目付支配で、役人の警護や市中の内偵などに従事する役職である。夜中に呼び出されることはよくあった。

医者の息子である平四郎が徒目付になったのには理由があった。

三人の兄のうち二人は早世した。生き残ったのは長男の丞之進《じょうのしん》と自分のみ。

学問の覚えも頭の切れも兄よりも自分の方が上と自負していたが、家を継ぐのは丞之進と決まっている。父と兄の下で医術を学び独立しようかとも思ったが、仕事の場でも親子兄弟の序列に支配されるのは息苦しい。さりとてほかの医者の所へ修業に出れば『祥庵先生の息子』という呼び名がついて回る。早々に他家へ養子に出るのも婿《むこ》に入るのも、義父母や嫁に頭を押さえつけられそうで嫌だった。

八方ふさがりで悶々としていた所に、降って湧いた徒目付の話である。けっして格の高い役職ではないが、平四郎は張り切った。色々と先回りして動くものだから、先達たちには可愛がられた。徒目付になった翌年、二十歳の時に起こった文書の紛失事件を見事に解決、意外な場所から消えた文書を見つけ出して大目付の桜庭右近《さくらばうこん》に気に入られた。

『快刀乱麻を断つ見事さであったぞ』

という桜庭の褒め言葉に対し、平四郎は、

『乱れた麻の糸を刀で斬って解決するのは愚か者のすることです。わたしなら丁寧に解《ほど》きます』

と答え、苦笑された。

以後、解決が難しそうな事件を任され、城内の滅多に人が訪れない座敷で死んでいた御給人《ごきゅうにん》の事件や、御茶道《おさどう》が大切にしていた棗《なつめ》が割られた事件、行方不明になった大納戸奉行の配下の探索など、八年間で解決した事件の数は両手に余った。

徒目付は隠密として活動することもあり、江戸幕府でも、老中が直接徒目付に密命を出すことがある。南部家中でも同様で、平四郎もしばしば、家老や桜庭から直接命令を受けることがあった。

難事件を解決することは快感だったから、真夜中に叩き起こされることも厭《いと》わない。

平四郎は手早く着物を着ると、大小を差して部屋を出た。吉蔵が手燭で平四郎の足元を照らしながら歩く。

狭い玄関の三和土《たたき》に辰助が立っていた。二十歳そこそこの若者である。顔が緊張に青ざめていた。これはなかなかの事件に違いない。

「何があった?」

平四郎は上がり框《がまち》に座って草鞋《わらじ》を履く。

「虎が逃げ出したそうで」

「なに？」

平四郎は顔を上げた。一瞬、『寅の刻にか』という冗談が浮かんだが飲み込んだ。

「虎か――。虎はわたしの取り扱いの外だな――」苦い顔で呟き、辰助に訊く。

「乱菊丸か？　牡丹丸か？」

「申し訳ございません……」辰助は頭を掻く。

「動転してしまったもんで、どちらが逃げたかは確かめておりません」

「分かった、気にするな。虎が逃げたと聞けば誰でも肝を潰す」

平四郎は立ち上がって吉蔵を振り返る。

吉蔵は虎が逃げたと訊いて目を見開き、体を凍りつかせている。

城に勤める者は下働きの小者まで、たいてい虎を見ている。見物してよいという正式な許しは出ていなかったが、日本には生息しない珍しい猛獣である。虎番に小銭を摑ませたり酒を差し入れたりしてこっそりと見物していたのである。虎を見た者たちが家族に話し、その話が親戚、友人、隣近所に伝わり、今では盛岡城に虎がいることは城下の常識となっていた。

平四郎も友人ら何人かと虎を見に行ったことがあった。

黄色と黒の縞模様が、毒蜂のそれと重なり、その巨体や大きな牙と相まって、極めて危険な獣とその目に映ったのであった。

「戸締まりをしっかりしておけ」

言って平四郎は家を出た。

空にはまだ満天の星が輝いていた。朝はまだ遠い。

「なぜ逃げた？」

平四郎は城の方向へ走りながら訊いた。

「それは工藤《くどう》さまが今お調べですが、虎籠番が餌をやった後に錠前をかけ忘れたのではないかと仰せられました」

徒目付組頭の工藤為右衛門《ためえもん》は、平四郎の上役である。大目付支配の目付所には、表目付、御側御目付、御共目付などがおり、それぞれ幾つかの組があって、組頭が数名の徒目付を従えていた。

「虎は虎屋敷の辺りをうろついているか？」

虎屋敷とは、二頭の虎が飼われている檻や番人の詰所、納屋などが集まっている場所の総称であった。虎屋敷は盛岡城の南側、二ノ丸曲輪桜馬場《くるわさくらばば》の下、米内御蔵の東の角にあった。その一帯は南北と東、三つの御門で塞がれている。東には鍛冶屋御門があり、その先には御番所。北側は大きな木戸と、その向こう側に芝原御番所と川口御門があった。南側には米内御蔵前御門と下之橋御門。

加えて、虎屋敷の他には建物は米内御蔵しかなく、夜間は虎籠番以外に人がいないので、人的被害があったとしても最小限で収まりそうだと平四郎は思った。

「おそらくは」辰助は平四郎の問いに答える。

「工藤さまより下之橋御門の番所へお連れするよう命じられましたので」

平四郎の家のある馬場町は、下之橋のすぐ近くであった。平四郎と辰助は鷹匠《たかしょう》小路との境の道を下之橋に向かって走る。一帯は武家屋敷町であった。

橋近くの辻まで来た時、角を曲がってばらばらっと侍たちが現れた。手にした松明《たいまつ》の明かりで町奉行支配の同心たちであることが分かった。盛岡の町奉行は御目付所に所属し、大目付が長官を務めていた。

その後ろから徒目付や支配の小者たちも駆けてくる。手に持っているのは刺股《さすまた》や袖絡《そでがらみ》などの柄の長い捕り物道具である。数人一組で梯子《はしご》や漁網を持つ者もいた。

「おお、平四郎」

と声を掛けたのは同輩の中原六兵衛《なかはらろくべえ》であった。平四郎と幼馴染みで同じ道場に通ったが、剣術の腕前は遥かに上だった。六兵衛は平四郎の賢さ、平四郎は六兵衛の剣術、お互いに一目置く間柄であった。

「お前、花巻に出張《でば》っていたのではないのか？」

「思うように進まずにいったん引き上げて来た。骨休めをしてから仕切り直しだと思っていたら、この呼び出しよ」

六兵衛は苦い顔をする。

「知恵を貸してやろう」平四郎は自分の頭を指差す。

「話してみろ」

「前も言うたろうが。言えぬ役目なのだ——」六兵衛は話題を変える。

「工藤さまは川原小路の方へ回られた」

「川原《かわら》小路——？　下之橋御門の番所へ呼ばれたのだが」

「虎がお城を出たのだ」

六兵衛は平四郎の前まで来て息を切らせながら言った。

「なんだって！　中津川を越えたのか？」

平四郎は目を剝く。

中津川は城のすぐ東を流れる川で、堀の役割を果たしていた。

川原小路は城から見て中津川の対岸にある武家地である。その先には新町《しんちょう》、中町《なかちょう》という町人地がある。

「そいつぁ大変だ……」辰助は顔を引きつらせた。

「御門は閉まっていたでしょうに、どうやってお城の外に出たのでございましょう」

「米内御蔵の周りは崖《がけ》だ」六兵衛が言う。

「人が上り下りするには難渋するが、獣であれば素早く駆け下りられよう。おそらくあそこを下りたのであろう」

「おそらくとは？　確かめたわけではないのか？」

平四郎は訊いた。

「虎屋敷と米内御蔵の建つあたりは全部調べた。そこにいなかったのだから、城の外に出たと判断した」

「鍛冶屋御門を抜ければすぐに淡路丸、御本丸だぞ」

「うむ。そちらも抜かりなく御目付所の者たちで探索している」

「住民には？」

「熊が出たことにしてしばらく外に出ぬようにと触れ回っておる」

「この時節にか？　熊は山で眠っておるぞ」

平四郎は眉をひそめた。

「虎を逃がしてしまったとは言えまい。御拝領とあってはなおさらだ。腹が減って眠りから覚めた奴が山を下りてきたと告げている」六兵衛は苛々と言った。

「虎籠番が一人、腹を斬ったそうだ」

「なに？　まだ虎が捕まっておらぬのにか？」平四郎は驚いて言う。

「まずは率先して虎を探し出して捕らえなければならぬのに。腹を斬るのならばその後であろうが」

「熊や狼よりも大きい恐ろしい獣を放してしまったのだ。気が動転していたのだろうよ」

気が弱い男ならば、あり得ぬ話ではないか――と平四郎は思った。

「では錠前をかけ忘れたという工藤さまの読みが正しかったか」

平四郎は顔をしかめて腕組みする。

「そのようだ――。お主も早く工藤さまのお指図を受けよ」

「分かった」

平四郎は辻を右に曲がってしばらく走り、次の四つ辻を左に折れた。下之橋からの道を突っ切り、川原小路に入る。

前方に幾つもの松明が揺れていた。

馬に乗った工藤の姿がちらりと見えた。

平四郎と辰助は全速力で追った。

「工藤さま！」

平四郎は工藤の馬に追いつき、横に並んだ。

「おお。平四郎か。熊が山から下りて参った」

工藤は馬を止め、徒目付や同心たちに触《ふれ》を回すよう指示して、平四郎を見下ろす。

「途中で六兵衛に会い、聞きました。どちらの熊でございますか？」

乱菊丸と牡丹丸、どちらの虎が逃げたのかと訊いたのである。

「両方だ」

工藤は渋面を作った。

「両方でございますか」平四郎は唇を噛む。

「それで、わたしはどの辺りを探索すればよろしいでしょう？」

「うむ――」工藤は困った顔をした。

「熊の探索などしたことがない。何かいい方法は思いつかぬか？　なんとしても、夜明けまでにはカタをつけたい」

工藤に言われ、平四郎は町に散って行く同心や徒目付を見つめながら考え込む。

熊ならば、四方から鳴り物で追いつめて袋小路に追い込んで捕らえることもできようが、相手は成獣の虎である。鳴り物などで追えば、逆に襲いかかられるかもしれない。

ならば、おびき寄せるか――。

と考えたとき、平四郎の脳裏に閃くものがあった。

「辰助」

平四郎は後ろに控えている辰助を呼ぶ。

「はい」

辰助は前に出て工藤に一礼し、平四郎の前に蹲踞《そんきょ》した。

「お前、仲間を引きつれてマタタビの蔓《つる》を刈って参れ」

「おい」と、工藤が苦い顔をする。

「相手は猫ではないのだぞ」

「いいえ。今逃げている猛獣も猫の仲間。物の本でマタタビが効くという記述を読んだことがございます。今の季節、実もなく葉も枯れておりましょうが、猫はマタタビの蔓を齧《かじ》って酩酊《めいてい》いたします」

それを聞いて辰助は「なるほど」と膝を打った。

「どのくらい集めればよろしゅうございます？」

「荷運びの橇《そり》一つ分。木を一、二本見つければすぐに集まるだろう」

「はい、かしこまりました。近くに生えている場所を知っております」

辰助は言って工藤と平四郎に一礼し、走り去った。

「本当に大丈夫か？」

工藤は心配そうに辰助の後ろ姿が闇の中に消えるのを見送った。

「何しろ初めてのことでございますから、試せる物は試しませんと」

平四郎がそう言った時、闇の中に白い物がちらつき始めた。

「しめたっ」

平四郎は暗黒の空から舞い落ちる雪を見上げた。

「何がだ?」

工藤が訊く。

「人々に踏まれて往来の雪は固く締まっておりますから、重い獣でも足跡はつきませぬ。しかし、新雪であれば——」

「なるほど。足跡を追えるようになるか」工藤は肯く。

「お主はここで辰助が戻るのを待て。わたしはほかの徒目付や同心に命じ雪の上の足跡を探させ、見つけた者は呼子で知らせるよう指示を出す」

「この辺りであれば、石町《こくちょう》の辺りに二つ三つ空き地がございます。そこに獣をおびき寄せられるように手筈を整えます」

「よし。頼むぞ」

工藤は馬を走らせた。

それから半刻《はんとき》(約一時間)。雪は一寸ほど積もった。平四郎は足踏みをしながら寒さに耐え、辰助を待った。

街角を荷運び用の一人曳きの橇が曲がってくるのが見えた。引いているのは辰助。後ろから手《て》下《か》二人が押している。権二《ごんじ》と松吉《まつきち》である。橇は雪の上に二筋の線を描きながら、平四郎の前で止まった。

「お待たせいたしました。これぐらいでようございますか?」

辰吉が訊いた。

橇の上には山積みになったマタタビの蔓が縄で留められていた。曲がりくねっているから嵩《かさ》が高くなっている。

これぐらいでよいかと訊かれても、平四郎にも見当がつかない。

「たぶん、大丈夫だろう」

言って平四郎は歩き出す。

下之橋《しものはし》詰から大清水通之町へ向から道を進み、途中で左に曲がる。武家町は終わり、すぐに町屋の家並みが現れた。石町である。

少し歩くと四つ辻が現れた。右へ向かえば惣門《そうもん》であった。

惣門は、盛岡城下の主要な街道の出入り口に設けられた木戸である。惣門のすぐ内側には蔵が並び、米穀類の取引が行われる場所となっていたので、後に穀町となった。

平四郎は惣門の方向へ少し進む。建ち並んだ町屋の間に空き地を見つけ、橇を誘導した。

平四郎たちは橇からマタタビの蔓を降ろし、空き地に積み上げた。

そこで平四郎は悩む。

火を付けて煙を出し、その臭いでおびき寄せるか？

煙の臭いだと、そばに火があると怯えて近づかないか？

しかし、蔓を積み上げておいただけでは、虎に気づいてもらえるとは思えなかった。

ならば、蔓の皮を剝いで臭いを強くするか——？

「それを組み合わせるか」平四郎は呟いて権二を見た。

「その辺りから火鉢と熾《お》きた炭を借りて参れ」

権二は「へい」と言って空き地を走り出た。

「辰助は捕り方を十人ばかり借りて来い。一緒に梯子も二つ三つ。それから、松吉は川漁師を三、四人」

「川漁師でございますか？」

辰助は怪訝な顔をする。

「投網を使うんだよ」

平四郎は空き地を囲む町屋の屋根を指さした。

「ああ、なるほど」

辰助と松吉は肯《うなず》いて、駆け出した。

一人残った平四郎は、橇の上から鉈《なた》を取りあげて蔓を短く切り、皮を剝ぐ。青くさい臭いが辺りに漂う。

平四郎は、この臭いに誘われて今にも虎が現れるのではないかとびくびくしながら作業を続けた。

権二が火鉢を抱えて戻ってきた。

「これをどうするんでございますか？」

権二は空き地の真ん中に火鉢を置いて訊いた。

「こいつを焦げない程度に焙《あぶ》るのだ」平四郎は皮を剝いたマタタビの蔓を手に持って言った。

「そうすれば、転がしておくよりも臭いが立つ」

「手に持ってなら、二本の蔓しか焙れませんが、金網に載せればたくさん焙れます。餅焼き網か魚焼きの網も借りてきた方がよくはないですか？」

「なるほど。いいところに気がついた」

平四郎が言うと、権二は得意そうな顔をして「火鉢ももう一つ借りて来ます」と言って立ち上がり、走った。

入れ替わりに辰助が十人の捕り方を連れて戻ってきた。投網を担いだ三人の川漁師も松吉に連れられて来る。

猟師は捕り方の梯子を使って、空き地の三方に建つ町屋の屋根に登った。

捕り方たちは皮を剝いたマタタビの蔓を五寸程度に切り、空き地にばら撒いた。

辰助と松吉は平四郎に命じられて火鉢と焼き網を借りに行った。

戻った権二の物と合わせて、火鉢は四つになった。

「すまんが、もう一つ借り物をして来て欲しい」

「何を借りて来ればよろしゅうございましょう？」

「馬橇《ばそり》だ」

辰助が訊く。

「馬橇でございますか？　マタタビを運んできた橇じゃあ駄目なんで？」

「大きな馬橇がいる」

「この辺りは荷運びを生業《なりわい》としている者も住んでおりますから、すぐに手配はできますが、何に使うのでございます？」

「使い道は二つ。まぁよいから借りてこい。馬はいらん。お前たちが曳いて来るのだ」

「へい」

辰助は小首を傾げながら、権二と松吉を連れて空き地を出た。

「さて、後は誰かが虎を見つけてくれるだけだな」

平四郎は言って、捕り方を路地に配置した。

しばらくすると辰助たちが馬橇を曳いて戻ってきた。

平四郎は火鉢と一抱えのマタタビの蔓を荷台に置いた。

「なるほど。臭いの道筋を作るのでございますね？」

辰助が言った。

「そうだ。虎が見つかったらその近くまでマタタビを焙りながら馬橇を往復させる。虎——いや、熊は臭いの道筋をたどってこの空き地まで誘い出される。と、まぁ上手くいけばそういうことになる」

「馬は虎——、いや、熊を怖がるからいらぬと仰せられたのですね」

「その通り」

少し待っていると北東の方向から呼子の音が響いた。意外に近い。六日町《むいかちょう》の辺りだと平四郎は見当をつけた。

「よし」

平四郎は馬橇の荷台に乗ってマタタビを焙る。辰助、権二、松吉は、橇を引いて六日町の方角へ走った。三日町、馬喰町《ばくろちょう》を駆け抜ける。熊が出たという知らせを受けていた木戸番たちは警戒のために外に出ていて、平四郎たちの姿を見ると木戸を開けた。

「熊を誘い出すから、木戸を開けておけ」

平四郎は番人にそう命じながら馬橇で木戸をくぐった。

馬喰町と六日町の辻の木戸に、徒目付と同心、捕り方たちが集まっていた。馬に乗った工藤の姿もあった。

平四郎は荷台を飛び下りると、工藤の側へ駆け寄り「支度は整いました」と報告した。

「熊は木戸のそばの路地に入ったようだ」

工藤は通りの向こう側の木戸を指さした。雪の上に足跡があった。一頭分の足跡である。乱菊丸と牡丹丸は連れだって逃げているのではないようだった。

平四郎は辰助に声を掛けて火鉢を持ってこさせると木戸の前に据え、番人に木戸を開けるよう命じた。

徒目付や同心たちは、何が始まるのかと平四郎の周りに集まった。

「熊をおびき出します。少し離れて追ってくれ」

平四郎は火鉢でマタタビを焙りながら、羽織でそれをばさばさと扇《あお》いだ。

徒目付と同心たちは捕り方を連れて路地に入った。

前方の木戸の辺りに、大きな黒い影が現れた。

「来たぞ！」

平四郎は言うと、火鉢を抱えて馬橇に走った。

「馬橇を空き地まで引いて戻れ」

平四郎は火鉢を荷台に置いた。

「火鉢を降ろしたら、馬櫺は返してようござんすね？」

辰助が訊く。

「まだだ。もう一つの使い道をやっていない」

黒い影はゆっくりと馬喰町との辻に向かって歩いて来る。近づくにつれ、雪明かりで体の縞模様がぼんやりと見えた。確かに虎である。乱菊丸か牡丹丸かは平四郎には判別できなかった。

平四郎は馬喰町の辻から三日町の辻まで走り、曲がり角で振り返る。

虎は馬喰町を歩いてくる。その後ろに捕り方たちが姿を現した。

虎はその気配を察したのか、立ち止まって後ろを振り返る。

捕り方たちは慌てて路地に引っ込んだ。

虎はその動きに興味を示さず、また歩き出した。

捕り方たちはそっと様子を窺い、そろそろと虎の後を追う。

虎はマタタビの臭いに誘われ、馬櫺の通った道筋を辿り始めた。

二

檻を逃げ出したもう一頭の虎、牡丹丸は城内にいた。

虎が逃げたと侍たちが騒いでいる間は物陰に潜み、人影が見えなくなってから御門を抜けて石垣に沿って進み本丸や淡路丸に通じる木戸門の前を過ぎた。

前方に本丸と二ノ丸の石垣の間に渡された廊下橋が見えた。

その下を人影が三つ歩いて来る。焦《こげ》くさい臭いがした。牡丹丸は知らぬことであったが、鉄砲の火縄の臭いであった。

牡丹丸は姿勢を低くして後ずさり、くるりと方向を変えて鍛冶屋御門の方へ戻った。

しかし――。ついさっきまでは無人だった門の側には篝火が焚かれ、槍を持った侍が三人立っていた。

牡丹丸は低く唸った。

廊下橋の方へ向かう。

石垣の曲がり角から様子を窺うと、さきほどの人影がない。

牡丹丸はそろそろと角を曲がった。

※　　※

鉄砲方の組頭の一人、太田定右衛門《おおたていえもん》は冠木御門《かぶきごもん》から淡路丸の広場に駆け込んだ。

前方に二人の小姓を従えた南部重直《しげなお》が歩いているのが見えた。小姓の一人は鉄砲を携えている。火縄の火が消えぬよう、ぐるぐると回し続けていた。

重直は南部藩主利直の三男。この年十九歳である。傍若無人で怖いもの知らず。虎が逃げ出したという知らせが届くや、鉄砲をひっ摑《つか》んで本丸を出たのだった。

定右衛門は重直に駆け寄り、片膝をついた。

「牡丹丸を見つけましてございます」

「どこにいる？」

重直は目を輝かせた。

「鍛冶屋御門側に追いつめてございます」

「そうか。でかした」

重直は淡路丸の北角にある小櫓《しょうろ》へ走った。

「お待ち下さいませ」定右衛門は慌てて重直を追う。

「牡丹丸は徳川さまより御拝領の虎。それを撃ち殺しましては、後々の障りがございましょう。なにとぞ生け捕りに」

「生け捕るために何人の家臣が命を落とすと思う？　お前は、人の命と虎の命、どちらが大切だと考える？」

「それは……」

「父上は江戸へ上って御座《おわ》す。父上が留守の間、城は余が任されておる。その間に家臣を失えば、余の責めともなる」

「しかし……。政直《まさなお》さまがお亡くなりになったばかりでございます。せめて、御自らの殺生はお控えくださいませ」

政直とは、重直のすぐ上の兄である。花巻城代を務めていたが、昨年の十月に病で急逝していた。

「虎狩りなど、このような機会でもなければできぬことだ」重直はにやりと笑った。

「他人《ひと》に任せられるものか」

重直は無類の狩り好きであった。

「若殿……」

定右衛門の脳裏に、一瞬恐ろしい疑いが浮かび上がった。

虎籠の鍵を開けたのは重直ではないか？

虎狩りをしたいがために――。

重直の気性を考えればあり得ないことではないように思われた。

重直と小姓は小櫓への石段を上った。

定右衛門は頭を振って疑いを消し、後に続いた。

重直は最上階へ駆け上がり、窓を開け放って眼下を見下ろした。

虎は鍛冶屋御門の前、鉛御蔵の側で周囲を鉄砲方、槍方に囲まれていた。

「お前の火縄にも火をつけておけ」

重直は定右衛門に言った。

定右衛門は小姓から火を借りて自分の鉄砲の火縄に火をつける。

「若殿。虎を撃つお役は、なにとぞわたしに――」

定右衛門は言う。

「ならぬ。動かぬ的ばかり狙うておるそなたらに、動く虎を仕留められるものか」重直は小姓の手から鉄砲を取る。

「余は以前、マタギの古老から学んだ。獣はいたずらに苦しめずに仕留めなければならぬとな。なぜか分かるか？」

「さて、苦しんで死んだ獣の肉はくさいと聞いたことがございます」

定右衛門の答えに、重直は鼻で笑った。

「それだけではない」

重直は鉄砲を構え、銃口を虎に向けた。

※　　※

牡丹丸は焦っていた。

大勢の侍が自分を遠巻きにして、嫌な臭いの煙を立てる物を構えている。

牡丹丸は鉄砲を知らなかったが、とても危険なものであることを本能的に悟っていた。

牡丹丸は戦いをしたことがない。

子供の頃から人の手で育てられたからである。獲物を狩ったこともなかった。

覚えている一番古い記憶は、本当に断片的なものであったが、近くに横たわる母と強い血の臭い。次に覚えているのは丸太で作った檻である。森が近くで、人が住む藁葺きの家が幾つも見えた。そこにはよく、血の臭いのする仲間が運ばれてきていた。何をするのか分からず、自分もそういうことをされるのではと怯えたが、しだいに慣れて行った。時々、見知らぬ者たちが訪れて、仲間の匂いのする皮を大量に持って行った。

ずっとそこに閉じ込められ、外に出る時には首に縄をつけられた。

それが突然、大きな獣が引く物に乗せられ、長い旅をし、今度は大きく揺れる物の中に長い間乗せられ、ずいぶん寒いところへ連れて来られた――。

牡丹丸は今、生涯の中で最大の危機に直面している。

囲んでいる者たちは、明らかに自分に害をなそうとしている。それは、彼らの体臭からも分かった。

故郷の森の近くで育てられていた頃、怯えて棒を振り上げたり飛礫《つぶて》を投げたりする者たちがいたが、同じような体臭をさせていた。

その時には、身を守るために攻撃をしかけようとしたが、自分を育ててくれていた男に鞭《むち》で叩かれた。

そして人には逆らわないようにと教え込まれた。

牡丹丸はそれに従ってきたが、それはその男が自分を庇護してくれる者であり、餌を与えてくれる存在であったからだ。それに、鞭の打撃を食らいたくなかったということもある。

だが――。今はあの男はいない。

鞭を振るう者もいなければ、自分を守ってくれる者もいない。

焦りはしだいに恐怖へと変わっていった。

牡丹丸は〝死〟というものを知らない。

鞭よりも痛い仕打ちも知らない。

だが、体の奥から名状しがたい感情が湧きあがり、牡丹丸に「動け！」と急かす。

動け！　攻撃される前に攻撃せよ！

そうしなければ、何か恐ろしいことが起こるぞ！

牡丹丸は咆吼《ほうこう》した。

※　　※

重直は小櫓の上から眼下の虎の頭部に狙いを定めた。

「勝負！　しょうーぶ！」

マタギが熊に戦いを挑む時の声を上げ、重直は引き金を引いた。

虎が驚いたように重直を振り仰いだ。

轟音《ごうおん》が響き、額の中央を撃ち抜かれた虎は弾かれたように横様に倒れた。

「鉄砲！」

重直は定右衛門に手を差し出す。

定右衛門はその手に鉄砲を渡す。

重直はさっと鉄砲を構え、二弾目を撃った。

弾は横倒しになった虎の胸を貫いた。

三

虎は石町の中程まで来た。

平四郎はマタタビを撒き散らした空き地まで駆け戻っていた。

たーんっ
たーんっ

遠くで立て続けに二発の銃声がした。

平四郎ははっとした。銃声は城の方からだ。もう一頭の虎はまだ城内であったか。

町屋の陰から顔を出して虎の動きを確かめる。

虎は立ち止まり顔を上げて城の方に耳を向けている。

もう少しだというのに――。

あんな音など気にせずにこっちへ来い！

平四郎は、立ち止まったままの虎に苛々《いらいら》した。

虎は、ゆっくりと今来た道の方へ体を回した。

「ええい！　ナムサン！」

平四郎は道に飛び出す。

「あっ平四郎さま！」

屋根の上に身を隠していた辰助が叫んだ。

「梯子を用意しておけ」

平四郎は言うと、虎に近づく。十間（約一八メートル）ほどまで近づいて、道の真ん中で手足を振り回し、滑稽な仕草をした。

「ほーい。ほほーい」

と、虎に向かって声を掛ける。

虎は振り返った。

平四郎はさっと踵《きびす》を返し、全力で走り出す。

猫は逃げるものを追う。

ついて来てくれ！

そう祈りながら、平四郎は全速力で走る。

「平四郎さま！　後ろ！」

権二の声。

そんなことを言われても振り向く余裕などあるものか！

平四郎は必死で走る。

背後に強烈な気配を感じた。

気のせいなのか、本当に虎が迫っているのかは分からない。

振り返って確かめれば、その間に間合いを詰められる。

空き地に飛び込み、梯子に飛びついてあたふたと屋根によじ登る。

辰助と権二の手が伸びて、平四郎を引っ張り上げる。松吉が急いで梯子を屋根の上に上げた。

屋根の上には十人の捕り方たちもいた。

平四郎は、細い悲鳴のような息をして、後ろを振り返った。

虎は空き地の真ん中で、マタタビの蔓の臭いを嗅いでいた。

平四郎は屋根の上にへたり込んだ。

「危ないところでございました」

辰助は溜息を吐いて言った。

「旦那が梯子に取りついた時に、虎は二尺後ろでございましたよ」

と、権二。

「言うな」平四郎は荒い息を整える。

「小便を漏らしそうだ」

「でも、うまく行きましたね」

松吉は顎で虎を差す。

虎は顔をマタタビの蔓に擦りつけるような仕草を見せていた。そしてずるずると体を横たえ、腹を上にして身もだえしながらごろごろと喉を鳴らす。

「よし」

平四郎は立ち上がって、川漁師たちに合図した。

川漁師たちは肩に投網を担ぎ、体をひねってそれを空中に放った。

空き地の三方から、みごとに開いた投網が虎の上に落ちた。

虎は、一瞬何が起きたのか分からない様子できょとんとしていたが、すぐに暴れ始めた。

暴れる虎に網が絡む。

すぐに虎は動きが取れなくなり、激しい咆吼を上げた。

「まだだぞ！」

平四郎は、勇んで路地から飛び出しそうになっている捕り方に叫ぶ。六日町から虎の後を追ってきた者たちである。

猫同様に狭い場所に閉じ込められるとおとなしくなる性質であるのか、虎はやがて暴れるのをやめた。息に合わせて肩が大きく上下している。

「よし！」

平四郎は捕り方に手を振り、空き地に飛び下りた。辰助と権二、松吉と十人の捕り方も後に続いた。

路地の捕り方も空き地に駆け込む。

虎は網の中で威嚇の唸り声を上げたが、四肢を網に絡め取られているので攻撃はできない。

捕り方たちはおっかなびっくり、網に包まれた虎を転がしながら縄を掛ける。そして、「せーの」のかけ声で虎を抱え上げ、橇の上に乗せた。これが馬橇のもう一つの使い道であった。

あちこちの路地から徒目付や同心たちが現れる。口々に平四郎の手柄を褒め称えた。

平四郎は側に寄って、「誰か乱菊丸か牡丹丸かの見分けがつく者はいないか？」と周囲に問いかけた。

「おれは時々見に行くが――」徒目付の一人が言った。

「顔の模様は乱菊丸だ」

そのほかにも乱菊丸であろうという声が上がった。

工藤が、ほっとした表情で駆け寄って、

「でかしたぞ。平四郎」

と言った。

「まだまだ一仕事終わったばかりでございます」平四郎は照れ笑いを浮かべた。

「さっきの鉄砲は、城内でもう一頭を仕留めた音でございましょう。しかし、なぜこのようなことが起きたかを調べなければ落着とは言えますまい」

「確かに——。大目付さまには、詮議はお前を中心にして行えるよう話を通しておく。虎の捕縛同様、見事に解決してみせろ」

「励みます」

平四郎は頭を下げた。

工藤は満足げに肯くと、離れた所に繋いでおいた馬に跨《またが》り、下之橋の方へ走った。

捕り方たちが乱菊丸を載せた橇を引く。残りの捕り方は周りを囲んで護衛をし、徒目付と同心たちは〝熊〟が無事捕らえられたことを知らせるために家々を回った。

そこへ同輩の中原六兵衛が駆けてきた。

「いやぁ。お手柄、お手柄。此度《こたび》の虎騒動、お前が中心になって詮議するならば、おれもまぜてくれ」

「虎騒動ではない。熊騒動であろう」

誰もが〝熊〟という設定を忘れる。平四郎は苦笑しながら言う。

「左様、左様。そうであったな」

「花巻の方はよいのか？」

「行き詰まっておると言うたろう。とりあえず手下《てか》に調べを進めさせておる。工藤さまに言って、手下がなにか掴むまでこっちの探索に加わる」

「わたしの苦手とするところを、みな任せるがよいか?」

「よいとも。任せておけ」

六兵衛は胸を叩いた。

「腹を斬った虎籠番の家族への聞き取りも入るぞ」

平四郎が言うと、六兵衛は「うっ」と苦い顔をする。

「主《あるじ》を失った上に家名断絶は免れぬであろうからな……。嫌な役目だ」

「まぁ、よろしく頼む」

「仕方がない。任せろ」

言って六兵衛はその場を離れた。

平四郎たちは虎を乗せた橇の後について、城に向かった。

四

下之橋を渡った橇は下之橋御門をくぐって、堀を渡り米内御蔵前御門を通ると、虎屋敷へ向かった。天の星の数が少なくなり、東の空がわずかに明るくなりはじめていた。

平四郎と辰助、権二、松吉はまず虎を乗せた橇と共に虎籠へ向かった。

太い材木で組まれた虎籠の周囲には篝火が焚かれ、十数人の別の組の徒目付らが雪の上や虎籠の中を調べている。

　その中に目付の三上勝之介《みかみかつのすけ》がいた。工藤、そして平四郎の上役である。数人の徒目付と共に、龕灯《がんどう》で虎籠の中を照らしながら検分している。

「三上さま。虎を連れて参りました」

　平四郎が声をかけると、三上が驚いた顔を平四郎と橇の上に縄で縛られた虎に向けた。

「生きたまま捕らえたのか？」

「なんとか」

「よく捕らえられたな」

　三上は橇の上で網に雁字搦《がんじがら》めになった虎を見ながら言った。虎は網の中で唸り、なんとか出ようともがいていたが、網は頑丈で大きな動きは出来ないようだった。

「投網を使いました」

「そうか。今、祥庵さまに虎籠番の死骸を検分していただいておる」

「父が来ているのですか？」

　平四郎は驚いて訊いた。

「お前が屋敷を飛び出してしばらくしたら鉄砲の音。何があったかとお城へ駆けつけたのだそうだ。ちょうど出会ったので検分をお願いした」

「左様でございますか――。では、そちらへ回ります」

　平四郎は三上に頭を下げると、辰助らと共に虎籠番の番小屋に走った。

　番小屋の土間には筵《むしろ》を被せられた虎籠番の遺体が安置されていた。奥の板敷きの囲炉裏《いろり》の周りには工藤と、今夜の当番であったもう一人の虎籠番、そして、総髪の初老の男が座っていた。

「父上――」

平四郎は総髪の男に言った。

「虎を捕らえたそうだな」

祥庵は煙管《きせる》を吹かしながら言った。

「はい――。父上は、なぜここに？」

「虎籠番が腹を斬ったというので、まだ息があれば助けてやろうと思うてな。だが、すでに手遅れであった」

「左様でございますか――」

平四郎は言ったが、腑に落ちない。

助けようと思って駆けつけ、間に合わなかったのならば、父はなぜまだここにいるのか？

その疑問を察したらしく、祥庵はにやりと笑って煙管の雁首を灰吹きに打ちつける。

「めくって見よ」

祥庵は煙管で虎籠番の遺体を覆った筵を差した。

平四郎は言われるままに筵をめくる。

血まみれの遺体が現れた。灰色の着物と裁付袴のほぼ全身が血にまみれている。首の左側に斬り傷があり、真っ白い顔に血飛沫がかかっている。着物の前がはだけられ、腹の右側には刺して引いた傷があった。長さは三寸ほど。

「腹を斬ったが死にきれず、首を斬って事切れた――。というところでございますな」

辰助が鹿爪らしい顔で言った。

「ほぉ。そう見立てるか」

祥庵は面白そうに言うと煙管に煙草を詰めて吸いつけた。

父の言葉に平四郎は虎籠番の体を子細に観察した。はっと気づいたのは裁付袴の膝から下を確かめた時だった。

「分かったか？」

祥庵が訊く。

「はい――。膝から下に、上から流れ落ちた血の跡がございます」

「ご明察」

祥庵は満足げに煙を吐く。

「どういうことです？」

辰助が平四郎を見る。

「この虎籠番は、自分で首を斬った時に立っていたということだ」

「下田《しもだ》兵八《ひょうはち》でございます」板敷きの虎籠番が言った。

「その男の名は、下田兵八でございます」

虎籠番は遺体となった兵八と同じくらいに顔色を青ざめさせ、正座した膝の上で固く拳を握っていた。

「そうか。兵八か――。で、お前の名は？」

平四郎が訊く。

「石井《いしい》金介《きんすけ》でございます」

「平四郎さま」辰助が首を傾げて訊く。

「首を斬った時に立っていたということがどうしたというのです？」

「腹は立ったまま斬るか？」

「いや、座ります」

「腹を斬って死にきれなかった者が、わざわざ立って首を斬るか？」

「ああ——。なるほど。だが、腹を斬って苦しみもがき、立ち上がったということはないでしょうか？」

「ならば、もっと着衣は乱れ、あちこちに擦ったような痕が残る」

平四郎は首を振った。

「まだあるぞ」祥庵が口を挟む。

「まず先に腹を斬ったのならば、腹から太股にかけてもっと血で濡れているはずだ。だが、出血は首からのものの方がずっと多い。そして首から流れている筋が脚の方へも続いている」

「それは——」平四郎の表情が緊張する。

「怪しゅうございますな」

辰助は会話の意味を理解していない様子で、二人の顔を交互に見比べている。

見かねて工藤が言った。

「これが自刃ならば、兵八は立って首を斬って死んだ後に腹を斬ったということになる」

「それはまた奇っ怪な……」辰助は遺体を見下ろした。

「そんなことは起こるはずもございません。つまり、兵八は殺されたってことでございますか」

「虎が逃げた前後の事を、詳しく聞かせてくれ」

平四郎は金介に言った。

「詳しくも何も――」金介は首を振る。

「眠っていたもので、何も分かりません」

「それも前後不覚にな」

祥庵は囲炉裏の側に置かれた二つの茶碗のうち一つを取りあげて見せた。

「薬でございますか？」

平四郎はそれを受け取って臭いを嗅いでみた。線香のような独特な香りがした。

「これは――。吉草根《きっそうこん》でございますな」

吉草根はカノコソウの根を乾かして作る漢方薬である。

「門前の小僧なんとやらだな。さすが、医者の子だ」祥庵が言う。

「いかにも吉草根を主《おも》に使った眠り薬だ。土瓶に仕込まれている」

「ですが――」と、平四郎は金介に顔を向けた。

「このような臭いの物をなぜ飲んだ？　不審とは思わなかったのか？」

「へい。兵八が眠気覚ましの薬だと申しましたので」

「眠気覚ましで眠りこけるとはな」

辰助が苦笑する。

「その薬、どこから手に入れたと言うていた？」

平四郎が訊いた。

「いや……」金介は困った顔をする。「訊きませんでした。眠気覚ましだと言うんで、へぇそうかいと言って飲みましたんで」

「誰かからもらったのなら、兵八は眠り薬と知らなかったってことも考えられる」

平四郎は言う。

「兵八は騙されたと？」

工藤が訊いた。

「兵八は虎を逃がした者に加担したか、それとも騙されて眠り薬を仕込んだか、今のところ判断つきませんが――」平四郎は深刻な顔で言う。

「何者かが虎籠番を眠らせて虎を逃がし、その後に虎籠番一人を切腹に見せかけて殺した。虎の逃亡は事故《ことゆえ》であったということにしたかったのでしょう」

「こっちの茶碗は吉草根の臭いがせぬ」祥庵がもう一つの茶碗を持ち上げる。

「兵八は眠気覚ましを飲んだのか？」

「眠くなったら飲むと申しておりました」

「ということは、兵八は土瓶の中が眠り薬だと分かっていたのかもしれぬな」

平四郎は顎を撫でた。

「誰かに騙されたのではなく――」工藤は言う。

「眠り薬と分かった上で、土瓶の茶に混ぜたのか。では、兵八は虎を逃がした者の一味か。金介に眠り薬を飲ませ、虎を逃がした一味を城に引き入れた。その後、口封じに殺されたってことの方があり得そうだ」

「もし兵八が一味であったなら、最近金回りがよくなるとか、何か変化があったはずです」と言って、平四郎は六兵衛に顔を向ける。

「その辺り、よく調べてくれ」

「分かった」

六兵衛は肯いて番小屋を出て行った。

平四郎は腕組みをする。まだまだ分からないことだらけであった。

「のう、金介。虎籠の掃除はどのように行う？」

「へい。まず、二階への引き戸を開けて、一階に水を流します。虎は水を嫌って二階へ上がります。そこで引き戸を閉めて一階を掃除いたします。一階の水を溝から流した後、引き戸を開け、二階の床に水を流します。虎は嫌がって一階へ逃げます。二階の水を樋から流して終わりでございます」

「何が気になっている？」

祥庵が平四郎に訊いた。

「乱菊丸は中津川を渡っております。水を嫌う虎が川を渡りましょうか？」

「水を嫌うのは猫であろう」祥庵は笑った。

「物の本によれば、天竺《てんじく》には水浴びする虎もおるそうな。掃除の時に嫌がるのは急に水が流れて来るからであろう」

「左様でございますか」平四郎は得心して肯いた。

「とすれば、虎を逃がした者も、まさか川を渡るとは考えていなかったかもしれませぬな」

「あの……」金介がおずおずと訊く。

「わたしへのお咎《とが》めはどうなりましょう？」

「さてな。前代未聞のことであるから分からぬな」工藤は言葉を濁す。

「しばらくは取り調べがあろうから、牢に入ることになるやもしれぬ」

「左様でございますか……」

金介は不安げに目を伏せた。

金介には気の毒だが、兵八が腹を斬っただけではすまぬだろうと平四郎は思った。

「それはそうと」平四郎が工藤を見る。

「先ほど、鉄砲の音が二度響きましたが、あれは何でございます？」

「若殿が牡丹丸を仕留めた音だ」

工藤が言った。

「若殿が——」

平四郎は眉をひそめる。

「ご家門の方々やご高知《たかち》衆が慌てて、本丸御殿の一室に閉じ込めたという話だ」

「若殿を閉じ込めたのでございますか？」

辰助が呆気にとられた顔をする。

「なにしろ徳川さまよりの拝領の虎だ。江戸表の殿にご指示を仰ぐために飛脚が走った。若殿は涼しいお顔で『虎が腐る前に皮を剥いでおけよ』と仰せられたそうだ」

「お部屋の敷物にでもなさるおつもりでしょうか」

平四郎が顔をしかめる。

「平四郎」祥庵は続けざまに煙管を吸いつけながら言う。

「お前、此度のことどう見る？」

「虎籠番が殺されたとなれば、なかなか厄介でございますな」

「もっと厄介にしてやろうか」祥庵はにやにや笑いながら煙を吐く。

「金介。夜の餌を教えてやれ」

「へい……」

金介の表情が強張る。

「餌がどうかしたのか？」

平四郎は金介に顔を向けた。

「へい……。餌は人でございました」

「人！」

辰助と二人の手下が同時に声を上げた。

「人とは申しましても、罪人の死骸でございます」

「噂は本当だったのか――」

平四郎は絶句した。

城で虎が飼われるようになってから、城下には様々な噂が流れていた。

曰《いわ》く、処刑した罪人の死体を餌としている。

曰く、村々から犬を集めて餌にしているので、犬の姿が消えた村もある。

曰く、罪人に虎と相撲を取らせ、勝ったならば罪を減じる――。

「いいえ。巷《ちまた》で囁《ささや》かれている噂は嘘でございます」金介は首を振った。

「今まで人を食わせたことはございませんでした。今回は特別でございます。切支丹《きりしたん》への見せしめとして死骸を虎の餌にせよと命じられました。いくら責めても何も白状しなかったとかで……。小鷹《こたか》の仕置場から運ばれて参りました」

南部領には幾つかの刑場があった。盛岡、遠野、花巻の城下である。小鷹は盛岡城下、仙北組《せんぼくくみ》町《ちょう》を過ぎた所にある刑場である。

「切支丹――。餌は切支丹の遺骸であったのか？　だが、見せしめであるならば、高札でも立てて、広く周知させるであろう」

工藤が言う。

「人を食ったことがない虎ならば、目の前に人の遺骸を放り出されても食うかどうか分かりませぬ」平四郎が言う。

「もし高札などで知らせた後、虎が切支丹の死骸を食わなければ、こちらの赤っ恥でございます。虎に食わせた後、食い残しをどこかに晒して見せしめにするという考えだったのではありますまいか」

「それは酷いな」

工藤は苦い唾を飲み込む。

「それで、虎籠に入れた遺骸は一人か？」

「女二人でございます。五十がらみと、二十歳そこそこの」

「そうか……」

平四郎は腕組みをする。

慶長十二（一六〇七）年二月。駿府に隠居した家康は、同地で耶蘇教《やそきょう》（キリスト教）の信仰が盛んなことを危惧する。同十七年（一六一二）三月、駿府で切支丹の岡本大八《おかもとだいはち》を火刑に処し、京にあった耶蘇教の教会を破壊した。このことによって、西国の切支丹たちは、まだ取締りの緩い地へ逃亡した。

三代将軍家光の命により諸藩で宗門《しゅうもん》奉行を置き厳しい切支丹の取締りを始めるのは寛永十三年（一六三六）からで、さらに苛烈な弾圧が行われるのは、寛永十四年、十五年の島原の乱以後である。

隣の伊達藩では元和六年（一六二〇）頃から、切支丹への迫害が強まっている。南部領では慶長十八年（一六一三）に切支丹禁制の触を出したものの、さほど厳しい取締りはなされていなかった。

「な、厄介であろう？」

祥庵は笑いながら言う。

「人ごとのように仰せられますな」

「わたしとお前は親子ではあるが、罪人を捕らえるのはお前の役目。端から見ておる分には、謎は複雑なほど面白い」

祥庵の言葉に平四郎は顔をしかめる。

「金介。お前は起こされた後に事に気づいたのか？」

「はい。虎を探索している方々に揺り起こされまして。驚いて虎籠へ行ってみると、兵八が死んでおりました。檻の中に虎はおらず、切支丹の死体もなく――」

「死体も消えていたと？」

平四郎が訊く。

「はい。牡丹丸の檻の中には血と少しの肉が残っておりましたが」

そういうことならば、切支丹の遺骸を仲間が奪還したということも考えるのが順当であろうか。

遺骸を取り戻すには、檻の中の虎を外に出さなければならない――。

いや、そもそも奪還するならば、処刑される前、生きているうちに襲撃するのではないか？

小鷹の仕置場には侍が多すぎて襲撃はできず、せめて遺骸だけでもと思った。ところが遺骸はその場で晒されることなく、どこかへ運ばれて行く。後を追うと、遺骸は城の中へ運ばれた。

罪人は虎の餌になるという噂を思い出し、仲間は虎に食われると思った。

それはあまりにも酷い仕打ちと、遺骸を盗み出すことを計画した――。

だが、切支丹らはどうやって城内に入り込んだ？

平四郎は景迹《きょうじゃく》（推理）を廻《めぐ》らせる。

「兵八は切支丹だったか？」

六兵衛は訊いた。

「考えたこともございませんでしたが――」金介は少し考えて、

「そういう様子はまったくございませんでした」

「切支丹なら信仰が分かるような素振りは見せまいな」

六兵衛は眉根を寄せる。

「兵八は切支丹で、仲間を城内に引き入れたという読みはどうでしょう？」

辰助の問いかけで、平四郎の景迹は途切れた。しかし、六兵衛と金介の会話は耳に入っていたので、

「ならば、わざわざ兵八の口を封じる必要はあるまい。兵八が切支丹でなかったとすれば、そして虎を逃がすことに加担していたのだとすれば、信仰がその動機ではないということだな」

と平四郎は首を振る。

「やはり金か」工藤が言った。

「兵八は金に困っていたか？」

「そりゃあ」金介は苦笑いする。

「徒目付さまに申し上げるのもなんでございますが、我らは微禄でございますから、金は幾らあっても困りません」

「兵八は、金をもらえば虎を逃がすような男か？」

平四郎が訊く。もし兵八が虎籠を開けたのなら、切支丹が城内に忍び込んだという景迹は捨てることができる。その方が話がややこしくなくてよい――。

「そういう奴ではないと思っていましたが――。こんなことになりましたんで、分からなくなりました」

「その辺りは六兵衛が聞きだして来るか――」

平四郎は肯いた。

「だが、切支丹が人を殺してまで仲間の遺骸を奪い返そうとするだろうかのう？　それに神を信じる者が、人を殺すかもしれぬ猛獣を解き放つとは思えんが」

祥庵が言う。

「切支丹の信仰というものがどういうものか詳しくは知りませんが、伊達領では、ずいぶん残酷な刑を行うと聞き及んでおります。仲間の酷い死に様を見続けた者ならば、さぞかし恨み骨髄でございましょう。南部領では取締りが緩いからと逃げてくる者も多ございます。やっと逃げてきたと思ったら、今度は切支丹の死骸を虎の餌にされる――。積年の恨みを、虎を放つことによって晴らそうとしても不思議はございません」

「その辺りの理由は捕らえてみれば分かること。ともかく、惣門の番人には、積荷改《つみにあらため》をするよう知らせを走らせた」工藤が言う。

「切支丹の死骸を城下の外に運び出そうとする者はすぐに捕らえられよう」

「川湊《かわみなと》にも積荷改の知らせを出してください。お城の堀は中津川、雫石川、北上川に繋がっております――。間に合えばようございますが、すでに城下から逃げおおせたかもしれませぬ」

平四郎が言う。

「なるほど、分かった」

工藤は、外に顔を出して同心たちに指示をした。

「その切支丹は本当に調べの最中黙《だんま》りを通したのか？」

平四郎は金介に訊いた。

「さて。手前は詳しくは存じません。それは取り調べをした役人にお訊き下さい」

捕らえられた切支丹は、平四郎の住まいの近く、馬場町《ばばちょう》の牢屋敷に送られる。そこで詮議が行われ、必要があれば拷問が加えられた。

「分かった。そうしよう」

平四郎がそう言った時、虎籠番小屋の外に徒目付が一人、申し訳なさそうな顔をして現れた。

「あの……。少々困っております」

「何だ？」

工藤が訊く。

「虎に絡みついた投網をいかにして外そうかと思案しております。網を外した途端、虎に襲われるのではないかと、誰も外す役をしたがりませぬ。何か手はないものかと考えましたが誰も思いつきませせぬ」

それを聞いて祥庵は大声で笑いだした。

「捕らえることばかり考えて、網を外す算段まで気が回らなかったのであろう？」

平四郎は顔を真っ赤にした。

「平四郎。なんとかせよ」

工藤が渋面を作って急かすように言った。

「はぁ……」

平四郎は考え込むが、恥ずかしさで頭が真っ白になり、なかなかいい案が浮かばない。

「どれ」

と、祥庵が立ち上がった。部屋の隅から掃除用具のはたきを取り、土間に降りて竹箒を取りあげた。そして前差《まえざし》を抜き、はたきの柄の竹を一尺五寸、竹箒の柄を七寸ほどに切った。

「なにをなさるので?」

工藤が板敷きの端まで来て祥庵の手元を見た。

祥庵は、はたきの柄だった竹の一端に、房にしていたぼろ布をきつく巻き付けた。そして、竹箒の柄だった竹筒の、片方に残した節の中央に前差の切っ先で穴を空ける。

「水鉄砲だ」

祥庵はぼろ布を巻いて作った押し棒を竹筒の中に入れて動き具合を確かめた。

「いや……。水鉄砲は見て分かりますが、それを何に使うので?」

工藤が聞いたとき、平四郎には父の意図が分かった。

悔しい思いが胸に湧き上がるが、黙ったまま平四郎は土瓶を取りあげて父の手元に置いた。

「気が利くではないか」

祥庵はにっと笑って水鉄砲の先端を土瓶の中に入れ、残っていた冷えた茶を吸い上げた。

「虎を眠らせて、その隙に網を外すんでございますか?」

辰助が聞いた。

「ご明察」

祥庵は吉草根の茶をたっぷりと吸い上げた水鉄砲を持って立つ。

「しかし、うまくいきましょうか?」

辰助は首を傾げる。

「猫は吉草根の原料のカノコソウの臭いを好む。薬園にカノコソウを植えておく時には、猫に食われないように気をつけなければならぬほどだ」

「猫と虎は違います」

平四郎が言う。

「お前だって虎と猫を同じに考え、水が苦手とか申していたではないか」祥庵は笑う。

「なに。好んで飲んでくれなくとも、吼《ほ》えて口を開けた所に水鉄砲を突っ込み、チューだ」

祥庵は番小屋を出る。平四郎たちもぞろぞろとその後に続いた。

第二章　切支丹と金山

一

祥庵が虎に投薬した眠り薬は良く効き、徒目付たちは安全に投網を外した。

工藤は、捕り方に不審な荷物を運ぶ者、挙動が不審な者を見逃さずに取り調べるよう指示を出した。また、大目付の桜庭に知らせを出し、盛岡町奉行にも探索、聞き込みの協力がほしい旨を伝えた。盛岡では慶長年間に町奉行が創設されていた。

平四郎たちは一旦家に戻り、夜が完全に明けてから聞き込みに回るよう言われて帰路についた。

平四郎は家に帰って布団に入ったが、頭が興奮しているためか、なかなか寝付けず、少しうとうとしかけたところで外が明るくなった。

しかたなく夜具から出て、身支度を整え外に出た。

雪は止んでいたが、五寸ほど積もっていて吉蔵とその女房のはつが、玄関先から通りまで雪篦《ゆきべら》で雪かきをしていた。

「あっ。旦那さま」吉蔵が気づいて頭を下げる。

「もうお出かけでございますか？」

「そこの牢屋敷まで。一刻《いっとき》ほどで戻るつもりだ」

「それでは、朝餉《あさげ》の用意をしておきましょう」

はつが言う。

「いや。話の中身しだいではそのまま動き回ることになるやもしれん。朝餉はよい」

「左様でございますか」はつは心配げな顔をする。

「御食屋《みおしや》の物でもようございますから、ちゃんと食べてくださいませよ」

「うむ。そのようにする」

言って平四郎は門を出た。

通りには、各家の雇い人が出て、俵を両脚に履き雪踏みをしていた。

牢屋敷のある馬場町は、桜之馬場《さくらのばば》があることから名付けられた町である。場所柄、厩《うまや》や馬役人の家が建ち並んでいた。中津川と北上川の合流近くのこの一帯は、中下級の武士の屋敷町が続いている。

牢屋敷に着くと、平四郎は番小屋に声をかけた。

中には中年の同心二人と夜勤を終えたばかりの門番二人がいて、土間に置いた火鉢の周りに床几《しょうぎ》を置き、煙管を吹かしていた。

「拙者《せっしゃ》、徒目付の米内平四郎と申す者でございます」

平四郎が名乗ると、四人は立ち上がり、

「ああ、熊を生け捕りにした米内殿で」

と、同心の一人が目を輝かせた。

すでに嘘の噂は広がっているらしい。平四郎は照れ笑いをして「まぐれでござる」と言った。

「福田《ふくだ》と申します」

「豊川《とよかわ》でござる」

二人の同心が言う。門番は「失礼いたします」と言って帰っていった。

福田が平四郎に床几をすすめ、

「それで、どのようなご用件で？」

と、訊いた。

平四郎は身を乗り出し、声をひそめて言う。

「昨夜の熊騒動の、本当の話はお聞き及びか？」

すると、二人の同心も平四郎に顔を寄せて、

「聞いております」

と、小声で答えた。

「それならば、安心。昨夜、熊に与えられた餌について調べております」

「ああ。切支丹の死骸が放り込まれたとか」

豊川が言った。

「その切支丹について知りとうござる」

「知りたいと仰せられましても――」

福田と豊川は顔を見合わせる。

「取り調べは寺社奉行の同心が行いましたので」

切支丹の摘発、取締りは主に宗門改《しゅうもんあらため》によって行われた。盛岡城下では町内毎に、在住者、転入者の家族構成や菩提寺を記した書上帳《かきあげちょう》を提出させた。

宗門改が行われるのは島原の乱の後であるが、それ以前から切支丹の取締りは行われていた。南部領では寺社奉行配下の同心がそれに当たっていた。

「取り調べの声は聞こえていたでしょう？」

「はぁ――。しかし、ほとんど何も喋りませんでしたので」

福田が言う。

「年寄りの女の方はマグダレナ。若い方はジュスタと名乗りました。喋ったのはそれだけでございます」

「洗礼名ですね――。なぜ名乗ったのでしょう？」

「すっかり観念した年寄の方が、神さまの元へ行くのだから正々堂々と、と申して」

豊川が言う。

「強情な女たちでございました」福田が言葉に尊敬の念を滲ませた。

「正々堂々とと申したくせに、名前のほかはどんなに責めても何も口を割りませぬ。そこで、切支丹たちへの見せしめとして、伊達領にも負けぬほど無惨な刑にとお裁きが下りました」

「寺社奉行所の同心らが決めたことではございますまい。お奉行さまのお達しでございますか？」

「それは分かりませぬが、ここに連れて来られて数日後にそういうお達しがあったようで」

「虎の餌にせよとの命が下ったのでございますね」

「はい。生きたままではあまりにも気の毒ということで、小鷹の仕置場で処刑した後、虎籠へ運べとのことでした」

「切支丹の処刑は中津川で水責めでございましょう?」

「その方法は途中で〝立ち返る〟かもしれぬからだそうで」

立ち返るとは、切支丹が信仰を捨てる転宗《てんしゅう》のことである。〝転ぶ〟とも言った。切支丹は立ち返りの者となっても、死ぬまで監視が付けられた。

「二人は立ち返りそうになかったのと、遺骸を虎に食わせるのだから、せめて楽に死なせてやろうと思ったのだと言うておりました」

豊川が苦い顔をする。

「そういう経緯《いきさつ》でしたか――。しかし、なぜ急に虎に食わせようなどという話になったのでしょうね」

「さて、それは分かりません。切支丹への苛立ちが溜まってということではございませんか」

「そうかもしれませんね――。それで、マグダレナとジュスタは、どこで捕らえられたのですか?」

福田が答える。

「二月《ふたつき》ほど前に、紫波の佐比内《さひない》の朴木金山へ向かう山道でございます」

佐比内とは盛岡より南、紫波郡にある村の名である。佐比内には朴木、僧ヶ沢、平栗、釜ヶ沢など多くの金山がある。

　南部領には大小百以上の金山があった。そこから上がる運上金で南部家は潤っている。鉱山開発には〈直山《じきやま》〉と〈請山《うけやま》〉の別がある。前者は藩が直接経営する形態であり、後者は入札によって商人や山師に採掘権が委譲される。落札した山師は鉱山を支配し公政不入の地とするのである。治外法権によって、捕り方が入ってくることはないから、お尋ね者や切支丹の格好の隠れ家となっていた。無法者の巣窟とも言われているが、鉱山にはそれぞれ独自の〈山法《やまほう》〉というものがあって、厳しい掟で無法な行動を戒めていた。

　元和九年（一六二三）──一昨年は、伊達領胆沢郡で用水路開拓に力を注いだ切支丹後藤寿庵《ごとうじゅあん》が逃亡。胆沢の下嵐江《おろせ》の銀山に潜伏していたカルバリョ神父が捕縛。仙台では広瀬川において切支丹の水籠の刑が行われた。

　今年に入って、六月には秋田藩で鉱山に潜伏していた切支丹三十三人が処刑されていた。南部領でも切支丹の取締りが厳しくなり始めている。あちこちで「南部領には多くの切支丹が潜伏している」という噂が囁かれていたからである。しかし、本格的な弾圧に踏み切るのはずっと先のことであった。金山では切支丹が大きな労働力であり、そこから産出される金は重要な財源だったからである。

　実際、和賀《わが》、稗貫《ひえぬき》、紫波、三閉伊《さんへい》の鉱山には多くの切支丹が逃げ込んでいたし、盛岡城下にも各藩の追及を逃れた切支丹が潜伏していることは平四郎も摑んでいた。

「金山に向かっていましたか？　それとも金山から出てきたのでしょうか？」

「金山に向かっておりました」福田は言葉を切り、小声で付け足した。

「実は、二人は寺社奉行所が捕まえたのではございません」

「では、誰が？」

「近頃、朴木金山に頻繁に切支丹が逃げ込んでいるという噂を聞きつけ、食い詰め者たちが小遣い稼ぎに切支丹を捕らえようと、道に張り込んでいたのだそうでございます。ですから、寺社の同心らの言うたことは、その者たちからの伝聞やら偽りやらが混じっているものと」

「二人の身分は想像つきましょうか？」

「ここに来た時は町人の旅装束でございました。品がございましたから、大店のご内儀とそのお付きの女中というところでございましょうか」

「二人は主従の関係であったと？」

「捕縛の時、若い女が年寄りの方を庇《かば》ったそうでございますから」福田はそこで何か思いだしたように手を打った。

「そういえば、年嵩の方の女は、捕らえられた時には、在所は花巻で、朴木金山に勤める夫に会いに行くと申したそうでございます。鉱夫の女房には見えぬが、亭主は金山でどんな仕事をしているのかと訊くと口ごもり、金山で呉服商を営んでいると慌てて申したそうで」

金山は多くの鉱夫を抱えていることから、商店なども整い、一つの町のようになっていた。

「それで嘘を申すなということになり、荷物をあらためると久留子《クルス》（十字架）が出てきたのだということとで。果たしてどこまでが本当か」

「二人が嘘をついていると？」

「いえ。食い詰め者の方でございますよ。寺社の同心たちが現場へ行ってみたら、あちこちに血の痕があったとのこと。酷い折檻《せっかん》をして口を割らせたのかもしれません」

「二人は大きな怪我をしていたのですか？」

福田ははっとした顔をする。

「年嵩の方は掠り傷程度。若い女の方は着物は血で汚れていましたが、傷らしい傷は頭の後ろの殴られたような痕ばかりで……」

「では、誰の血でしょうね」

「頭の傷は浅くても派手に血が出ますから」豊川が言った。

「食い詰め者らが仲間割れでもして斬り合ったんじゃないですか。若い女はその血をあびたとか」

「切支丹を捕まえた褒美など微々たるものでしょう。斬り合いをするほど揉めることはないでしょうね」平四郎は首を振る。

「二人は町人に化けた武家の女で、食い詰め者たちを何人か斬り捨てたとか」

「ああ――。武家は町人より体面を大切にしますからな。町人姿で金山に逃げたのはそういうわけかもしれません」

福田が肯く。

「しかし、仲間を殺されたのなら、頭に来て二人を殺すんじゃないですか？」

豊川が首を傾げる。

「殺したら、褒美をもらえないわけですから、仲間は無駄死にです。それならわずかでもいいから金をもらおうと考えたのかもしれません」

「ああ。食い詰め者が考えそうなことです」

「それで――」平四郎は話題を変えた。

「二人の遺体を虎の餌にすることは、公になってはおりませんね。わたしも昨夜初めて聞きました。すると、領内の切支丹は仲間の遺骸が虎の餌にされることをどこで知ったのでしょうね」

「死体が消えた件でございますか？　切支丹が仲間の死骸を奪ったとお考えで？」

豊川がさらに声をひそめて訊く。

「昨夜の今朝でその噂も流れていますか」

平四郎は苦笑した。

「外には出ておりませんが、内々では捕り方に出た者たちから色々と聞かされております」福田が言う。

「若殿が牡丹丸を鉄砲で撃ったので、家老の方々が慌てて幽閉したとか。狩りのお好きな若殿が虎狩りをしたいがために虎を放したのだとか」

豊川が福田の袖を引っ張る。

「虎を放したのは切支丹の仕返しだという声の方が多ございます」豊川は愛想笑いを浮かべる。

「死骸を奪い、虎を放したのが切支丹ならば、死骸を虎の餌にすることを知ったのはたまたまでございましょう」

「熊です。熊」

と平四郎は言ったが豊川は、

「我らは事情を知っておりますからいいでしょう」

と面倒臭そうに顔をしかめた。

「左様ですね」平四郎は肩をすくめる。

「しかし切支丹の死骸を虎の餌にするなどという事を、たまたま知れるものでしょうか？」

「そこまでは分かりませぬ。我らさえ知らされておりませんでしたから、漏れたのならもっと上の方からでございましょう」

福田が不機嫌そうに答えた。

「なるほど、分かりました」

平四郎は立ち上がった。

あまり根も葉もない噂を広めないようにと口止めしようとも考えたが、人の口に戸は立てられない。口止めしても噂は広がるものだと思い直した。

おそらく昨夜の捕り物を覗き見ていた町人の口から、町に出て捕らえられたのは熊ではなく虎だったということも遠からず広まって行くだろう――。

「また何か伺いに来ることがあるかもしれませんので、その時にはよろしくお願いいたします」

二

平四郎が牢屋敷を出ると、前方から駆けて来る者があった。雪靴を履いた若い女である。色は黒いが、目鼻立ちのはっきりとした娘であった。

「柊《ひいらぎ》。兄者はどうした？」

平四郎は声を掛けた。

柊と呼ばれた女は平四郎の前まで来ると、怒ったような目で見上げた。

「まだ寝ております」

柊は辰助の妹で、正式な配下ではなく時々兄の仕事を手伝っていた。女でなければ入れない場所での聞き込みである。時に、商家に雇い人として潜入することもあった。両親はすでに亡《な》いが、父も徒目付支配小者で、その父から武術の手ほどきを受けたから危ない仕事も大丈夫だと本人は言っていたが――。平四郎はあまり信用していなかった。

「なにを膨れておる？」

「昨夜のことでございます。お手伝いに参ろうとしたのですが、兄に危ないからと止められました」

「いや、それは辰助の判断のほうが正しい。ほんに危ない捕り物であった」

「だからこそ、少しでもお役に立ちたかったのでございます」

柊は唇を尖らせる。

「うむ。分かった、分かった。昨夜のことはもう終わったこととして、これから存分に働いてもらおう」

「はい。何をお手伝いいたしましょう？」

柊は嬉しそうに微笑んだ。

「切支丹の居所を知りたい」

「ご城下の切支丹でございますか？」

柊は眉をひそめる。

以前、切支丹は屋根葺町《やねふきちょう》と呼ばれる界隈に住んでいた。その名の通り屋根葺大工の住む町である。しかし、盛岡でも取締りが厳しくなり始め、あちこちに散っていった。

柊は切支丹の動静に詳しかった。数年前に同じ長屋に越してきた一家があった。柊はその娘きよとすぐに仲良くなった。ある日きよは、『内緒の話』として一家が切支丹であることを打ち明けてくれた。取締りの厳しい伊達領から逃げてきたのだという。重大な秘密を共有したことの嬉しさに、柊は娘との強い絆が結ばれたと感じた。

その翌年、兄の手伝いをして聞き込みをしている最中、切支丹の大きな取締りがあるらしいという話が聞こえてきた。柊はすぐにきよに知らせようと長屋に戻ると、すでに一家の姿はなかった。家財道具一式も消えていた。

長屋の人々に聞くと、着物の仕立てを生業とする女が、慌てて引っ越す一家の姿を見ていた。女には『借金取りに見つかりまして』と父親がばつの悪そうな顔をしていたという。

きよが自分に何も告げずに姿を消したことに、柊は大きな衝撃を受けた。一時は恨みもしたが、すぐにきよに会いたいと思うようになった。

以来、柊は暇を見てきよを探し回った。おそらく遠くへは行っていまいと考えた。

田舎は住人の目が厳しい。怪しい者が足を踏み入ればすぐに気づかれるし、肝入《きもいり》へ知らせが行く。身を隠す場所がないし、余所者《よそもの》が就ける仕事もない。だからきよの一家は盛岡にいると柊は思ったのだった。

あの一家は切支丹らしいと聞けば、行って確かめた。そういうことを繰り返すうちにある程度、盛岡に住む切支丹には詳しくなったのであった。

だが、それを平四郎が知っているはずはない。

そう思って柊は平四郎に探るような目を向けた。

「手下《てか》の動きぐらい押さえている」

平四郎は小さい声で言った。

柊はドキリとした。

平四郎は自分がきよを探しているのを知っていたのかと、柊は叱《しか》られる覚悟を決めた。

「左様でございましたか……」

「寺社奉行の手先になるつもりはないが、厄介なことが起こった」

平四郎は昨夜の出来事をかいつまんで語った。

どうやら平四郎は自分を叱るつもりはないのだと知って柊はほっとした。しかし、平四郎は切支丹を疑っているらしいと思い、少し腹が立った。柊の知る切支丹たちは全員、心優しく、そして臆病だった。逃げ隠れすることはあっても、人を殺して虎を逃がそうなどと考える者は一人もいない。

「なるほど。米内さまは、餌として放り込まれた仲間の遺骸を、切支丹が奪ったのだとお考えなのですね。そして、虎籠番を殺し、虎を逃がしたと?」

柊は咎めるような目をした。

「いや――。状況はそのように見えるというだけだ」平四郎は柊の目つきに、少し慌てたように言った。

「人にも色々な性格があるように、切支丹も色々であろう。乱暴な考えを持つ者がいるやもしれぬではないか。あるいは、誰かが切支丹に濡れ衣を着せたのかも知れぬ。ともかく、切支丹ならば何か手掛かりになることを知っているかもしれぬと思うてな」

「あたしは切支丹ではありませんが、人を殺したり、人を傷つけるかもしれぬ虎を放すことは教えに反することであろうと思います――。濡れ衣であればそれを晴らして下さるのですね？」

「そういうことだ」

「近頃、切支丹はあちこちに逃げてしまっております。残っている者も表立って耶蘇教を信じているとは申しません。ですから、何を聞いても知らぬ存ぜぬと答えるだけでございます――。でも、立ち返りの者ならば、知っていることを答えてくれるかもしれません」

「立ち返りか――」平四郎は肯いた。

「よし。立ち返りの所へ連れて行け」

「あたしが聞いて参りましょう」

「まだ景迹の形が整っておらん。直接聞いているうちに、色々と思いつくかもしれんのでな。直接聞きたい」

「かしこまりました」

柊は先に立って歩いた。

中津川沿いを上流に向かって歩き、中之橋のたもとで左に折れ、屋根葺町に入った。

柊は町屋の建ち並ぶ路地を進み、裏手の長屋の木戸の前に立った。

「あそこでございます」柊は腕を伸ばして、五つ並んだ腰高障子の一つを指さした。

「屋根葺大工の長次《ちょうじ》という男が住んでおります」

平四郎は肯いて奥から二番目の障子の前に歩み寄る。

「長次。おるか？　徒目付の米内平四郎という者だ」

声をかけると、中から「へい」というくぐもった声が聞こえた。

平四郎は腰高障子をがらりと開ける。

狭い部屋は板敷きの四畳半。奥に畳一枚と夜具が枕屏風に隠されるように置かれていた。家財道具の類はほとんどなく、長次は板敷きに敷いた筵の上に座り、箱膳を前にして朝食の最中だった。

痩せた中年男である。欠けた椀を置き、正座し直して、おどおどとした目を平四郎に向けた。

「徒目付さまが、何の御用でございましょうか？」

「昨夜、お城で騒ぎがあってな」

平四郎は狭い三和土《たたき》に入って言った。

「お城でございますか？」長次は一瞬、きょとんとした顔をする。

「そう言えば、夜中に鉄砲の音が聞こえたとか長屋の者たちが話しておりました」

「上がってもよいか？」

「あっ……。汚い所でございますが、どうぞお上がりなすって」

長次は箱膳を部屋の隅に置き、筵を平四郎の前に押しやって自分は板の上に正座した。

平四郎は座れば藁屑がつきそうな筵に座るのは遠慮して、板敷きに膝を折る。

「お城で騒ぎがあったのだ」

平四郎はもう一度言う。しかし、長次の反応は鈍い。

「左様でございますか……。わたしは専《もっぱ》ら茅葺きばかりやっておりますもんで、瓦葺きのお城は遠くから眺めるばかりで……」

「そうか。では、昨夜の熊の騒動は知っているか？」

「ああ、それは知っております。大家さんが知らせに来てくれました――。鉄砲の音はそれでございましたか。熊はお城に入り込んだので……」

長次は顔を強張らせた。

「その騒ぎに乗じて、切支丹がちょっとした悪さをしたのではないかと思ってな」

平四郎が「切支丹」という言葉を口にした途端、長次の表情が凍った。

「わたしは、もう切支丹ではございませんで……」

「それは知っているとも。お前が悪さをした仲間だとは思っておらぬ」

「へい……。ありがとうございます……」

「訪ねて来たのは、お前ならばお城に出入りできる切支丹を知っているのではないかと思ってな」

「お城に出入りできる切支丹でございますか……」

長次は目を逸らしてしばらく考え込み、おずおずと平四郎の方へ顔を戻す。

「あの……。どなたか名前は存じませんが、ご城内に住む切支丹も御座《おわ》します」

「城内に住む切支丹――。それは、高知の侍ということか？」

「さて……。お武家さまなのか、奥のお女中なのかは存じませんが、何人か御座すという話は聞いております」

城内の切支丹が手引きし、マグダレナとジュスタの遺骸を奪還しに来た者たちを城の中に入れたのかもしれない——と、平四郎は思った。

この時代より先の事になるが、寛永十二年、十三年の南部領の資料によれば、その二年間で逮捕された切支丹百七十六名のうち、侍とその妻子が三十九名もいたという記録が残っている。

「虎籠番の下田兵八という男はどうだ？　切支丹であったという話は聞かぬか？」

「さて——。わたしが立ち返る前には訊きませんでした。以後のことは分かりません」

「近頃の切支丹の動向について、何か聞いていることはないか？」

「わたしは立ち返りの者でございますから、昔の仲間は寄りつきませんので……。しかし、わたしと同じ立ち返りから後藤寿庵が南部領に潜伏しているという話を聞きました」

「寿庵が……」

後藤寿庵は、伊達領胆沢郡見分村《みわけむら》千二百石の領主であった。慶長十七年（一六一二）頃から、伊達政宗《だてまさむね》に仕え、大坂冬の陣、夏の陣では伊達軍の鉄砲隊長を務めた。

見分村の領主となった後、イエズス会の神父アンジェリスとカルバリヨを招き教えを受けた。同地の名をキリストの説いた神の国と救いの教えである〈福音〉にちなんで福原と改めた。

寿庵は、家臣や領民を切支丹に改宗させ、領地に天主堂と呼ばれる教会、クルス場と呼ばれる切支丹墓地などを作った。また、胆沢地方の荒野を開拓し、水利事業も行って用水の堰《せき》を掘削した。

寿庵は博学で、彼が行った開拓は西洋式の技術を多く取り入れたものであった。伊達政宗も寿庵の知識と行動力を高く評価していたが、三代将軍家光が切支丹禁止令を出した。

昨年、政宗はそれを受けて、寿庵に改宗を命じた。問答無用で捕らえて処罰するには惜しい男だったからである。

だが、寿庵はそれに応じなかった。

多くの者を耶蘇教に帰依させ、大勢の者たちを従えて荒野開拓の難事業をやってのけた寿庵の統率力を考えれば、生かしておくわけにはいかない。

政宗はやむなく家臣片倉重綱《かたくらしげつな》に寿庵討伐を命じた。

片倉は兵を率いて福原に進軍したが、寿庵は福原を脱出して行方をくらませた。

寿庵の師の一人であったアンジェリス神父は、カルバリヨ神父と共に蝦夷《えぞ》地を回っていたが元和七年（一六二一）に江戸に赴き布教を行い、捕らえられて一昨年処刑された。もう一人の師カルバリヨ神父は胆沢に戻っていたが、捕らえられ昨年処刑された。

「寿庵は南部領に入っていたか」

平四郎は唸った。

寿庵の伊達領胆沢での活躍は耳にしていた。その寿庵が南部領に入り、大勢の切支丹の指導者となれば――。

平四郎の背に冷たいものが走った。

頭のいい人物は、時としてとんでもないことを考え出す。もしかすると、マグダレナとジュスタの遺骸奪還は、寿庵が立てた計略ではなかったか？

「それで、寿庵はどこにいる？」

「詳しくは分かりませんが、佐比内の金山のどこかではないかと」

「どこかまでは分からぬか?」

「はい。しかし、伊達で多くの信者を集めていた男でございますから……」

「丹波弥十郎《たんばやじゅうろう》の側におるか……」

丹波弥十郎は京都の山師である。佐渡金山開発にも加わっていたという話であった。また、弥十郎は切支丹で、取締りの厳しい西国から千人の切支丹を引きつれて佐比内に入ったという噂もあった。

三年前の元和八年(一六二二)、弥十郎は大判六千五百枚の運上金で朴木金山の採掘権を得て開発を進めている。

佐比内には幾つもの金山があったが、中でも、朴木金山は群を抜いて規模が大きかった。まだ先の話になるが、最盛期には採掘従事者一万三千人。屋敷や小屋が千百二十軒も建ち並び、歌舞伎や相撲の興行が頻繁に行われるようになる。遊廓もあり、江戸や仙台から多くの遊女が集められた。産金量も日本一と謳われる金山となるのである。

金の採掘が始まって三年であるから、前述のような賑わいはないが、それでも山の周辺には一つの町が形成されていた。

「その他に何か知っていることはあるか?」

「さて……。すぐには思い出せませぬ」

「ならば、また何か聞きに来ることがあるかもしれぬから、それまでに思い出しておけ」

言って平四郎は長次の家を出た。

長屋のはずれに目つきの鋭い男が潜んでこちらを見ていた。おそらく、寺社奉行所の、立ち返りに対する見張りであろうと平四郎は思った。こちらを知っているようで、ただ睨むばかりで何も言ってこなかった。

　長屋の木戸をくぐると、待っていた柊が言った。

「申しわけありません。何人かの立ち返りに当たりましたが、何も摑めませんでした。平四郎さまの方は、何か摑めましたか？」

「色々とな」

　平四郎は長次から聞いたことを語った。

「後藤寿庵の噂は聞いております。かなりの知恵者だとか」

「うむ――。柊。お前はほかの立ち返りに当たって寿庵がどこに潜んでいるのか手掛かりを摑んでくれ。おそらく朴木金山であろうと思うが」

「しかし……。切支丹は立ち返りに近づきません」

「立ち返りの長次がこれだけのことを知っていたのだ。ほかの者で違った話を知っている者もいるかもしれぬ。中には立ち返りと偽って切支丹の事をこちらに流しつつ、こちらの動きも切支丹に知らせている者もいるかもしれぬ」

「間者でございますか」

「長次は寿庵のことまで喋ったから間者とは思えぬが、ほかの立ち返りに当たるときには用心して表情を読め。間者らしい者には見張りをつけろ」

「かしこまりました。この近くにはまだ立ち返りがおりますので、その者らから当たります」

　柊は一礼して走り出した。

平四郎は一度家に戻ろうと、中津川沿いの道に出た。下之橋を渡って御門をくぐり、堀割にかかった米内御蔵前御門の橋の中程まで歩いた時、堀の向こう側の川原に六兵衛の姿を見つけた。米内御蔵の敷地の崖下である。

「おおい。六兵衛」

平四郎は欄干から身を乗り出して声を掛けた。

六兵衛は顔を上げて手を振った。

平四郎は急いで橋を渡り、川原に下りた。

「兵八の家族はどうだった?」

「遺体を運ぶ者たちと一緒に行ってきたが――」六兵衛は渋い顔をする。

「兵八が大罪を犯したかもしれぬと聞いて、家族は主の死を嘆き悲しむこともできずに、みな青い顔をして黙りこくっていた。女房も幼い子供も、あっぱれ、歯を食いしばって我慢していたが、涙ばかりはぽろぽろとこぼれて――」六兵衛は鼻を啜《すす》る。

「気の毒だったが、金回りの件と、最近の人付き合いについてだけ訊いてきた。見知らぬ者が訪ねてくることも、どこかへ頻繁にでかけるようなこともなかったそうだ。いつも通り、判で押したように登城し、帰ってくる。金回りがよくなったということもないそうだ。もちろん、切支丹でもない」

「兵八が虎を逃がした者たちの一味である證跡《しょうぜき》(証拠)はないということだな」

「家の者たちが嘘をついていなければな」

「嘘をついている様子だったか?」

「いや――」

六兵衛は首を振った。

「家に金が回っていないということは、別の所に回っているかもしれないな」

「どういう意味だ？」

「女と博打《ばくち》」

「生真面目な男がか？」

「真面目な奴ほど溺れると恐いというぞ」

「ふむ……。しまったな。気が回らなかった」

「まぁ、仕方がないか」

と言いながら、平四郎は別のことを考える。

昨夜は、兵八が虎を逃がした者の一味であるとして景迹を進めた。金介だけに眠り薬を飲ませたことからそう考えたのだったが、生真面目な男が金のためとはいえ虎を逃がすなどということに加担するだろうか？　虎が逃げれば多くの人が食い殺され、傷つけられることになる。

「格上の者に命じられたとしたらどうだ」

平四郎は呟く。

「何の話だ？」

六兵衛は片眉を上げる。

「誰が兵八を騙したかを考えていたのだ――。立ち返りの長次に話を聞いてきたが、高知衆にも切支丹がいるらしい」

「本当か！」六兵衛は目を見開いた。

「兵八は真面目な男だった。ならば高知衆の命令であれば従うだろうな」

六兵衛は腕組みして続ける。

「おれもお前も、高知衆に切支丹がいるなど考えもしなかった。兵八もそうであろうよ。たとえばそのお方が、家臣に囚人の着物を纏わせ連れてくる。『死骸を餌にするよりも、生きた者を餌にした方が切支丹は震え上がるであろう』と言って、虎籠に案内させる」

「眠り薬は？」

平四郎が訊く。

「切支丹の高知衆が、『これはお前にだけ打ち明けることだ。金介は邪魔だから眠らせておけ』と薬を渡した——。虎籠の所で囚人に扮した家臣が兵八を捕らえ、自害に見せかけて殺した。そのお方は虎を逃がし、切支丹の遺骸を奪う。虎は町で暴れ、それが天罰であったという噂を流す。そうなれば取締りの力も緩むと考えたのかもしれん」

「今までの話から、兵八は平然と嘘をつけるような男だとは思えない。本当は眠り薬だと知っていれば、態度に出るだろう。金介は違和感を覚えるはずだ」

平四郎は異を唱える。

「ほかにどんな景迹が立つというのだ」

六兵衛はムッとした顔で言った。

「何も知らない兵八が何者かから『眠気覚ましの薬だ』と薬をもらったと仮定する」

「ならば自分も飲んでいたろうが」

「兵八がその時、眠くなかったら？」

六兵衛は「ああ」と肯く。

「金介もそんな事を申していたな」

「兵八は眠くなってからにしようと、薬を飲まずに見回りに出た。金介は薬を飲んで眠ってしまった。賊は二人とも眠らせようと思っていたから焦った。賊はやむなく、兵八を捕らえて殺した」

「なるほど。そっちの方が無理がないように思う。では、兵八に眠気覚ましの薬と称して眠り薬を渡した奴は誰だ？」

「それをこれから探すのだ。兵八が眠気覚ましの薬と言われて疑いもしない人物だ」

「兵八が信頼している者か。切支丹の高知衆か」

「そうとは限らん。隣近所の古老とか、親しい友人とか」

「だが――」六兵衛は首を傾げる。

「兵八が金介と共に眠り薬を飲んだとすると、二人が眠っている間に賊は虎を放すのだな？」

「そうだ」

「だったら、目が覚めた兵八は、薬をくれた者が虎を逃がしたと気づいてしまうぞ」

六兵衛に言われ、平四郎ははっとした顔になる。

「最初から兵八を殺すつもりであったか――」

「お前やお前の親父どのが不審に思わなければ、兵八がヘマをしでかして虎を逃がし、腹を斬ったということで落着していたろう」

「待て待て。切支丹の遺骸が奪われたことを忘れておるぞ」

平四郎は眉間に皺を寄せる。

なにかちぐはぐな気がした。

切支丹の遺骸を奪うことを目的としているのならば、わざわざ兵八が腹を斬ったように見せかけることはない。見回りに出た兵八なり金介なりを殴り倒すとか斬り殺すとかして虎を逃がし、遺骸を奪えばいいから眠り薬を使う必要もない。

なぜ、殺した後にわざわざ腹を割き兵八が自刃したように見せかけたのか――？

「もう一度、兵八の身辺を洗い直した方がいいな」平四郎は六兵衛を見てにっこりと笑う。

「仕事を増やしてすまぬな」

「なに？　またおれが行くのか？」

「気が回らなかったお前が悪い。それに、入れ替わり立ち替わり、別の者が事情を訊きに行くよりも、お前が行った方が向こうも話しやすかろう」

「うむ……。仕方がない」

六兵衛はしかめっ面を作った。

平四郎は思い出したように六兵衛を見る。

「ところでお前、ここで何をしていた？」

「足跡を調べていた」

「虎の足跡か？」

平四郎は六兵衛の横に立って訊く。

「違う。今さら虎の足跡を調べてどうする。虎籠から切支丹の死体が消えたのならば、運び出した者たちの足跡があるはずだと思ったのだ」

「だが、雪が降り始めたのは昨日の夜だ。切支丹の死体が消えたのは雪が降る前。それまで降った雪は締まっていて足跡など残っていまい」

「お前、時々抜けた事を申すな」六兵衛は呆れたように平四郎を見る。

「雪が締まっているのは人が歩く道だけだ」

六兵衛は川原を指さした。

一面の雪の原に二筋の足跡が微かに見えている。足跡が出来た上に雪が積もり、浅い窪みになっているのだった。

一本は綺麗に並んでいて、虎の足跡だと分かった。

もう一方はだいぶ乱れている。足跡と言うよりも筋のように見えた。複数の者が足を擦るようにして雪の上を歩いた痕である。

「足跡の様子から、少なくとも四人の者がこの川原を歩いたことが分かる。おれの足跡よりもだいぶ深いから、よほど目方の重い者か、重い物を運んでいた者たちの足跡だ」

「二人一組で、二人の切支丹の遺体を運んだか――」

平四郎は乱れた足跡の側にしゃがみ込み、表面の新雪を払った。

古い雪の上に血の滴りがあった。

六兵衛は唸りながら平四郎の横にしゃがむ。

「若い女の遺体は無惨な様子であったのだな」

「変だとは思わないか?」

平四郎は足跡と血痕を指さした。

「足跡は重なっている場所が多いが、よく見れば三種類だ。一つは長い筋になっている。あとの二つは、一人の者が歩いたと分かる痕になっている」

「うむ。それはおれも気づいていた。筋になっているのは、二人組で戸板かなにかで死骸を運んだ者たちの足跡。後の二つは別々に何かを担いで歩いた足跡だ。仲間の〝残骸〟を蒲簀《かます》か何かに詰めて運んだのだろうよ。だから血がボタボタとこぼれた」

平四郎の言葉に、六兵衛は苦い物でも齧ったような顔になる。

「あの辺りに川舟を留めておけば、下之橋御門の番所からは死角になる」

平四郎は足跡が途切れる川岸を指さす。

「仲間の死骸を奪うために、まず檻の中の虎を逃がした。人気のない所で動き回れば目立つが、虎逃亡の騒ぎに紛れれば動きやすい。虎が逃げたという知らせが走れば、最初は虎屋敷に人が集まる。そして、その周辺から探索が始まり、しだいに虎屋敷から遠ざかる。米内御蔵の周辺から捕り方が去ったところを見計らい、死体を盗み出した――」六兵衛は立ち上がる。

「切支丹の仕業で決まりだな」

「さっきは高知衆が下手人という景迹に賛成していたではないか」

「そのお方が手引きして、遺骸の運び役が入り込んだのだ。どちらも切支丹。だから切支丹の仕業で決まりと言うたのだ」

「そのほかにも色々と景迹できるが、今のところはそう考えるのが妥当か。後藤寿庵が南部領に潜り込んでいるという話もあるしな」

平四郎は言った。

「寿庵が？　あの知恵者がついているのならば、油断はできぬな」

六兵衛は顔をしかめる。

「まだまだ絞り込むのは難しいな」

平四郎は小さく溜息をついた。

「それでは、また兵八の家を訪ねて参る」

言って六兵衛は下之橋御門前の橋の方へ歩いた。

平四郎は足跡を辿りながら米内御蔵の敷地に続く崖を登った。

崖は急斜面であったが、雪を踏み固めて足掛かりを作った跡があった。積もった雪は切支丹の遺骸を奪った者たちに味方したようであった。これならば、遺骸を乗せた戸板を運ぶのも楽だったろうと平四郎は思った。

平四郎は米内御蔵の前を抜けた。蔵の向かいの柵の側に、新しい土饅頭《どまんじゅう》があり、その上に石が乗せられていた。

平四郎は虎の仮墓であろうと思い、立ち止まって合掌した後、虎屋敷の前を通った。虎籠番が五人、槍を持って虎籠の前に立っていた。昨夜の今日であるから、番人の数を増やしたのであろう。事が起こってから慌てて対策を立てる。役人はいつもそれだと、平四郎は自戒も込めて苦笑した。

平四郎は虎籠番たちに会釈をして虎屋敷を過ぎ、鍛冶屋御門を通って二ノ丸へ向かった。

一旦家に戻ろうとしていたのだが、工藤に報告しておこうと思ったのだった。

石垣を大きく回り込んで瓦御門から三ノ丸に入り、そこから車庫御門を通って二ノ丸に入る。登城口のすぐ右に御目付所。その隣りが徒目付所である。

平四郎が廊下を歩いていると後ろで襖が開く音がして、声を掛けられた。

「平四郎」

振り向くと工藤が小走りに近づいてきた。

「ああ、工藤さま。とりあえずのご報告に参りました」

「そうか」

工藤は平四郎の背を押して、徒目付所の前を通り過ぎ、広い廊下の隅に歩いた。

「どうであった?」

「切支丹の遺骸を奪った者たちは米内御蔵下の堀割から舟で逃げたようでございます。それから、兵八についてはどうも賊の一味ではなさそうで。伊達領福原の後藤寿庵が南部に潜伏しているらしいという話も聞き込みました」

「寿庵か――」

工藤は眉をひそめた。

「それから、城内にも切支丹がいると」

「奥女中の間でそういう話が囁かれておる。それについては、わたしが調べておこう」

工藤は言ってしかめっ面をした。

「もう一つ。誰が切支丹の死骸を虎の餌にせよと言い出したのかを知りとうございます」

「なぜだ？」

「今までそういうことはなかったのに、急に決めたのはなぜであろうと思いまして」

「切支丹を増やさぬための見せしめであろう。切支丹になれば虎に食われると思えば、怖《お》じ気づいて立ち返る者も出てくる」

「左様でございましょうな——。しかし、気になりますゆえ、調べとうございます」

「城内には色々な噂が立っておる。上の方では虎籠番が腹を斬ったのだから、もう詮索するなとのお声もある」

工藤は溜息混じりに言う。

「色々な噂とは？」

「若殿の事についてだ。虎籠番たちからの聞き取りで、若殿は三日にあげず虎籠へお出ましになり、虎見物をしていたとのこと。そして、『このような獣を狩ってみたいものだ』とよく仰せられていたという話だ」

「若殿が狩りをしたいがために虎を放したのだという噂が立っているということでございますか？　ご家老の方々がそれを真に受けて、もう詮索するなと？」

「しっ」工藤は口元に人差し指を立てる。

「日頃の御行状を見ていれば、あり得ぬ話ではないとお考えの方も御座《おわ》すということだ」

そこで平四郎は少し考えて小声で訊いた。

「上の方々は若殿を嫌って御座すという噂は本当のようでございますな」

それに合わせて工藤も小声で答える。

「傍若無人で、政《まつりごと》よりも鉄砲を担ぎマタギと共に山野に分け入る事の方に興味を示される方を好くと思うか？」

重直は常軌を逸した狩猟好きであったという。十一年で六千頭以上もの獣を狩ったという記録が残っている。

「すぐ上の兄君で御座した政直さまがお亡くなりになり、次のご領主は若殿と決まっております。若殿を嫌って御座す方々は、このままでは若殿を殿と呼ばなければならなくなります。しかし、若殿が徳川さまからのご拝領の虎を狩りの獲物として撃ち殺したとなればお家の一大事。ともかく御公儀に対しては、虎の死をなんとか誤魔化し、若殿にはそれを理由に次期ご領主の座から引いていただく――」

「滅多なことを申すな」工藤は平四郎を睨む。

「上の方々が、若殿を陥れようとして虎騒動を仕組んだと申すか？」

「若殿を疑うのであれば、同様に若殿を疎ましくお思いの方々も疑わねばなりませぬ」

「うむ……。確かに、若殿よりも、二つ下の利康《としやす》さまの方がお世継ぎとして相応《ふさわ》しいと思《おぼ》し召《め》す方々は多いが……」工藤は渋い顔をした。

「もし、若殿を陥れようとしたのであれば、詮索するなどと言わず、もっと噂を広げようとするはずだ」

「こちらが詮索すれば、仕組んだ方々の尻尾を摑んでしまうやもしれぬとお考えなのかもしれません」

「うむ……。昨夜の出来事は、あくまでも熊騒動。そして、熊を捕らえて落着した。これ以上、表立って探索が行われることはない。しかし、何者が虎を逃がしたかは調べを続けなければならぬ。ただしそれは、江戸表の殿からのお返事しだい。『なかったことにせよ』と仰せられれば、探索は打ち切りだ」

「殿はなかったことになさいましょうか？」

「殿が若殿が怪しいと思し召せばな。殿はどうしても若殿に後を継がせるお考えのようだからのう。だが、それまでは探索を続ける。万が一、若殿に関する證跡が見つかったならば、ただちに知らせよとの桜庭さまよりのお達しだ」

「桜庭さまは、若殿にお話を伺ったのでしょうか？」

「昨夜のうちにな――。虎を鉄砲で撃ったことはお認めになったそうだが、虎籠を開けた件は否定なさったとのこと」

「桜庭さまはそのお返事をお疑いで？」

「若殿のお言葉だけではな――。お開けになったか、ならなかったか、どちらであってもその確証が欲しいとのこと」

「もし若殿が虎を放ったという證跡が出れば、殿は本当に探索を打ち切れと御下知《おんげち》なさるとお考えですか？」

「家臣らに任せず、ご自身で若殿をお調べになろう」

「その後は？」

「若殿が虎を放ったのでないと判断なされば、また探索を開始されような。もし、若殿がおやりになったとなれば――。どういう落着となるかは、殿の御心しだいであろう」

「なるほど――」

虎を逃がして城内、城下の人々の命を危うくし、家康公から賜った虎を一頭撃ち殺したとなれば、謹慎程度ですむ話ではあるまいと平四郎は思った。

若殿は切腹、公儀への届けは病死。そして南部家は利康さまがお継ぎになる――。

「探索はお前が頭となって行えとのこと。ほかの組頭らには話を通しておくゆえ、同輩、小者は必要なだけ使え」

工藤は言った。

「馬を使う許可が欲しゅうございます。城下を出ることもございましょうから」

「桜庭さまに話を通し、鍛冶町駅所に伝えておく」

平四郎は馬を使える身分ではなかったが、役目によって鍛冶町駅所から馬を借りる許可を得ることがあった。

「桜庭さまは、お前が機転を効かせて虎を捕らえたことを大層お喜びだ。もう一人、米内がおれば牡丹丸も捕らえられたろうにと仰せられて御座した。その知恵で必ず虎を逃がした者を探し当てよとのこと。どこに敵がおるか分からぬゆえ、何か分かったら誰にも漏らさずすぐに桜庭さまかわたしの所へ」

「承知いたしました」平四郎は肯いた。

「誰にも漏らさずと仰せられましたが、しかし、配下らと中原六兵衛とは分かったことを共有しておかなければ調べは進みません」

「勿論《もちろん》だ。だがそれらの者たちにも口外はするなと厳しく言うておけ。お家騒動になりかねぬ一大事だからな」

「桜庭さまも工藤さまも、若殿の仕業である見込み大とお考えで？」

「判断できるだけの材料がない」工藤は声をひそめる。

「だが、若殿をお世継ぎにすることに反対するお歴々は、これ幸いとお考えのようだ。虎を逃がして若殿を陥れようとまではせぬと思うが、偽の證跡をでっちあげようとするお方も御座そうから、気をつけよ」

「はい――。しかし若殿については、『このような獣を狩ってみたい』というお言葉以外に、今のところ證跡のようなものはないのでございますね？」

「若殿が牡丹丸をお撃ちあそばした時、鉄砲方の組頭太田定右衛門という者がお側に控えていた。定右衛門の話によれば、若殿は『勝負！　勝負！』とお叫びになり、嬉々として引き金をお引きになったそうだ」

「その言葉はマタギが熊を獲る時に発する言葉でございます。狩るのではなく、命をかけた勝負をするという、熊を尊ぶ心の現れでございます」

「その意味をご存じあるかどうか。ただ真似をなさっただけやもしれぬ。それに、命をかけた勝負ならば、鉄砲を使うのは卑怯であろう。いくら綺麗事を言っても狩りは狩りだ」

熊には牙も爪もございます。

「若殿の肩を持つか」

工藤は笑う。

「いいえ。猟師の肩を持っているのでございます」

「定右衛門とは、『獣は苦しめずに仕留めなければならぬのはなぜか分かるか』というようなやりとりがあったそうだ。定右衛門が『苦しんで死んだ獣の肉は臭いからだ』と答えると、若殿は鼻でお笑いになって『それだけではない』とお答えになったという。虎の肉を召し上がろうとお考えになったのだ。だが、それはお諦めになり、皮だけ剝ぐようお命じになった。仕留めた獲物の記念の品としようとしたのではないかとお考えの方も御座す。すでに若殿の小姓ばらが猟師を連れてきて皮を剝いだらしい」

「左様でございましたか」平四郎は来る途中で見た仮墓らしい土饅頭を思い出した。

「徳川さまからの拝領の虎。おそらく届けは〈病死〉となりましょう。そのまま埋葬したと届けるより、拝領の虎であるからと皮を何かに使う許可をとる方がもっともらしゅうございます」

「若殿はご幼少のみぎりから悪戯《いたずら》をなさった後の言い逃れはお上手だと聞く。上の方々は渋々言われた通りになさるやもしれぬな」

工藤は肩を竦《すく》めた。

「今のところ、疑わしいのは切支丹、若殿、そして若殿を疎ましくお思いの方々でございます。これ以上増えぬ事を望むばかり」

平四郎は眉を八の字にした。

「それで、今日はどう動く?」

「高知の方々を調べとうございますが――」

平四郎は工藤の顔を覗き見る。

「桜庭さまに取り計らって頂くか……。だが高知の方々が徒目付風情に取り調べられるというのは、面白く思われぬであろうな」

「左様でございましょうね――。ならば、できる所からやりましょう。六兵衛は兵八の博打癖や女付合いなどを調べに向かいました。柊には立ち返りから寿庵の居所を探るよう命じております。わたしは、少々腑に落ちないことがございますので、虎籠を調べた後、切支丹の線を洗ってみようと思っております」

「腑に落ちないこと？」

「はい。切支丹の遺骸は、一人は戸板、一人は蒲簀か何かで運ばれたようで雪の上に血が滴《したた》っておりました」

「それがどうした？」

「蒲簀で運ばれた方は虎に食い散らかされたのでございましょう。しかし、戸板で運ばれた方は人の形を残していたものと思われます。なぜ食い散らかされなかったのでございましょう？」

「それが虎を逃がした者の探索とどういう関係がある？」

「いや――」平四郎は困った顔をする。

「どう関わるのかは分かりませんが、謎は一つ一つ解いて行きませんと、落着に繋がりません。何か重要な手掛かりにならないとも限りませんので」

平四郎は頭を下げて、思いついたように訊いた。

「時に、工藤さまは虎見物には出かけますか？」

「おお。時々な。虎は何か物思いにふけっているような時もあって、はて、こんな恐ろしい獣は何を思うのだろうなどと考えながら見ていると飽きぬし、頭も安まる」

「それでは、よくお出でですね」

「お前は？」

「わたしはあまり。木の虎籠は雨風で腐ります。頑丈そうに見えても、内側が傷んでいるやもしれません。虎が格子を壊して飛び出して来たらと思うと、あまり気持ちのいいものではございません」

「お前は考えすぎだ」

工藤は笑った。

平四郎も笑いながら「それでは」と言って、二ノ丸を出た。

三

平四郎は虎籠に近づいた。二人の虎籠番は会釈して道を開ける。昼番と交替したのか、身柄を拘束されたか、金介はいなかった。二人は中山小三郎《なかやまこさぶろう》と青木喜助《あおききすけ》と名乗った。

「金介は？」

と平四郎は訊いた。

「家に帰りましたが……」小三郎の顔が曇る。

「しばらく見張りがつくそうです」

「そうか——」平四郎は溜息をついた。

「それくらいですんでよかった」

右の檻の中に乱菊丸が寝そべっていた。分厚い木の板で張られた床は乾いている。一方、空になった牡丹丸の檻の床は濡れていた。

「掃除をしたのか」

平四郎は虎籠番たちを振り返る。

「はい。汚れておりましたから」

喜助が答えた。

「乱菊丸の方は？」

「そちらは汚れておりませんでしたので、明日にでも掃除をしようかと」

「牡丹丸の檻はどのように汚れていた？」

「血やら肉片やらで、酷い有様で……」

小三郎が答え、二人はその光景を思い出したのだろう、一様に顔をしかめた。

「乱菊丸の方は汚れていなかったか――。乱菊丸は切支丹の遺骸を食わなかったのだな」

「どうやらそのようで」

小三郎が肯く。

「なぜ食わなかったのだろう。心当たりはないか？」

「さて、我々にはなんとも――。人を食ったことがなかったからかもしれません」

「前にも餌を食わなかったことはあるか？」

「はい。肉が少しでも傷んでいる時には食いませんでした」

「臭いで嗅ぎ分けたか」

「そのようでございます」

「二頭ともか？」

「はい」

「臭いか――」

平四郎は檻の中の乱菊丸を見つめながら呟く。

同じ日に処刑された遺骸ならば、傷みに差はなかろうから、片方だけ食わなかった理由とはならない。ならば、乱菊丸は自分の檻に放り込まれた切支丹の遺骸に、何か危険な臭いを感じたのか？

二頭とも臭いに敏感であるのに、牡丹丸の方は遺骸を食ったということは、そっちは危険な臭いがしなかったということだ。

平四郎は乱菊丸の檻の二階に上った。床が濡れていた。

「上も汚れていたのか？」

「いえ、鹿肉がありましたので」

喜助は平四郎を見上げて言った。

「切支丹の遺骸を餌としたのに、鹿肉も与えたか？」

「虎籠の戸を開けた者の仕業だと。我らも下の扉を開けるときには、鹿肉を使って虎を上の檻におびき寄せます」

「なるほど。お前たちがやっていることを、曲者《くせもの》も知っていたということか」

「はい。兵八が手引きしたのでなければ……」

喜助が言い、二人の顔が暗くなった。

「なるほど、兵八が手引きしたのなら、そういう手順は熟知しているな――。虎籠番以外に知っている者はいるか？」

「虎見物をしにお出でになる方々はたいがい知っていると思います」

喜助が言う。

「見物人は多いか？」

「お城にお勤めの方々はたいていご覧になっていると」

「よく来るのは？」

「さて、百人くらいは御座しますので」

「その中でもよく来るのは？」

「それは……」小三郎が口ごもる。

「御絵師の方々も多ございますが……、なんといっても若殿さまでございます」

「若殿か――。そんなによくお出でになるのか？」

「狩りの後はよく」

「狩りの後――」

獣を狩った後の昂揚《こうよう》の中で、いずれ獲物にしたいと願っている虎を見物しに来たか――。

「若殿は頻繁に虎籠を訪れて、虎狩りをしてみたいと仰せられていたそうだが、本当か？」

「誰がそのようなことを」

喜助が憤慨したように言う。

「お前たちの仲間の一人だという話だが」

二人の虎籠番は怒ったような顔になる。どうやら虎籠番にも親重直派と反重直派がいるようだと平四郎は思った。

「確かに頻繁に御成はございます。それに、お戯れに『虎狩りをしてみたい』と仰せられたことはございますが、若殿は乱菊丸も牡丹丸も慈しんで御座しました。若殿は、肉しか食わぬ獣では餌に苦労するであろうと、鹿や兎を獲って来て下さいます」

「なんと……。若殿の狩り好きはそういう理由であったか」

「若殿の足を引っ張りたいお方が、都合のいいところだけ取りあげて仰せられて御座すのです」

喜助の言葉に、小三郎が付け足す。

「虎は大食いでございますし、肉は腐りやすうございます。猟師が持ってくる肉では足りないこともあり、若殿さまの差し入れはたいそう助かっております」

「虎を大切に思っていたのだな——。なるほど、分かった」

平四郎は質問を変えた。

「乱菊丸の方には年寄りの女を入れたのだな?」

「はい」

喜助が肯く。

「牡丹丸の方は若い女」

「はい」

年寄りの方が筋張っていて、若い女は柔らかかったからなどという違いではあるまい。

食えば毒になるような病の臭いでも嗅ぎつけたか。

平四郎は虎籠の前に座り込んだ。

捕らえたとき、若い女の方が年寄りを庇ったと聞いた。若い方が年寄りの侍女――。お付きの者がいるとすれば、年寄りは金持ちの家の者か。あるいは、そこそこの身分の武家――。

金持ちか身分の高い家の女と、その侍女の違いとは――？

それも臭いに関わる違い。

「年寄り臭かったとか……。ああ、悪い臭いとは限らぬか」

と、平四郎は笑った。

虎籠番たちは怪訝そうな顔をする。

「香《こう》を焚きしめた着物を着ていたか――」

平四郎は呟く。

それを聞きつけた虎籠番の一人が言う。

「しかし、女たちは罪人の着物を着ておりました」

小三郎が言った。

「香を焚きしめた着物を着ていれば、体にその香りが移る。虎は人よりも鼻が利く。香の匂いを怪しんで食わなかったのかもしれぬ」

「ああ、なるほど」

虎籠番たちは頷き合った。

「兵八は切支丹ではなかったか？」

「滅相もない」

虎籠番たちは同時に強く首を振った。

「訪ねて来る者はなかったか？」

「虎を見に来る方や、我らの仕事ぶりを確かめるために上役が来ることはございますが。兵八だけを訪ねて来る者はございませんでした」

小三郎が言う。

「兵八を気に入っている高知衆は御座さぬか？」

「そういうお方は御座しませぬ」

「誰かに酒を馳走になったとかいう話は？」

「同輩で奢《おご》り、奢られということはございますが、上役とか、高知の方々にという話はまったく」

喜助が言った。

「そうか――」

仲間に知られない付き合いがあったか、あるいは全くそういう付き合いはなかったか。六兵衛の調べに期待するか――。

平四郎は立ち上がる。

「邪魔をしたな」

「あの――」喜助が怖《お》ず怖《お》ずと訊く。

「金介や兵八の家族はどうなりましょう？」

「できるだけ困らぬようにしたいと思っているが――」

平四郎は明言を避けた。兵八が虎籠を開けたということで落着してしまえば、どうしようもない。また、兵八がやったという確証がこれから出てくるやもしれない。

「またわたしかほかの者かが邪魔するかもしれぬが、仲間のためだから我慢してつき合《お》うてくれ」

「かしこまりました。金介と兵八の家族のこと、よろしくお願い申します」

喜助が言って二人は深々と頭を下げた。

「ところで、虎籠を開けた者の手掛かりになるような物はなかったか？」

平四郎が訊くと、虎籠番らの顔が強張った。

今までの会話から、もしかしてと思ってカマをかけたのであったが、どうやら当たりだったようだ――。

「いえ、何も」

喜助の声は硬い。

「なぁ――」平四郎は即座に言った。

「もし何か隠しているのであれば、お前たちは虎を逃がした件に加担したと見なされるぞ。となれば、二人とも打ち首は免れまいな」

二人の虎籠番の顔色はどんどん青ざめて行くが、口は固く閉ざしたままである。

「お前たちが隠したがるのは、よく知った者の何かを見つけたからであろう？　徒目付らが見落とした何かを見つけ、お前たちは慌てた。そして、まだ何か残っているかもしれぬと、慌てて掃除をした。その者に難が及ぶことを、自分たちの命を懸けても防ぎたいと思っている。そういう人物は、たぶん一人だ」

平四郎は少し間を開け小声で言う。

「若殿であろう？」

虎籠番たちは驚いた顔をして唇をわななかせた。

「若殿の何を見つけた？」

小三郎が観念したように、震える手で懐から紙包みを取りだした。箸よりも短い、細い何かが包まれている様子だった。

平四郎はそれを受け取って紙を開く。

綺麗な笄《こうがい》であった。

笄とは、刀の鞘に差しておいて、髪の乱れを整えたり、頭皮が痒《かゆ》い時に掻くための道具である。柄の部分に南部家の家紋、向鶴《むかいづる》があった。

工藤さまは『偽の證跡をでっちあげようとするお方も御座そうから』と仰せられた。さっそくそういうお方が動いたか――。

「下手な小細工だな」平四郎は言って笄を紙に包む。

「お前たちが持っていても始末に困ろう。わたしが預かってもよいか？」

「そうしていただければ……」

二人は少し安心したような顔になったが、

「下手な小細工とはどういう意味でございますか？」

と喜助が訊いた。

「これはどこに落ちていた？」

「虎籠の中に」

　小三郎が答える。

「いつ見つけた？」

「先ほど仰せの通り、徒目付さまと寺社奉行所の皆さまが検分なさった後でございます。虎籠の掃除をしている時に見つけました」

　喜助が言った。

「徒目付や寺社奉行所の者たちが、このような物を見落とすはずはない。とすれば、これは検分が終わってから置かれたものと考えられる。それに笄は簡単に滑り落ちるようなものではない。若殿が落とした物ではない」

「では、若殿さまに罪をなすりつけようとした者が、笄を置いていったと？」

　喜助が眉をひそめる。

「おそらくそういうことだろうな。徒目付や寺社奉行所の者らが帰ってから、誰か虎籠に入ったか？」

「いえ、誰も――。けれど、笄があったのは虎籠の隅。外から放り込める場所でございます。番所からは虎籠の側を誰が通ったかまでは見えませぬゆえ」

　喜助が首を振る。

「少し賢い者ならば、検分の最中に見つかるように仕込むだろう。やったのは考えが浅い奴か、若殿を次のご領主にしたくない者たちが仕込んだと思わせようとしたのだろうな」

「ややこしゅうございますな」

喜助と小三郎は顔を見合わせて小首を傾げた。

「色々な思惑を持つ者たちが、この件を利用しようとしているようだな」

とすれば、笄は必ずしも虎籠を開けた者が仕込んだとは言えない。見つかる証拠はすべて疑ってかからなければならぬな。この目で見、この耳で聞いたことしか信じられぬか――。面倒なことだ。

平四郎は小さく溜息をついた。

ともかく、若殿の笄はおいそれと手に入れられるものではない。よほどお近くに御座す方か、御武具御蔵に入り込める者か。あるいはそういう人物に頼んで盗ませたか――。

だが、その者は証拠として見つけられることを狙って仕込んだ。ということは、探索方に見つけた様子が見られなければ、焦って何か動きを見せるかもしれない。

「笄の事は、他言するな。もし誰か新しい手掛かりは見つからなかったかと訊いて来る者がいたら、何も無かったが米内が虎籠をしつこく検分していたと答えよ。そして、誰が聞きに来たかをわたしに知らせてくれ」

「なるほど。笄を仕込んだ者を罠にかけるのでございますね」

喜助は顔を輝かせた。

「うまく芝居をいたします」

小三郎は嬉しそうに言う。

「いや、気合いを入れるな。罠だとばれてしまう。そうすれば、勘づかれてお前達の命も危なくなるぞ」

平四郎の言葉に、虎籠番たちは顔を引きつらせた。

「芝居はせずに、さりげなく答えるのだ。よいな」

平四郎は二人に言い含めて、米内御蔵御門へ向かった。

※　　※

外は茜色に染まっていた。

門の近くで、急ぎ足にこちらに歩いてくる六兵衛の姿を見つけた。

六兵衛は平四郎の前まで来ると、「兵八は朴念仁だ。女も博打もやらぬ。お前の方は何か分かったか？」と訊いた。

「いや――。高知衆の切支丹を調べたいということは工藤さまが桜庭さまに話して下さるそうだ。その辺りが見えてくれれば、何者が兵八を陥れたかの見当もつこう」

答えながら別の事が気になり平四郎は顎を撫でる。

「女達は、ある程度しっかりした情報を元に朴木金山へ向かったのだろうか」

「朴木金山ならば安全だとか、見窄《みすぼ》らしい暮らしをしなくてもすむとか」六兵衛が言う。

「あるいは、頼りになる者がいるとか」

「後藤寿庵か」平四郎はゆっくりと言った。

「今、柊に命じて立ち返りから寿庵の行方を探らせている」

「朴木金山は佐比内でも最大。そこに匿われているに決まっておろう」

「確かにここにいると目星をつけておきたい。寿庵がいない金山に仕掛けをしても無駄だからな」

「寿庵がいるとなれば、油断はできぬな。寿庵は押し寄せた片倉軍の裏をかいて、まんまと逃げおおせたと聞いている。目星をつけて捕り方を向かわせても捕らえられるかどうか。どうする？」

「色々と手を考えているが——。朴木金山が今どのようになっているのかも分からんからなぁ」

平四郎は呟く。

朴木金山は丹波弥十郎が支配し、藩の役人もおいそれと近づけない場所であるから、平四郎も金山について知っていることは少ない。

盛岡から北上川東岸を五里（約二〇キロ）ほど南下すると彦部に至る。彦部から佐比内川沿いの道を一里余り進むと、佐比内である。花巻は四里半ほど南であった。

佐比内は戦国時代は斯波河村《かわむら》党に属する佐比内氏の本拠地であった。天正十六年（一五八八）に斯波氏は南部氏によって滅ぼされ、以後南部領となった。平四郎の時代、佐比内は紫波郡の村であり、大迫《おおはさま》代官所の管轄であった。

「で、これからどうする？」

「柊からの知らせを待ち、寿庵が匿われている金山へ向かう」

「おれとお前だけでか？」

六兵衛は顔を強張らせる。

「お前の剣術があれば鬼に金棒ではないか」

「買いかぶるな」六兵衛はぶるぶると首を振る。

「金山には荒くれ者がごまんといる。十人、二十人なら相手も出来るが大挙して押し寄せられれば、おれもお前も膾《なます》に刻まれるぞ」

「丹波弥十郎と後藤寿庵が後ろにいれば、そんな考え無しはしない。おれたちを殺せば、切支丹が虎を逃がしたということに決まりだ。盛岡から兵が押し寄せることは分かり切っている。丁重に扱ってくれるさ」

「本当だろうな」

「心配ならば横目を何人かつけよう。いろいろとやってもらいたいこともあるしな。工藤さまからはほかの組の徒目付も使っていいと言われているが大勢で押しかければ向こうも面白くなかろう」

平四郎は歩き出す。

横目とは、目付らの配下で探索や密偵の仕事をする者たちである。その下に、雑用をこなす小者がいた。

「横目では、事が起これば真っ先に逃げるぞ」

六兵衛は疑わしそうな顔でその後を追った。

「ああそうだ」平四郎は歩きながら言う。

「虎籠から向鶴の御紋がついた笄が見つかった」

「なにっ！」六兵衛は慌てて平四郎に並んだ。

「それは一大事ではないか！」

「いや。頭の悪い誰かが、虎籠の検分の後に置いたのだ」

「いや――」六兵衛は平四郎に身を寄せて声をひそめた。

「重直さまは、噂通りの虚《うつ》け者ではなく本当は賢《さか》しいお人であるというぞ。ならば、自分に罪をなすりつけようとする者がいると思わせるために、誰かに笄を置かせたとも考えられる」

「うむ。若殿は賢しいか……。実はおれもそれを案じていた」

「殿が虎を押しつけられた時に断っておけば、こんな面倒なことにならなかったのに」六兵衛は小さく舌打ちした。

「家康公はきっと、虎の扱いが面倒になって、殿に押しつけたに違いない」

「断れるわけがなかろう。もし断って虎がいなくても、別の形で面倒は起きていたさ」

「元々の原因はなんだ。切支丹か、重直さまか」

六兵衛は苛々と言った。

「色々重なり合っているのだろうよ」

「虎籠を開けた奴が分かったら、顔の形が変わるほどぶん殴ってやる」

「相手が若殿でもか？」

「うむ……、それは……」

平四郎はくすくすと笑った。

六兵衛は口ごもった。

平四郎は笑いながら六兵衛の肩を叩き城門へ向かった。

※　　※

柊は、盛岡の町を駆け回り、立ち返りの元を訪れて後藤寿庵の行方を当たっていた。

立ち返りたちは柊を見ると迷惑そうな顔をしたが、罪もない者たちが捕らえられてしまうかもしれないのだと説得すると渋々口を開いた。

最初の一人は屋根葺町のしまという三十絡みの女であった。同じ立ち返りの屋根大工の長次の家の近くの裏長屋に住み、仕立て物で生計を立てていた。伊達領から逃げてきた切支丹であったが、南部領に住み着いてから信仰を捨てた。

「仙台でね――」

しまは、ささくれた畳に座り身を小さくしながら、上がり口に腰をかけた柊に言った。

「カルバリヨさまたち九人が水責めに遭うのを見たんだよ。広瀬川の岸辺に水牢を置いてさ、みんなをその中に入れて座らせたのさ。一昨年《おととし》の大晦日だよ。みんな寒さで凍死した」

しまは言葉を切って顔を歪め、首を振った。

「あたしは、あんな死に方はしたくなかった。だから、こっちに逃げてきた。南部さまの領地では、あんな酷いことはされないと、一緒に逃げてきた者たちは言ったけど、六年前には京都で五十二人が火炙り。一昨昨年《さきおととし》には長崎で五十五人。一昨年には江戸で五十人が火炙《ひあぶ》りだ。あちこちで切支丹が殺されてる。これからはもっと酷くなる。そう思って信仰を捨てたんだよ。そしたら、切支丹を虎に食わせたなんて話が聞こえてきた」

「もう知ってたかい……」

「切支丹も立ち返りも耳が早いんだよ。南部さまのご領地でもお仕置きが始まったんだよ……。あたしゃ、どうすりゃいいんだよ……」

「立ち返りはなにもされないよ。だけど、切支丹に虎を逃がした疑いがかけられている。濡れ衣なんだよ。それを晴らさなきゃ、火炙りとか水責めとか、無惨な罰を与えられるかもしれない——。もしかすると、後藤寿庵がその手掛かりを知っているかもしれないんだ」

「寿庵さまが——？」

寿庵は伊達領の侍である。しまも知っているようだった。

「うん。ほかの人に話しちゃ駄目だよ」柊は声をひそめた。

「虎籠から切支丹の遺骸を盗んだ者がいるんだ」

「寿庵さまが虎籠を開けて虎を逃がし、遺骸を盗み出したと？」

「切支丹が人が嚙み殺されるかもしれない事態になることなんかするはずはないだろ？」

「絶対にしない」

「だから、その濡れ衣を晴らすためにも寿庵と話がしたいんだ」

「そんなこと言って、寿庵さまを捕らえるつもりなんだろ？」

しまは探るような目で柊を見た。

その目つきを見て柊は、しまがなにか知っていると感じた。

「あたしが仕えてる旦那は寺社奉行所の手先じゃないよ。実は、虎の一頭を捕まえて虎籠に戻したのはその人なんだ」

「虎を？」

しまは目を見開く。

「知恵を使ってね。頭の切れる人なんだよ。だから、あんたにも寿庵にも難が降りかかるようなことにはしない」

「寿庵さまは、伊達領の北の福原という土地の領主さまだった。伊達さまの追っ手が迫って、一度は郎党十数人と南部領鹿角《かづの》辺りの鉱山へ逃げたと聞いたよ。その後、寿庵さまは奥羽の山を越えて佐比内の金山へ移ったって話だ」

「朴木金山かい？」

柊は訊いた。

「そう」

しまは言った。

「誰から聞いた？」

「本宮村《もとみやむら》の佐市《さいち》という男だよ」

「ああ、その男は知っている」

本宮村は城下の南を流れる雫石川の対岸にある集落である。佐市という男も立ち返りであった。

柊は肯いて「ありがとうよ」と言ってしまの部屋を辞した。

しまの言葉を疑うわけではないが、あと何人か『寿庵は朴木金山にいる』という証言が欲しい。

柊は次の立ち返りの家を目指して駆けた。

※　　※

藍色に暮れた空の下、城を出たところで走ってくる柊を見た。

柊は平四郎と六兵衛に駆け寄ると、

「寿庵は朴木金山にいると言う者が四、五人おりました」

と言った。

「やはりそうか」

「丹波弥十郎が手厚くもてなしているということですが、みな誰それから聞いたがと前置きがあって、その者も当たってみたのですが、『その通りだ』と言う者も、『言った覚えはない』という者もおりまして、噂の源には辿り着けませんでした。切支丹であろうと目星をつけている者にも探りを入れましたが、のらりくらりと言い逃れられました」

柊は申し訳なさそうに言う。

「いや、それで充分だ。立ち返りの者らが、寿庵は南部に潜り込んでいることを知っていて、朴木金山にいると言うのなら確かであろう」

「金山に捕り方を差し向けるので?」

「いや。六兵衛と一緒に行ってみるつもりだ」

「いけません!」柊は大きな声を上げた。

「金山は恐ろしい場所です」

「知っておる。殴り込みに行くわけではないから心配するな」

「では、なにをしに行くのです？　寿庵を捕らえるのではないのですか？」

「そういう物騒なことは、寺社の同心らに任せるさ。おれは寿庵が虎を逃がした事に関わっているかどうかを確かめに行く」

「金山の者らは、たとえ寿庵を匿っていても正直に『ここにいる』とは申しません」

「嘘を言っていれば見抜けるし、たとえ寿庵に会えなくとも揺さぶりをかけられるだけでいい」

「揺さぶりでございますか……」

「奴らがやったのであれば、シラを切り通そうとするだろうし、もしやっていなければ潔白の証《あかし》を立てようとするだろう」

「そうですか――。では、わたしも参ります」

柊は真剣な顔で平四郎を見上げた。

「いや、お前にはやってもらわなければならないことがある。虎の餌にされた切支丹の女らは花巻から来たと言ったそうだ。辰助と共に花巻へ行って、二人の身元を当たれ」

「花巻から来たというのは嘘かもしれませぬ。無駄足になるやもしれませんよ」

「お前、ほかの徒目付がなかなかいい仕事を出来ぬ理由を知っているか？」

平四郎はにやにや笑いながら訊く。

「いえ――」

「肝心の手掛かりを『嘘かも知れぬ』とか『些細な食い違い』とか思いこんで調べぬからだ。嘘かも知れぬと思ったら、嘘であると確かめるのが肝要なのだ」

「しかし、それだけの調べなら兄者だけで充分でございましょう」

「女子《おなご》の方が探りやすいこともあろう――。年寄の方は着物に香を焚きしめることができる身分。若い方はそのお付きの者。武家か裕福な商家の者であろう」

「身元を調べることが、虎を逃がしたことと関わりがあるのでございますか？」

「分からん。分からん事はつまびらかにしておきたい」

「承知しました――」

柊は不満そうであった。

「花巻で落ち合おう。宿で美味《うま》いものを食わせてやるからよろしく頼む」

平四郎は柊の肩をポンと叩いた。

「本当に気を付けてくださいましよ」

柊は言うと駆け出した。

平四郎は微笑みながらその後ろ姿を見送り、鍛冶町へ歩き始めた。

「お前、柊に惚れておるのか？」

唐突に六兵衛が訊いた。

「可愛い奴とは思うが、惚れているわけではない」

どきりとしながらも平四郎は答えた。

「お前、柊には危なそうな仕事を回さぬではないか――。足手まといになると思うているのか？」

「まぁ、それもある」

「お前が柊を気遣うから、向こうはお前に惚れている。おれにはそう見えるぞ」

「時々、そう思う事もあるが――、勘違いだ」

「勘違いかどうか、手を出してみればよい」

「野蛮な男だな」平四郎は眉をひそめて六兵衛に顔を向けた。

「そんなことをして勘違いだったら、後から気まずくなるだろうが。辰助にも合わす顔がない」

「なかなかいい女だと思うのだがな」

「お前はそんな目で柊を見ているのか？」

「男はみなそうであろうが。女には二通りしかない。抱ける女か、抱けぬ女か」

「本当に野蛮な男だな。そういう男だと柊に言っておいてやろう」

「やめてくれ！　気まずくなる」

「ほれ。おれが言っているのはそういうことだ――。下らぬことを言っておれの集中を乱すな。余計なことを考えていると、せっかく組み立てた景迹が霧散してしまう」

平四郎は六兵衛を睨む。

「ああ――。すまなかった」

六兵衛は頭を掻いた。

※

※

柊は平四郎と別れた後あちこちの立ち返りを回ったが、手がかりは得られなかった。一夜明けて、花巻生まれの立ち返りがいたことを思い出し、京町《きょうまち》の小間物屋に向かった。女房のまさが立ち返りである。

きよを探している間に知り合った切支丹であったが、柊が信仰を捨てさせた。

当時、まさは身重であった。取締りで捕まったら腹の子共々、お仕置きされて死んでしまうかもしれないと説得し、立ち返らせたのであった。

亭主の小吉《こきち》は切支丹ではなく、まさに改宗を促し続けていたが果たせずにいたので、柊はずいぶん感謝された。

「ごめんよ」

柊が間口の狭い店に入ると、帳場に座った主人の小吉と、「いらっしゃいませ」と奥から顔を出したまさの表情が固まった。

店に客はいなかったが、まさは目配せで『裏に回るように』と柊を促した。

柊は小吉に会釈して外に出て、家の裏手へ向かう路地に入った。

まさは裏庭で待っていた。

「何か御用でしょうか?」

「すまないね。もう顔を見せないつもりだったんだけどさ――」

徒目付の手下の妹が頻繁に出入りしていれば、そのうち悪い噂が出かねないと思っての配慮であった。

まさも小吉もそれを知っていたから、御用の筋であろうと直感したのである。

「あんた、花巻の出だったよね。花巻で入信したのかい?」

「はい――。友達に誘われて」

「花巻の切支丹のことについて知りたいんだ」

「柊さん……。いくら立ち返ったからといって、信者を売るようなことは……」

「いや。売ることにはならないよ。死んだ切支丹の身元を知りたいだけなんだ」

「死んだ――」まさはハッとした顔をする。

「まさか、虎に食われたという?」

「やっぱり聞こえていたかい」

「盛岡で知らぬ者はいないと思います」

「もう、そこまで広まっているかい……。そのまさかなんだよ。何者であるのか名乗らなかったから殺されて、虎籠に投げ込まれたらしい」

「まぁ……」まさの顔が青ざめた。

「あたしも、下手をするとそういうことになっていたのかもしれないんですね」

「そういうことだな——。それで、その二人の身元を調べているんだよ」

「死骸の顔を見ろと?」

まさの顔が歪む。

「いや、そこまではさせないよ。立ち返りだって知られたくないだろう。洗礼名は分かってるんだ」

「ああ、それなら分かるかもしれません」

「年寄の女と若い娘で、そこそこのお金持ちらしい。洗礼名は、マグダレナとジュスタ」

その名を聞いた途端、まさは目を見開いた。

「知ってるんだね?」

柊の問いに、まさは大きく肯いた。

第三章　乱世の尻尾

一

平四郎と六兵衛は、鍛冶町駅所で馬を調達し、遠野街道を進んだ。

横目数人が行商人や旅人の恰好をしてその前後を歩いている。

遠野街道は北上川東岸を南進し、彦部《ひこべ》から北上高地側へ曲がって佐比内、大迫、宮守《みやもり》、綾織《あやおり》を経て遠野に到る街道である。遠野は沿岸地方と内陸地方を結ぶ交通の要衝であり、盛岡に次いで繁栄した町である。

北上川の向こう側には河畔林越しに雪の奥羽の山並みが見えた。木々が低い所では雪を載せた屋根や火の見櫓が現れた。雪との対比で黒々と見える川には荷運びの舟が往き来していた。

街道の通行はあまり多くない。雪のない季節はひっきりなしに通る旅人も、冬は途切れがちであった。

佐比内の集落から朴木金山に向かう山道には荷運びの橇や行商の者が行き来し、賑わっている。

平四郎たちを見て横の林に身を隠す者の姿もあった。おそらく金山に向かう切支丹であろうと思ったが、平四郎は見て見ぬ振りをした。

六兵衛もそれに気づいている様子だったが、切支丹の取締りは寺社奉行の管轄だと割り切っているのか、今は虎を逃がした者の探索が先と思っているのか、何も言わなかった。

朴木金山が近づくにつれて、六兵衛の口数が減った。眉根を寄せて何か考え込んでいるようである。

「どうした、六兵衛。なにか気にかかることがあるのか?」

「うむ――。おれが花巻へ出張《でば》っていたこと、覚えておろう?」

「ああ。なにやら思うように進まぬからと手下《てか》に探索の続きを任せて、盛岡へ戻ったとか言うていたな。そっちが気になってきたか?　ならば行ってもいいぞ」

「いや、違うのだ。花巻の件、もしかしたら、こっちの話に繋がっているのではないかと思えて来たのだ――。だとすると、かなりまずいことになる」

「なにがまずい?」

「極秘の探索だから、他人《ひと》には言うなよ――。実は、花巻で人を探していた」

「人を?　行方知れずか?」

「そうだ」

「花巻の行方知れず――」平四郎の脳裏に閃くものがあった。

「マグダレナとジュスタは花巻から朴木金山へ向かう途中だった。お前が探していたのは年寄と娘の二人組か?」

「うむ」

六兵衛は肯く。

「なぜ早く気がつかぬ」

平四郎は腿を叩く。

「結びつくと思うはずはなかろう。探していたのは政直さまの乳母であった中里梅乃《なかざとうめの》さまだ。今は花巻城の奥向きのお女中たちを束ねる役のお一人であられた」

「なに？　中里さま――、御留守居役の中里さまに繋がる者か？」

平四郎は驚いて訊いた。

「そうだ。中里さまの従姉《いとこ》だ。そういうお方が切支丹だとは思わぬ」

「高知衆にも切支丹がいると聞いたろう」

「うむ。その辺りからなにやら胸がもやもやしていたのだ」

「梅乃さまに何があったのだ？」

「何があったかは分からぬが、侍女の高野蔦《たかのつた》という娘と共に姿を消したのだ。中里さまの従姉であるから、騒ぎにならぬように探せと命じられた」

「確かに梅乃さまと蔦とかいう娘がマグダレナとジュスタであったなら、まずいことになるな……」

平四郎は顔をしかめた。

「政直さまの乳母どのが切支丹で、しかも、知らぬこととはいえ、処刑し、虎の餌とした――。荒木《あらき》さまは困ったことになる」

荒木さまとは寺社奉行の荒木新五郎《しんごろう》である。

「中里さまも面倒に巻き込まれるだろうな」

「だが、まだそうと決まったわけではない」

六兵衛は首を振る。

「辰助と柊の調べでどうか分かるだろう」

「おれと手下が調べて分からなかったのだ。一日でなんとかなるものではなかろう」

「お前は梅乃さまと蔦の行方を探していたのだろう。辰助と柊は処刑された切支丹の正体を探っている。柊は立ち返りに詳しいから、存外早く見つけられるやもしれん」

「柊は切支丹に関わりがあるのか？」

六兵衛が訝しげに訊く。

「わたしが以前、調べを頼んでな」

平四郎は嘘をついた。

六兵衛は「そういうことか」と、その嘘を信じたようだった。

「ところで、梅乃さまと蔦は、剣術を習っていたか？」

「梅乃さまは嗜む程度に薙刀《なぎなた》を。蔦の方は知らぬが――、どうして？」

「二人を捕らえた食い詰め者が、反撃を受けたようなのでな」

「反撃？」

「後から現場を調べた寺社奉行所の者が、あちこちに血の痕を見つけたらしい」

「食い詰め者らが仲間割れしたのではないか？」

「牢屋敷の役人もそう言うておった」

前方に高い丸太の柵と大きな木戸が現れた。

朴木金山の入り口であり、そこから先は山法が支配する地である。

木戸の奥に続く道の両側には掘っ建ての建物が続いている。軒下に出された台に様々な品物が並べられ、女たちが物色していた。道には小綺麗な格好をした男女も歩いており、ちょっとした町の風情である。あちこちから酔った男たちの濁声《だみごえ》が聞こえて来る。板葺きの屋根の向こうには何本もの煙が立ち上っている。

木戸を塞ぐように、数十人の男たちが立っていた。汚れた綿入れを着て腰には刀を差し落としている。月代《さかやき》も髭も伸び放題だった。

「まずは、金山の方に集中しよう」

平四郎は顎で木戸を指した。

六兵衛が馬を止めた。

「さて、どうする？　さすがにあの人数では、おれも勝てる自信はないぞ」

「話をして来る」

平四郎は馬を下り、木戸へ走った。

木戸の三間ほど前まで来たとき、男たちの一人が声を上げた。

「そこまでだ、役人。そこで用件を言え」

平四郎は立ち止まり、頭を下げた。

「わたしは徒目付の米内平四郎という者。マグダレナとジュスタという洗礼名の女の知り合いがここにおるのではないかと思って参った」

「なんだその名前は。異国の者の知り合いなど、ここにはおらぬぞ」

男たちは顔を見合わせてにやにやと笑う。

「二人は盛岡の馬場町の町役人にお預けとなったが、急な病で昨日亡くなった。そこで、係累がここにおるならば、その遺骸を届けようと思うてな」

平四郎はでたらめを言って反応を見た。

「なかなか面白いことを言う」

人垣を掻き分けて、一人の男が前に出てきた。仕立てのいい絹の着物をまとった壮年の男であった。堂々と首から金のクルス（十字架）をさげていた。

「丹波弥十郎どのとお見受けする」

平四郎は言った。

「いかにも弥十郎だ。お主、なぜ見え透いた嘘をつく？」

「見え透いた嘘をつけば、腹を立てて貴殿が現れるとふんだ。嘘と分かるのは真実を知っているからであろう。昨夜、ご城下で何があったのかご存じだな？」

「知っていればなんとする？」

「徒目付所の者たちは切支丹が虎を放したと思っている。遠からず、捕り方が押し寄せるぞ」

「金山には切支丹が隠れているという噂は知っているが、朴木金山ではそのようなことはない。したがって、ここに捕り方をよこすのは見込み違いだ」

「胸にクルスをぶら下げておいて、よく言う」

「よく見よ。この十字には横に口の字がついておる。願いが〝叶う〟という護符だ。クルスなどではない」

「まぁよい。だが、マグダレナとジュスタが朴木金山を目指していたのは確かだ」

「金山には、一度山に入れば罪人であっても代官所、奉行所には引き渡さぬという決まりがある。それを頼りに逃げてきたのだろうが、捕らえられ処刑されたとは気の毒なことだ」

「語るに落ちたな丹波弥十郎。わたしは急な病で亡くなったと言うた。なぜ処刑されたことを知っている？」

平四郎は勝ち誇ったように言う。

「語るに落ちたのはお主の方だ。役人が捕らえた切支丹に対して、急な病で死んだというのは、たいてい責め殺した時だ。だから処刑されたと言うたが、お主は『なぜ処刑されたことを知っている？』と、処刑したことを認めた」

弥十郎はせせら笑う。

「これは一本取られた」

平四郎は苦笑いをして後ろ首を掻いた。

「その二人はまだ山に入る前に捕らえられたのであろう？　ならば、こちらには関わりのない者たちだ。危険を犯して遺骸を奪いに行くほどの義理はない」

「なるほど。もっともな話だ」平四郎は肯く。

「だが、なぜ遺骸が奪われたことを知っている？」

「お前が言うた」

「いや、わたしは言っていない」

平四郎が強く言うと、弥十郎は小さく舌打ちした。

「盛岡で起きたことはすぐに聞こえて来る」

「切支丹が伝えに来るのか？」

「切支丹はおらぬと言うたろう」

「虎籠の扉が開けられ虎が逃げ出し、マグダレナとジュスタの遺骸が消えた。これは確かなことだ。素直に考えれば、危険な虎を檻から出してから二人の遺骸を奪ったということになる。そして、マグダレナとジュスタは花巻からここに逃げてきたと言っている。それが本当だとすれば、花巻の切支丹かここの切支丹が怪しいということになる。ここの切支丹も花巻の切支丹も取り調べなければならぬ」

「切支丹はおらぬと言うたであろう。罪人であっても引き渡さぬ決まりがあるとも言うたはずだ」

「山法では、引き渡さぬのは親殺し、主殺し以外の者であろう？」

「そうだ。ここには切支丹も、親殺し、主殺しの下手人もおらぬ」

「虎が放されたのはお城の中だ。南部家の方々のお命を危うくしたのだ。これはすなわち、ご領主への謀叛《むほん》である」

平四郎の言葉に、弥十郎は鼻で笑う。

「それで、お主はもうじき捕り方が来るということだけを知らせに来たのか？　それとも、遺骸を奪い返した者を差し出せば捕り方はよこさぬという取引か？」

「遺骸を奪い返した者たちに事情を聞きたいだけだ」

「そういう者たちがいたとして、引き渡せば首を刎《は》ねるつもりであろう」

「連れてきてもらえれば、この場で話を聞く」

「その手には乗らぬぞ」弥十郎はにやりと笑う。

「ここには切支丹も、二人の女の遺骸を奪った者もおらぬ」

「疑り深いやつだなぁ」

「お主のような奴は信用できぬ。あの手この手と策を弄し、相手をその気にさせる。遺骸を奪い返したことだけ言うておるが、そのせいで虎が逃げたとなれば、その罪まで加わる。ただ事情を聞くだけではすむまい。こちらを油断させて虎を逃がした者の顔を確かめようという算段であろう」

「わたしのような奴こそ信用してほしいのだがな」平四郎は頭を掻く。

「では仕方がない。謀反人を匿っている疑いがあるということで、捕り方が踏み込むことになる」

「謀叛が起きたということが御公儀に知られれば、これ幸いと南部家はお取り潰しになるやもしれぬ。それでもよいのか?」

「ああ言えばこう言う——。話にならぬな」

平四郎は首を振る。

「それはこちらの台詞だ」

弥十郎が返す。

「後藤寿庵がここに逃げ込んでいるという知らせがあったと言えばどうだ？」

平四郎は弥十郎の反応を見ようとしたが、山師は表情も変えず即座に答えた。

「寿庵が来てくれれば金山を広げるのに役立ってくれるだろうが、生憎《あいにく》ここには来ていない」

「その言葉、寿庵が来たならば匿うつもりがあるという意味にとらえた」

平四郎が言うと、弥十郎は小さく舌打ちした。

平四郎は畳みかけるように言う。

「こちらには逃げた切支丹を捕らえるという大義名分がある。また、寿庵が朴木金山にいるという話を伊達御家中に持っていけば、捕らえて引き渡してくれと頼まれるだろう。伊達御家中の侍たちの力を借りれば、かなりの数の兵が朴木金山を取り囲む。お前は千人の切支丹を西国から連れてきたと聞いている。また、ここでは切支丹を匿ってくれるという噂を聞きつけたマグダレナやジュスタのような者たちがたくさん逃げ込んでいるはずだ。捕らえられる切支丹は何人だ？二千人か？　三千人か？」

平四郎は言葉を切って弥十郎を見つめる。

「ここに切支丹はいない」弥十郎は平然と言う。

「わたしも切支丹であると疑うならば、京へ馬を走らせて檀家寺を調べるがいい」

「お前は切支丹だ。そのクルスが証拠だ」

「これは〝叶う〟の文字であると言うたであろう」

弥十郎は面倒くさそうにクルスを引きちぎって地面に叩きつけた。

周りの男たちの表情に微かな動揺が走る。

「こうすれば信じるか?」

弥十郎はクルスを足で踏みつけた。

平四郎は鼻っ柱に皺を寄せる。

「今日のところは引き上げてやる。首を洗って待っておれ」

平四郎は言って踵《きびす》を返し、馬の所まで戻った。

「言い負かされたか」六兵衛は肩を竦めた。

「クルスを踏みつけられてはしかたがないな」

「いやいや」平四郎は言って馬に乗った。

「揺さぶりをかけられて、弥十郎は寿庵や切支丹二人の遺骸を奪った者たちを逃がす。横目をあちこちに張り込ませておるから、必ずその者たちを捕らえることができる」

「顔も分からぬのだ。どうやって見分ける?」

「逃げる切支丹が目指すのは、ほかの金山か、人の多い町だ。辿る道は分かっている」

「道は分かっても、顔が分からぬと言うておるのだ」

「金山には食い物屋も小物を売る店も、女郎屋も揃っているという。鉱夫らは滅多に外に出ない。鉱夫らしい者が出てきたら、それを追う。また、出入りするのはほとんどが店を営む者たちや、金を運び出す人足らだ。そういう者らに紛れても態度で分かる。横目らはそういうところを見分ける」

「連中の方が芝居がうまかったら?」

六兵衛がなおも言うと、平四郎はげんなりした顔を向けた。

「だから無駄なことはやらぬと手を抜くから、よい仕事ができぬのだ。すぐにこれだと言い当てられるものではないのなら、百回当たればよい。その中の一回が当たればいいのだからな。最初からやらなければ当てる見込みもなくなる。わたしがいい仕事をするのは賢《さか》しいからだけではない。わたしと手下が何百回となく無駄足を踏むからだ」

「分かった……」

「分かればよい」

平四郎は馬の首を回し、来た道を戻った。

※　　※

去って行く平四郎たちの後ろ姿を見ながら弥十郎はクルスを拾い上げ、息を吹きかけ手で土を払った。

「弥十郎さま……」

周りの男たちは気遣わしげに弥十郎を見た。

「大事ない。こんなものはただの飾りだ」

弥十郎はクルスを懐に入れた。

二

平四郎と六兵衛は、石鳥谷渡《いしどりやのわたし》から馬舟に乗って北上川西岸に渡り、花巻街道を南下した。晴れた空の下、雪の照り返しが眩しかった。

陸奥国花巻は城下町である。

天正十八年（一五九〇）の、豊臣秀吉による奥州仕置の前は稗貫《ひえぬき》氏の居城、鳥谷ヶ崎《とやがさき》城であった。仕置きによって稗貫氏は領地を没収され天正十九年に南部領となり、南部氏が城の大改修を行った。以後花巻城と呼ばれ、伊達藩に睨みを利かせる重要な城となった。

花巻城主であった南部政直が急逝し、今は政直の家老をしていた二人が花巻二郡の郡治を行っていた。政直は若殿重直の兄である。

二人は、平四郎が花巻に来たときの定宿である四日町の旅籠寿屋《ことぶきや》に入った。

二階の角部屋を二間続きで借りた。端の部屋で話をすれば盗み聞きされることもないからである。

「政直さまは急なご病気であったとか」

平四郎が言う。

「心の臓の病と聞いている」

「まだお若いのに」

「人の命は分からぬものだなぁ」

六兵衛は首を振りながら答えた。

その時、廊下を歩く足音が聞こえた。二人である。

平四郎と六兵衛は廊下側の板戸を振り返る。

足音は部屋の前で止まり、板戸の向こうから声がした。

「辰助と柊でございます」

平四郎が「入れ」と言うと板戸が開いて、辰助と柊が座敷に入ってきた。

行商人に扮した二人は背中の荷物を降ろして座敷に入り、正座して頭を下げた。

「マグダレナとジュスタの身元を調べて参りました」

柊が頭を上げる。表情は硬かった。

「辰助と喧嘩でもしたか？」

六兵衛は、辰助も不機嫌そうな顔をしていたのでからかった。

「悪い知らせか？」

平四郎は眉根を寄せた。

辰助と柊は、かじかんだ手を擦《こす》りながら手焙《てあぶり》の炭火の上にかざす。

「よいか悪いかは判断つきかねますが」辰助が言う。

「マグダレナとジュスタは、とんでもない人物でございました」

「マグダレナは中里梅乃さま。ジュスタは高野蔦」

平四郎が言う。

辰助と柊は驚いた顔を見合わせた。

「なぜご存じなので？」

辰助が上擦った声で言う。

「やっぱりか……」

六兵衛は顔をしかめた。

平四郎は、六兵衛が梅乃と蔦の行方を探していた経緯を語った。

「最初から分かってたら、もっと別なことも調べられたのに」

柊は小声で毒づく。

「そう言うな。まさか虎籠に放り込まれたのがそういう方々であったなどと想像もしなかったから繋げて考えなかったのだ」

六兵衛はすまなそうに言う。

「そっちはどうやって知った？」

平四郎が辰助と柊を促す。

「おれの方は――」辰助が気を取り直して言う。

「花巻城の御物書に伝手《つて》がありまして、ここしばらく二人の姿が見えぬと聞き込みました」

「あたしは、立ち返りから話を聞きまして――」柊が続ける。

「その後、花巻の呉服屋や白粉屋《おしろい》など梅乃さまの得意先から色々と裏を取りました」

「二人が切支丹であったという証言はとれたか？」

平四郎が訊いた。

「呉服屋の女中から。お召し替えの時に、懐に隠していたクルスを見たことがあると言っていました」

「梅乃さまと蔦、両方か？」

「蔦の方はメダイだったとのこと」

メダイとは、円形の金属製の板で、キリスト教の聖人などが刻まれたメダルのことである。ヨーロッパなどでは巡礼地の教会で巡礼者に授けられた。

「決まりだな」

六兵衛は溜息と共に言った。

「御留守居役の従姉、政直さまの乳母どのであれば、捕らえられても名乗れませんね」辰助は唸る。

「知らぬこととはいえ、寺社奉行所はそういうお方を処刑し、虎に食わせたのですか……。誰かが詰め腹を斬らされそうでございます」

「それよ」

六兵衛はまた深く息を吐く。

深刻な顔の六兵衛と辰助をよそに、平四郎は柊に訊いた。

「どちらが先に切支丹になった？」

「蔦のようでございます。蔦の薦めで梅乃さまが入信したらしいと聞きました」

「誰から聞いた？」

平四郎は訊ねた。

「立ち返りでございます。花巻で入信した女で、マグダレナとジュスタのことはよく知っておりました」

「花巻城の方々は、二人が切支丹であったことを知っていたろうか？」

「呉服屋の女中は誰にも話していないと言っていましたが――。白粉屋の女中も襟の中に鎖が見えていたからあれはクルスに違いないと思ったってことのようですから、お城の方々もご存じだったのではないかと」

「それもあって、おれに密かに行方を探せという命が下ったのだろうな」

「ならば、切支丹が逃げ込む金山へ向かったとは考えなかったろうか」

平四郎が言った。

「身分の高い武家の出だ。そこまではすまいと思ったのだろうよ」六兵衛が言う。

「それに万が一逃げ込んだとしても、おれが見つけ出すだろうと――」

六兵衛は悔しそうな顔になった。

「行方が分からなくなったのはいつだ？」

「二月《ふたつき》ほど前だとのこと。はっきりとした日付は分かりませんでしたが、城を出てすぐに朴木金山へ向かったものと」

柊はちらりと六兵衛を見る。

「なぜ二月前だったのだろう……」六兵衛は腕組みをする。

「切支丹であることが誰かにばれたか」

「そうかもしれぬな」平四郎は言って柊に顔を向ける。

「蔦はどういう女だ？」

「花巻の高野さまという侍の養女で行儀見習いのために梅乃さまの侍女となったそうで」

「養女か――。元はどこかの大店の娘か？」

六兵衛が訊く。

金持ちの娘が行儀見習いとして城に入るため、あるいは武家に嫁ぐために侍の養女になることはよくあることだった。

「それについては調べの途中です。申しわけございません」

柊は頭を下げ、六兵衛を睨む。

「うむ。時が少なかったからな。引き続き、よろしく頼む――。ああ、剣術の心得があったかどうかも調べてくれ」

平四郎は言った。

「それから」辰助が言う。

「虎籠の件、すでに本当のことが町に広まっております」

「遅かれ早かれそうなるとは思っていたが、ずいぶん早かったな。花巻でか？」

「いえ。盛岡の手下が知らせて来ました。町をうろついてたのは熊じゃなくて虎だったと。それから、娘をくわえて町中を走り回ったと尾鰭《おひれ》がついておりました」

「庶民は話を大きく語るのが好きだからな」

平四郎は笑う。

「それだけじゃないんで」辰助が続ける。

「虎籠に切支丹の死骸を放り込んだことも噂になっております」

「それはあたしも盛岡の立ち返りから聞きました。盛岡では知らぬ者はいないだろうとも申していました」

「城内の誰かが漏らしたのか――」

平四郎は立ち止まって唇を噛む。

「いいえ。噂話の中身からすれば、どうやらそうじゃなさそうで」辰助が言った。

「おそらく切支丹の死骸を放り込んだって噂の方は、死骸を盗んだ切支丹が言いふらしているんでございましょう」

「どんな噂だ?」

「マグダレナという切支丹が餌として虎籠に放り込まれたが、虎はそれを食わなかった。これは神さまのご威光に虎が恐れをなしたからだと。切支丹になれば、獣から身を守れるんだということで、狼に迷惑している馬飼や牛飼がざわついております」

「マグダレナが食われなかった事をそのように使うか」平四郎は苦笑した。

「確かに触れ込みに使うにはもってこいの出来事だな。寿庵ならば考えそうなことだ」

「その寿庵は、岩崎《いわさき》城に出入りしていたという話を聞きました」

辰助が言った。

「では、寿庵は岩崎城に居るのか?」

六兵衛が訊く。

「いいえ、少し前、まだ伊達領から逃げ出す前の話であるようで。ご城代の柏山明助《かしやまあきすけ》さまが灌漑用水の水路を作るための相談に招いたとか」

「伊達領の水沢《みずさわ》、胆沢《いさわ》では随分腕を振るったようだからな」

平四郎は言い、腕組みをした。柏山明助の名を聞いて、頭の中に何かもやもやしたものが生まれたのだった。

柏山は昨年の十月に亡くなっている。

昨年の十月に亡くなっているのはもう一人――。

「おれも六兵衛を笑えぬな。重要なことを忘れていたぞ」

「いかがいたしました?」

柊が平四郎を覗き込む。

「昨年の十月、柏山さまと南部政直さまが亡くなっている。そして、今度は政直さまの乳母であらせられた梅乃さまと侍女の蔦が出奔」

「柏山さまは卒中だったと聞いた。政直さまは心の臓の病。それに梅乃さまらの出奔は今年だ」

「偶然でありましょうか?」

柊が訊いた。

「偶然ではないという證跡もないが、なにか臭うと思わぬか?」

平四郎が言う。

「柏山さまと政直さまの死因が嘘だったとしたら、か。憚られる死因は病死ということにされるが――」

六兵衛が言う。

「誰かに殺されたとか?」辰助が言った。

「梅乃さまと蔦がそれに関わっているから逃げたとか？」

「一年経ってかい？」

柊は兄に言う。

「一年経ってなにか二人を疑うような證跡が出てきたら、逃げるだろうが」

「ああ、なるほど」

柊は肯いた。

「政直さまと柏山さまは」六兵衛が首を振る。

「同じ場所で亡くなったというのならば殺害も疑えようが。花巻城と岩崎城ではな」

「辰助、お前は、政直さまと柏山さまの死について探ってくれ」

平四郎は言った。

「承知しました」

「柊、花巻の切支丹らは梅乃さまと蔦が仲間であることを知っていたろうか？」

六兵衛が訊く。

「盛岡の立ち返りが知っていたのですから。取締りが厳しくなる前には、あちこちに集まって祈りを捧げていたようでございます。近頃も密かに集まっておりますから、知っておりましょう」

「ならば、処刑されたと聞き、晒しものになる前に遺骸を奪い返そうと考えたというのはどうだ？　虎を逃がしたのが、花巻の切支丹たちの仕業だと考えれば筋は通る。花巻の切支丹たちが扉を開き虎を逃がした後、梅乃と蔦の死骸を奪った」

「あるいは」平四郎が言う。

「二人が捕らえられたことを知り、なんとか救い出そうとしていたが、処刑されてしまった。そして虎の餌にされると分かり、慌てて遺骸を奪いに行った――。手助けしたのは高知衆の切支丹か。なるほど、筋は通るな」

「梅乃さまの周辺を探れば」柊が言う。

「手引きした高知のお方の手掛かりが見つかりそうでございますね。蔦の件と一緒にあたしが調べます」

「頼む」

「金山の方はどうでございました？」

辰助が訊いた。

「弥十郎には会えたが、こちらの問いはすべて否定された」

平四郎は肩を竦める。

「切支丹の奴ら、一揆《いっき》でも企てているんじゃございませんか？」

辰助は険しい顔で言う。

「ならば、仲間の遺骸を虎の餌とされた今が蜂起《ほうき》の好機であろう。そんな気配は見えなかった」

六兵衛が言った。

「一揆を起こしたところで、切支丹らの立場はどうなるものでもない。静かに金山に籠もっている方が得策だ」

「周りから考えるより――」平四郎は火箸で手焙の炭をつつく。

「単純に何のために虎を逃がしたかを考えた方が早道であろうかな」

「虎が檻から出れば人を襲う。当然それを狙って逃がしたのであろう」六兵衛が言う。

「虎が逃げて一番の迷惑を被るのは南部家だ。虎が逃げ出せば、怪我人も人死にも出よう。捕らえることは難しい。殺してしまうしかない」

六兵衛が言うと、平四郎は自分を指さした。

「お前が虎を捕らえられるとは誰も思わなかったろうよ」六兵衛は苦笑した。

「虎を逃がした者にとっては誤算であったろうな。何にしろ、南部家になんらかの傷を負わせようとした者の仕業だ。何のために逃がしたかを考えても、鎖の環は足りん」

「左様だな」

と言った平四郎は、一瞬苦い顔をして口を開く。

「もう一つ忘れておった。若殿が虎狩りを楽しむために虎籠を開けたという説と、若殿を陥れるために重臣たちがやったという説もあったな」

「いずれを繋げるにしても環が足りぬのう」

六兵衛は溜息をついた。

「環の一つになるやもしれん」

平四郎は懐から笄を出した。

「それは？」

辰助が聞く。

「若殿の笄だ。虎籠から見つかった」

「それじゃあ……」

と辰助と柊が顔を強張らせる。

「早合点するな。誰かが仕込んだのだ。御武具御蔵に関わる者が盗み出し、虎籠を開けた奴に渡したか、あるいはこれを盗み出した奴が虎籠を開けた」

「盗んだのは御武具御蔵からでございますね」

辰助が訊く。

「おそらくな。普段お使いになる刀から盗んだのであれば、お側の者がやったことだ。だが、それならば若殿はすぐにお気づきになる」

「調べてみます」

辰助が言った。

「すぐに分かるような下手な手を使う奴だから、小者が釣れるだけかもしれんが、頼む」

言うと、平四郎は笄を懐に仕舞った。

三

夕食の膳は角部屋の座敷に運ばれた。膳に載っているのは、椀に盛られた稗飯《ひえめし》、干したウグイを焙ったものと、漬け物、味噌汁である。

平四郎と六兵衛、辰助、柊が食事を終えると、女中が布団を敷きに上がってきた。敷き布団は藁入り、上掛けは掻巻《かいまき》であった。

平四郎と六兵衛は角部屋の同室。辰助と柊兄妹は隣の部屋に引き上げた。

夜半――。

「何者！」

という六兵衛の声で、平四郎は目覚めた。

目を開けると、暗がりの中にぼんやりと、片膝をついて刀を前方に突き出す六兵衛の影が見えた。隣の部屋からは辰助の鼾《いびき》が聞こえている。

「どうした？」

平四郎は身を起こし、布団の足元に何者かの影が座っているのを見てぎょっとした。

「しっ。大きな声を立てるな」

男の声が言った。

「ひとの部屋に忍び込んでおいて、大きな声を立てるなとは何事だ」

六兵衛は立ち上がり、刀を構える。

「殺すつもりなら――」平四郎は、恐怖を押さえ込んで言う。

「こちらが眠っているうちにやっていたろう。六兵衛、刀を収めろ」

「そうはいくか。我らの部屋に忍び込んできたのだ。虎を逃がした者の一味に違いない」

「短絡だ」影が笑う。

「疑いを晴らしに来たのだ」

「ということは、切支丹か？」

平四郎が訊く。

「ご明察――。おれは後藤寿庵だ」

その名を聞いて、平四郎は大きな声をあげかけ、自分で口を押さえた。

「寿庵か。なぜここに来た？」

六兵衛は刀を構えたまま訊く。

「言うたろう。潔白を申し立てに来た。お前は、話が分かりそうな男だと思うてな」

寿庵は平四郎に向かい合ってあぐらをかいた。

「おれをどこで見た？　朴木金山か？」

「まぁそのへんはどうでもよかろう」

「横目たちが見張っていたはずだ」

「横目の見張りをかいくぐる方法などいくらでもある」

「やはり朴木金山に潜んでいたのだな」

「さてな――。それよりまず、その人斬り包丁をしまわぬか？　尖《とんが》った物を突きつけられると気持ちが悪い」

「そうはいかぬと言うたであろう」六兵衛は平四郎を顎で促す。

「こやつを縛り上げろ」

「そうはいかぬのは、そっちもだ」寿庵が言った。

「この宿は取り囲まれておるぞ」

「なに？」

六兵衛は眉をひそめる。

「独りで来ようと思ったのだが、丹波弥十郎の配下たちがどうしてもとついて来おってな。人殺しを屁《へ》とも思わぬ奴らだ。もちろん、切支丹でもない。おれがお前たちの手に落ちれば、朴木金山の事を洗いざらい喋《しゃべ》ってしまうのではないかと警戒しておる。いざとなればこの宿に火を放ち、お前たちもろともおれを殺すつもりだ」

「ほれ、やっぱり朴木金山におったのだ」平四郎は言った。

「弥十郎の配下らに宿を囲まれていることを切り札にするなら、とぼけても意味がないではないか」

「弥十郎と話をしたろう。あの男はあくまでも『寿庵など知らぬ。自分は切支丹ではない』という立ち位置を変えぬ。だからおれの口から朴木金山に匿われているとは言えぬ。だが、お前が想像する分には構わん」

「面倒くさいのう」平四郎は顔をしかめた。

「では、おれが想像するに、弥十郎は細かい計略など立ててはいない。お前が、米内平四郎と話をしたいから、配下を貸してくれと弥十郎に頼んだ。ただ己の潔白を伝えに来たわけではあるまい？　何しに来た？」

「まぁ、そう焦るな。お前の言う通り、おれが言われているのは、危なくなったら、ちょっとした合図をすることだ。その合図を訊いたら助けに来ると言うたが、連中はそんなまだるっこしいことなどせず皆殺しにするやもしれぬ。だからほれ、刀をしまえ」

「ううむ……」

六兵衛は刀を鞘《さや》に収めて、夜具の上に座った。

「切支丹絡みの件は、寺社奉行が動く。だが、お前たちは徒目付であろう。寺社奉行の縄張りと関係なく動けるのは、それなりの力を持っている、あるいはそういう人物が後ろにいる。そういう者と話がしたいと思ったのだ」

「何か取引がしたいのか？　だが、われらの支配は大目付。城での格は寺社奉行の一つ上でしかない」

「武家ではその一つ格上というのが重要になろう」

「そういえば、お前も武家であったな」

「おお。まずはその話から聞いてもらおうか」

「長話を聞いている暇があれば寝ておきたい。我らも暇ではないのでな」

「まずは、おれを信用してもらわぬことには話にならぬ。信用してもらうには、身の上も語らなければなるまい」

寿庵は、燈台に灯りをともし、あぐらをかいた。

「この灯りが消えれば、外の連中が飛び込んでくる」言って、寿庵は燈台を手元に引き寄せた。

「隣で耳を澄ませている二人も、こっちへ来い。落《お》ち合うたのは知っている」

寿庵が言うと、「よろしゅうございますか？」と襖の向こうから辰助の声がした。

「入れ」と平四郎が言うと、襖が開いて辰助と柊が顔を出した。

「お前たちはそこで話を聞け。間合いを詰められると安心して話せぬ」

寿庵が、部屋に入ろうとする辰助と柊に言う。

二人は敷居の向こう側に座った。

「まだ若造の頃、野心を持って長崎の五島《ごとう》に入った。姓の後藤は、長崎の五島のもじりよ。耶蘇教の司祭に取り入り、交易の手掛かりを探ろうと思ったのだ。異国との交易で富を得ようという魂胆だった。だが、すっかり教義に心酔し、切支丹となった。五島には色々な者が流れてきた。剣術の達人や、盗人もな。そういう者らから色々と学んだ。まだ野心は残っていて、切支丹を厚遇してくれる大名の元で、天下を目指したのだ」

「天下取りを考えていたのか？」

平四郎は呆れて訊いた。

「己に天下を取る才覚などないことは分かっておる」寿庵は顔の前で手を振る。

「誰かの下で、天下取りの手伝いをし、日本《ひのもと》を耶蘇教の国にしたいと考えたのだ。使い勝手のいい者と思ってもらえるようにな。だから、様々な技や学問を学んだ」

「それで、伊達領へ入ったか」

「その通り。伊達政宗公は予想通り、おれを重用した。伊達領の北に領地を拝領し、神の福音の地という意味を込めて福原と名付けた。伴天連《ばてれん》（宣教師）から用水路の作り方などを学んでいたから、荒れ地に水を引き、広大な沃野を作り上げた——。家康公が切支丹の禁教令を出したことが聞こえているのに、政宗公が支倉常長《はせくらつねなが》どのを遣欧使節としてローマに送られた時には、おれは感動に体が震えた——」

「ところが、切支丹に寛容だった伊達政宗が掌《てのひら》を返し、お前は追われる身になった」

平四郎が言った。

「その通りだ。五年ほど前に支倉どのは帰国したが、その年から伊達領の切支丹への仕置きが始まったのだ。おれの夢は微塵《みじん》に砕かれた」寿庵は苦々しい顔で言葉を切った。

「まぁ、ほかの大名に仕官していたら、もっと早く改宗を求められたろう――。改宗すれば今でも政宗公の下で働いていたろうが、耶蘇教を捨ててまでしがみつきたいとは思わなかった」

「盛岡ではなく仙台城下に虎を放したかったろうな」

「虎を放したのはおれではない。また、政宗公は憎いが、そのために仙台城下の人々を殺傷しようとは思わない。それに、世の趨勢《すうせい》は決まってしまっても、政宗公は大きなものに抗する気骨をお持ちかと思ったが、大名として領民のことを考えれば、長い物に巻かれなければなるまい」

「傷心で訪れた盛岡で、今度は仲間を虎に食わせるという暴挙が行われた。それでついに堪忍袋の緒が切れたのではないか？」

六兵衛が言う。

「二人は苦しんで死んだわけではない。小鷹の仕置場であっさり殺された。火炙りや水責めよりはずっとましだ。死骸は魂の抜け殻でしかない――。蔦は、最後の審判の後に少々困ろうがな」

寿庵は唇を曲げて笑う。

「お前の身の上は聞いた。だが、信用はできぬな」

「伊達から逃げ出し、猫に追われる鼠のように身を隠して震えているだけの男だ。虎を放して盛岡の者たちを害そうなどとは考えぬ」

「虎がマグダレナの遺骸を食わなかったことを利用して、嘘の噂を広め、信者を集めようとしておるだろう。そんな奴の言うことが信じられるか」

「虎が逃げたのは南部家に対する天罰と言わなかった良心を褒めてもらいたいな――。逃げたことを利用はしても、虎は逃がしておらぬ」

「虎がマグダレナの遺骸を食わなかったのは、おそらく着物に焚きしめた香の匂いがその体に移り、虎がそれを嫌っただけだとわたしは読んでいる」

「一つの出来事を自分の都合のいいように手を加えて使うのは世の常だ」

「まぁよかろう。虎は逃がさなくとも切支丹の遺骸は持ち去ったか？」

平四郎は訊く。

「持ち去った」

寿庵は素直に認めた。

「その時、扉を閉め忘れたということは？」

「あるわけはない。城に潜り込んだときは、すでに扉が開き、虎は逃げた後だった」

「逃げた後？」

平四郎と六兵衛は顔を見合わせる。六兵衛の目には疑いの色が浮かんでいる。

「そうだ。おれたちが着いた時、虎籠の扉は開き、虎の姿はなかった。これ幸いと遺骸を取り返して逃げた」

「なぜ虎籠へ行った？　誰の手引きだ？　二人の遺骸が運ばれたことをなぜ知った？」

平四郎は立て続けに訊く。

「二人が捕らえられ、処刑されたことを知り、晒しものにされる前に奪おうと小鷹仕置場へ行った。ところが、遺骸は城へ運ばれた」

「遺骸を運ぶ者たちを追って城へ入ったか——。それも五島で学んだ技か」

平四郎は舌打ちする。

「その通りだ。盛岡城は隙だらけだ。あれでは手引きがなくとも忍び込める」

「遺骸を運ぶのには、堀割から舟を使ったか？」

六兵衛が訊いた。

「足跡を見つけたろう。見つけていないとすれば、お前らの目は節穴だ」

「虎の足跡と遺骸を運んだ者たちの足跡は見つけた」

六兵衛は苛立った口調で言う。

「お前もいたのか？」

平四郎が訊く。

「ああ。いた」

寿庵はゆっくり肯いた。

「虎籠を開けた者は見たか？」

「すでに虎籠の扉は開けられた後だったと言ったろう。怪しい者は見ていない」

「ふむ。では別の問いだ。命の危険も省みず城内に忍び込み、その遺骸を奪うなど、お前はマグダレナとジュスタと相当親しかったのか？」

「お前がどんな答えを期待しているかは知らぬが、ただの顔見知りだ」

「顔見知りのために命までかけるものか」

六兵衛は笑った。

「切支丹の心の繋がりを甘く見るな」

「虐げられる者たちの仲間意識は強いか」平四郎が言う。

「二人の名や身元も知っておろう」

「知らぬ」

寿庵は即座に答えて首を振る。

「そんなはずはなかろう。嘘をつくな」

六兵衛は詰め寄る。

「お前、顔見知りの名を全て知っているか？　三軒隣の家族の名を全員言えるか？」

「三軒隣なら何とか言えるが」平四郎は言った。

「その先はいささか自信がない」

「おれはいつも花巻の礼拝所に出かけられるわけではない。マグダレナとジュスタと会ったのも数度だ。顔を会わせれば会釈する程度の仲。それでも、朴木金山を頼って来る途中で捕らえられ、処刑されたとなれば気の毒に思う。首を晒されるかもしれぬとあれば、その前になんとか奪って弔ってやりたいと思う。だがそこまでだ。恨みを晴らすために虎を放そうなどとは考えない」

「お前たちはそうでも、伴天連たちは違うと聞いたぞ。未開の国に出かけ随分酷いことをして改宗させようとするとか、国を奪うとか。異教の者たちを皆殺しにするとか。禁教となったのはそういう経緯が知られてしまったからだ」

平四郎は言った。伴天連という名称は、キリスト教やキリスト教者の俗称として使われることもあるが、元々は司祭《バーデレ》という意味のポルトガル語が起源である。日本に訪れる宣教師を伴天連と呼んだ。

「司祭《バードレ》たちと我らは違う」寿庵は少し苦しげな顔をする。

「み仏の言葉が、宗派によって違うように、イエズスの言葉の解釈も宗派によって違う。それを議論すれば何日もかかる――。ともかく、我らは敵討ちなど考えぬ」

「いや」平四郎は首を振る。

「政宗の懐に飛び込み、日本《ひのもと》を切支丹の国にしようと考えたほどのお前だ。伊達領で夢やぶれたなら、次は南部領でと考えたに違いない」

「決めつけるな」

「ほれ、そうやってすぐに否定するのが怪しい。マグダレナの本名は中里梅乃さま。ジュスタはその侍女、高野蔦。梅乃さまは南部政直公の乳母であらせられた。そういう人物を見逃すお前ではないであろう。蔦の方が先に切支丹になり、梅乃さまを誘ったようだから、さしずめ、お前が蔦を送り込んで梅乃さまを引き込んだとわたしは考える。そのために、蔦は処刑された。お前は責任を感じ、せめて遺骸を持ち帰ろうと思った」

平四郎は言葉を切って寿庵を見つめた。

寿庵の表情が強張ったように平四郎には見えた。

一瞬の間を置いて、「そうだ」と苦しげに答えた。

「だが、最初に話をもちかけて来たのは蔦の方だった。柏山明助さまの奥方の侍女になりたいとな」

「柏山さまの？」平四郎は眉根を寄せる。

「梅乃さまの侍女の前には柏山さまの奥方さまの侍女であったのか？」

「そうだ。まずは柏山さまの奥方の侍女になり、機会をとらえて花巻城の者の家に侍女として入る計略であった。偉い方に切支丹に理解を深めていただくためにと蔦は言った。庇護してもらうには、それはいい考えだと思った。柏山さまは知遇を得ているから、蔦を侍女にするのは簡単だった。そして欲が出た――」

「なにをさせるつもりだった？」

「当時、南部家の跡継ぎは政直公であった。知人の娘であった蔦を花巻城に送り込んで、政直公を切支丹に改宗させるつもりであった。運良く梅乃さまが蔦を気に入り、柏山さまの奥方は蔦を梅乃さまに譲った」

寿庵は溜息と共に答えた。

「なんのために？」

「お前の言った通り、南部領を切支丹の楽園にしようと考えていた」

「世の趨勢が決してしまった今、そのようなことをできようはずはない。夢物語だ」

六兵衛は笑う。

「有力な大名が切支丹となり、その領民の多くが従っているとなれば、これはもう既成事実として認めざるをえなくなる。すべてを処刑すれば、南部領は無人の荒野となろうし、諸大名は徳川への警戒感を強める。そして逃げおおせた切支丹がいれば、そこからまた信仰は広がる」

そこまで言って、寿庵は急に気弱げな顔つきになった。

「夢物語なのは分かっている。だから、せめて南部領を切支丹が生きやすい土地にしようと思った。今までは伊達領を拠点として楽園を広げていこうと思っていたが、政宗に掌を返された。だが、南部領が切支丹の国となれば、政宗公もまた掌を返すやもしれぬ――」

「甘いな」平四郎は憐れむような目を寿庵に向けた。

「これから先、大名が切支丹に改宗することはない。たとえその教義に心を動かされたとしても、大名は領地を守ることを優先させる」

「そうだな……。そうであろうな。切支丹は地の底に潜るより仕方がないか」

寿庵の目に絶望の色を見たように、平四郎は思った。

「その地下に潜った者の中に、南部家に意趣返しをしようとする者はいないか？」

平四郎が訊いた。

「いないと言い切りたいが自信はないな。しかし、南部領に潜伏する切支丹らは、生き延びることに精一杯だ。意趣返しを考えるのは、先々の事が見えてからであろうよ」

「お前自身はどうなのだ？」

六兵衛が訊く。

「そちらが信じる信じないは勝手だが、おれは虎を逃がすことなど命じていない」

「人は嘘をつくものだからな」

平四郎が言う。

「そうか。お前は信じないか」

「疑わしい者の言葉をすべて信じていれば、咎人《とがにん》のいない一落《いちらく》（事件）の口書綴《くちがきつづり》が積み重なるばかりだ」

「その中のどれかを信じなければ、口書綴の山は減ることはなかろう」

「お前の証言は、〈疑わしい〉から〈まだ疑わしい〉の山に移るだけだ」

「頭が硬いのう」

寿庵は舌打ちした。

「そろそろお前の本題に入れ。時がもったいない」

平四郎はぞんざいに言う。『こちらはお前の言うことなどたいして重要とは思っていない』という態度を見せたのである。寿庵が焦ってこちらを信じさせようとする態度を引き出そうとしたのだった。焦れば綻びを見せる。そこから真実を引っ張り出そうと考えたのである。

「おれは、誰が虎籠を開けたのか、見当をつけている」

「こちらも見当をつけている」

六兵衛は寿庵を睨みつける。

「いや。おそらくお前たちには思いも寄らぬ人物だ」

「これ以上怪しい奴を増やしてくれるな」

平四郎は渋面を作った。

「お前らが見当をつけているのは、おれや丹波弥十郎をはじめとする切支丹。それから南部重直、重直を疎ましく思っている南部の重臣たちであろう？」

寿庵はせせら笑うように言う。

「それがどうした」

言い当てられて平四郎は少し動揺した。

「この世は未だ乱世の尻尾を引きずっておる。国を取ったり取られたりの恨み辛みがまだ残っているのだ。そういう所を見なければならぬ」寿庵は言葉を切り、平四郎と六兵衛の顔を交互に見る。

「北十左衛門《きたじゅうざえもん》はどうだ？」

「北十左衛門？」

「北信愛《きたのぶちか》公のご子息か――」六兵衛は目を見開いた。

「岩崎一揆で戦われた」

豊臣秀吉の奥州仕置によって、和賀氏や稗貫氏は領地を奪われ、その土地は南部氏に与えられた。慶長五年（一六〇〇）の岩崎一揆は、和賀忠親《ただちか》が奪われた土地を奪還するために稗貫氏の残党と共に蜂起し、岩崎城、大迫城、二子城など花巻周辺の城を攻めた戦である。その裏には伊達政宗がおり、一揆勢に蜂起を煽ったのであった。

当時、南部氏は出羽の合戦に出陣中で兵力は薄かったが、花巻城代であった北信愛、その子信《のぶ》景《かげ》（北十左衛門）、柏山明助らは果敢に戦い、一揆勢は次々に敗走。ついに追いつめられて岩崎城に籠城した。そうするうちに雪の季節となり、戦は中断。翌年春三月。戦は再開され、一揆の首謀者たちは逃亡。四月二十六日に岩崎城は落城した。

「信景は北信愛の妹の次男だったが、信愛の跡継ぎであった花巻城代の秀愛《ひでちか》が亡くなったために養子となった。花巻城代は信愛が継いだ。北信景は、慶長七年（一六〇二）に鹿角の白根金山を発見し開発した。すぐに尾去沢《おさりざわ》に幾つもの金山が発見され、その開発にもあたり、南部御家中初の金山奉行になった」

「なるほど――」辰助が肯く。

「花巻城代であった秀愛公が亡くなり、父の信愛公が城代を継いだので、信愛公の養子になった信景公は金山奉行になったのだな」

「慶長十七年（一六一二）、信景の息子十蔵《じゅうぞう》は、領主利直から罪人の追討を命じられた。信景は息子はまだ未熟者だからと、その命令を取り下げることを願い出た。しかし、利直は応じなかった。十蔵は勤めに失敗し、罪人に逆に斬り殺されてしまう。信景は嘆き悲しみ、剃髪して奉行の職を放棄した。利直は激怒し、信景に謹慎を命じた。信景は利直に恨みを抱き、金山を開いて得た金を持って大坂へ出奔した」

「その信景が、恨みを晴らすために大坂から戻ってきたとでもいうのか？」

柊が訊く。

「話はまだ終わっておらぬ。信景は豊臣方へ走り、南部十左衛門《じゅうざえもん》信景と名乗った」

関ヶ原の戦いにおいて、南部家は徳川方へついた。信景は南部を名乗り敵に寝返ったのである。

「慶長十八年（一六一三）北信愛が死去し、南部政直が二万石を与えられて花巻城主になる。同年、南部利直の長男家直が死んでいる。そして、この年の八月、家康に南天竺（カンボジア）から虎が献上されている。大坂で冬の陣が起こる前の年だ」

「元和元年（一六一五）八月。利直公は夏の陣の後、虎を家康公から賜ってお持ち帰りになり、十七石をその飼育に充てた」

六兵衛が言う。

「そう。まさにその年だ。合戦は豊臣方の敗北で終わる。北十左衛門は、少数の家臣と共に大坂城を脱出するが伊勢で捕縛され、盛岡へ連れてこられ新山《にいやま》川原で処刑された。手足の指を一本ずつ切り落とし、最後は利直自身が矢でとどめを差したと言うから、恨みは相当深かったのであろう。その首は仙北原《せんぼくはら》に晒された」

「その事は知っている。ずいぶん酷いことをするものだと思った」

平四郎は苦い顔をする。

「見物には行かなかったのか？」

寿庵はニヤニヤと笑う。

「行くものか。人が殺される所など見たくもない」

「そういうものを見たいという庶民は大勢いる。切支丹の処刑もな」寿庵は真顔になって言った。

「十左衛門はなぜ酷い殺され方をしたのかは知っているか？」

「夏の陣で大坂城から飛んできた矢に〈南部十左衛門信景〉の名が記されているものが見つかった。南部の名があったために、利直公の裏切りが疑われたと聞いた」

「利直の処分は謹慎で済んだものの、命まで危うくなるところだった。利直にとっては恨み骨髄であったろうよ」

寿庵は言葉を切り、平四郎の顔を見つめる。

平四郎は無言で顎を動かし、話の先を促した。

「かつて北十左衛門の配下であった金山役人や鉱夫たちは処刑を嘆き悲しんだ。奴らは十左衛門を慕い、大坂に逃げ果《おお》せたことを喜んでいたのだ。仙北原に晒されていた十左衛門の首は、いつのまにか消えた。そして十左衛門の居館であった三戸の森ノ越館《もりのこしだて》に運ばれ、密かに首塚が築かれたという——。その金山役人や鉱夫たちや、伊勢から逃げ延びた家臣の残党は今、佐比内のあちこちの金山に潜んでいる。ある者は望んで任地を変え、ある者は出奔して正体を隠してな」

「そういう連中が金山に……」

「南部御家中を転覆させる機会を窺っているのさ。我ら切支丹よりもずっと虎籠の扉を開けたい動機を持っていると思わぬか?」

「疑わしいというだけで證跡はあるまい」

「奴らには丹波弥十郎が見張りをつけていたが、数日行方が分からなくなっている者が何人かいる」

「見張りをつけていたのか?」

「騒動が起これば金山経営にも支障が出る。怪しい者には見張りがつく。おれのようにな」

「それは切支丹を匿っていても同じ事だろう」

「切支丹などおとなしいものよ。ほとんどが百姓や商人だ。だが、十左衛門の配下だった者たちは違う。侍や、筋骨逞《たくま》しい鉱夫だ。金山で捕り物になって下手に暴れられれば、こちらも怪我をする」

「それで」六兵衛が訊いた。

「北十左衛門の配下たちをこちらに引き渡すというのか? お前にそこまでの力はあるまい」

「愚か者」寿庵は舌打ちする。

「おれが山を出てここまで来てお前たちと交渉しているのは、弥十郎の許しがあったからだ。おれが持ち出す条件は弥十郎も承知している」

「だが――」愚か者と言われた六兵衛は不機嫌そうに声を荒らげる。

「十左衛門の配下らは、今ではお前たちの仲間であろうが」

「ほれほれ、それだ」寿庵は何度も舌打ちして六兵衛を指差す。

「南部御家中を転覆させようとしている者らと一緒にされたくないのだ。いずれ南部家も本気で切支丹への仕置きをせねばならぬ事態になろうが、それまでの間は金山へは手を出さぬ。今、南部家に潰されられては困るのだ。十左衛門のように酷い処刑をされるのは気の毒だが、こちらも背に腹は代えられぬ。南部家は今のところ、切支丹を匿っているということくらいなら、大々的な手入れはしないが、虎籠を開けた者を匿っているとなればそうもいかんだろう。南部家を潰したくはない。そして、南部家に金山の静寂（平和）な暮らしを乱させたくはない。それが弥十郎の思いだ」

「なるほど――」平四郎は肯く。

「金山に行ったとき、弥十郎はあくまでも己が切支丹であったことを否定した。しかし、交渉をするにはこちらに、金山に切支丹がいることは話さなければならない。弥十郎が来れば、己が切支丹であることを追及されかねない。それを否定しつつ交渉すればややこしくなる。さりとてこちらに名が知れていない下っ端では話にならない。では後藤寿庵だということでお前に白羽の矢が立ったか」

「違う違う」寿庵は手を横に振る。

「おれが名乗り出た。まずはおれにかかった濡れ衣を晴らしたかったからな。弥十郎にとってはお前が言うたことが本題だが、十左衛門の配下らの件は、おれにとってはおまけだ。弥十郎は、行方が分からなくなった者たちが戻ってきたら、全員引っ捕らえて引き渡すと言っている」

「だがな、寿庵。それでもお前たちへの疑いは消えぬぞ」

「まぁ、十左衛門の配下たちが虎籠を開けたと白状するまではそうであろうよ」

寿庵は肩をすくめた。

「それで十左衛門の配下らを引き渡す代わりに何を求める？」

「虎籠を開けた者を引き渡したのだ。もう金山やおれに関わるな」

「日本国を切支丹の国とする夢は破れた。伊達領、南部領での夢も同様だった。ならばせめて金山だけでも切支丹の楽園としたいということか」

「まぁ、そういうことだな。壮大な夢が、ずいぶんみみっちくなったが」

寿庵は自嘲して笑った。

「だが、今、お前も言うたろう。十左衛門の配下たちが虎籠を開けたと白状するまでは約束できぬ。もし、連中が虎籠を開けていないと分かれば、また振り出しだ。お前を捕らえるために金山に踏み込む」

「うむ……」

寿庵は渋い顔をする。

「まだ問いたいことがある」平四郎は言う。

「お前、岩崎城の柏山さまの元を訪れておったろう」

「柏山さまが用水の件でおれの力を借りたいと政宗公に請うたのだ。柏山家は賢者の血筋で、政宗公の先々代の頃から注目していた。政宗公からは柏山さまの力になれとのお言葉を頂いた」

「しかし、見捨てられた」

平四郎は意地悪く言った。

「柏山さまには、花巻周辺の荒れ地や、湿地の開墾についての相談を受けていた。そんな矢先、急に政宗公からの呼出があり、改宗を求められた。それを断ると、片倉さまの軍が福原に攻め寄せ、わたしは這々《ほうほう》の体《てい》で逃げ出した」

「あちこちの一揆を裏で操り、家康公に目を付けられているから、切支丹の件でも睨まれてはかなわぬ――。政宗公の保身のために切り捨てられたのではないか」

「まぁ、そのようなものかな。苦々しいが、一国の主の判断としては間違いではなかろう」言いながら寿庵は立ち上がる。

「そろそろ戻らなければならぬ」

「せっかく来たのだ。あと一つ、二つ、問いたいことがある」平四郎は余裕を見せるため、のんびりとした口調で言う。

「十左衛門の配下らが虎籠を開けていなかったらどうする？」

「奴らがやったのだ」

「たとえばの話だ。わたしの所に投降するか？」

「何度も言うておるだろう。おれはやっていない。やっていないから投降する意味はない」

「ならば、朴木金山に捕り方が入るぞ。弥十郎にとっては大迷惑であろうな。十左衛門の配下らと同じ立場だ。お前を捕らえてこちらに差し出すであろうな。あるいは寝首を掻いて、遺骸をこちらに引き渡すか。たとえ逃げてもあちこちの金山へ触れが回る。お前の行き場は限られて来る。さて、どうする？　観念して自害でもするか？」

「なんと言わせたい？」

寿庵は歯がみする。

「お前は色々な技を学んだと言う。ならば、虎籠を開けた者を探すのを手伝え」

「何だと？」

寿庵は片眉を上げる。

辰助、柊は何か言いたげに平四郎を見た。

「平四郎！　切支丹を配下にするというのか！」

六兵衛が怒声を上げる。

「猫の手を借りるよりずっとましであろう」

平四郎の言葉に、寿庵は苦笑する。

「虎籠を開けた者が見つからなければ――」平四郎は寿庵に顔を向ける。

「いつまでもお前は身の潔白を示せぬ。わたしはしつこくお前を追う。それよりはわたしを手伝った方がいいとは思わぬか？　お前は捕らえられることを心配しなくてすむ。わたしの配下として働いているとなれば、朴木金山に捕り方が押し寄せることもない。南部家が金山の切支丹を見て見ぬふりをするのはご公儀の命《めい》に逆らうことだ。だが南部家がそれをやっているのは、ひとえに金山経営が上手く行っているからだとわたしは考えている。虎騒動が丸く収まらなければ、南部家はご公儀のお指図に従う方へ舵を切るぞ。そう伝えれば、弥十郎も納得するのではないかな」

「うむ……」

「十左衛門の配下らが虎籠を開けたと分かれば、この話はなしだ。お前は金山でのうのうと暮らしておればよい。どうだ？」

　平四郎は小首を傾げて寿庵を見つめる。

　寿庵は奥歯を噛みしめたまま平四郎を睨んでいる。

「まぁよい。わたしたちの動きから目を離さないことだ。十左衛門の配下らが虎籠を開けていないと分かれば、朴木金山に捕り方を向かわせる。木戸を打ち壊す前にお前がこちらにつけばそれでよしとしよう。北十左衛門の配下らが意趣返しを考えているとすれば、和賀、稗貫、大崎あたりの残党らも怪しい。この件に関わっているかどうかを調べて手土産にしてもらえれば、今すぐに答えなかったことは不問にしてやろう」

　平四郎が言うと、寿庵は答えぬまま立ち上がった。

「もう一つ」平四郎が手を上げる。

「なんだ？」

「お前についてはもう一つ危惧がある」

「お前は伊達政宗のお気に入りであったろう？　まだ繋がりはあるのか？」

「すっかり切れておるわ」寿庵は苦い顔をして言った。

「政宗は、自分の身が危うくなるとすぐに掌を返しおる。さんざん切支丹の恩を受けたくせに、今では切支丹を狩って酷《むご》たらしく殺している。そんな男との付き合いはもうない——。ずいぶん話し込んでしまった。待っている者たちは痺《しび》れを切らしておるだろう。もっと聞きたいことがあれば、また次の機会に答えてやろう」

「あと一つ。一つだけ！」

平四郎が言うと寿庵は舌打ちして「言え」と答えた。

「蔦は剣術を習っていたか？」

「いや。ただの百姓の娘だ。なぜそんなことを訊く？」

「梅乃さまと共に捕らえられた時、食い詰め者らを何人か斬ったようだ」

「梅乃どのが斬ったのだろうよ」

寿庵は窓に近づき、障子を開いて外に飛び下りた。

「追う」

六兵衛は平四郎に言うと、窓へ駆け寄る。

「追う必要はない」平四郎は慌てて言った。

「お前に行かれると、用心棒がいなくなる」

「おれはお前の用心棒ではない」

「ならばわたしが――」

辰助が、窓の障子に駆け寄る。

「深追いするなよ」

平四郎が言うと「承知」と言って辰助は窓を飛び出した。

「寿庵は『次の機会』と言いましたね」

柊が言った。

「うむ」と平四郎は肯く。

「こちらの手の者になる覚悟はできたようだな」

「梅乃さまと蔦の件、寿庵の話の裏を取って参ります」

柊は障子を閉め、素早く荷物をまとめると背負って部屋を出た。

「どう思う？」

六兵衛が訊いた。

「寿庵は虎籠を開けておらぬな。怪しい奴が一人減った」

「疑いが晴れたのにあの男を利用するのか？」

「立ってる者は親でも使えと言うではないか」平四郎は笑う。

「ともかく、怪しい奴を一人ずつ潰して行かなければ埒《らち》があかんのだ。人手は一人でも多い方がいい」

平四郎は言って夜具にもぐり込んだ。

六兵衛は小さく首を振り、燈台の灯りを消して夜具に入った。

第四章　雪原の若武者

一

平四郎の父祥庵は城の行き帰りに、知り合いの医者を訪れ、最近吉草根を処方したことがあるかどうかを訪ねて歩いた。弟子たちには城下の薬種屋を回らせて、吉草根を買った者たちを調べさせていた。

しかし、手掛かりが摑めるという思いは薄い。賊が吉草根を最近手に入れたとは限らないし、医者や薬種屋と関わりのある者なら密かに手に入れることもできる。

とりあえず息子のためにできることをやってやろうという親心と、もし医者が手伝いをしたとすれば、自分が動いていることで危機感を覚え、焦って尻尾を出してくれないかという考えからであった。

平四郎が花巻から盛岡へ向かっている頃、祥庵は跡継ぎの丞之進《じょうのしん》と共に、仁王《におう》小路の薬種屋田《た》島屋《じまや》の暖簾を潜った。

大きな土間の奥は広い板敷で、作りつけの引き出しが沢山ある棚が据えられていた。幾つかの文机の上に天秤が乗せられ、白いお仕着せを羽織った者たちが薬の調合をしている。奥からは薬研《やげん》で薬をすりつぶすゴリゴリという音が聞こえている。鼻を刺激する薬草の匂いが漂っていた。

「これは祥庵さま」と頭を下げた番頭が、手代に主を呼ぶように声をかけた。

「いや、たいした用事ではないのだ。田島屋さんに出てきてもらうほどではない」

祥庵は言って板敷に腰を下ろした。

「それではわたくしがうかがえばよろしゅうございますか？」

番頭は手代に手で合図して、祥庵の側に膝を折った。

丞之進は薬籠《やくろう》を持ったまま土間に立っている。

「今日は息子の手伝いなのだ」

祥庵が言うと、番頭はちらりと丞之進に目を向けた。

「いやいや、こっちの息子ではない」

「ああ、平四郎さまの――」番頭は声をひそめる。

「事件のお調べでございますか」

「まぁ、大したことではないのだが、吉草根を求めた者を探している」

「吉草根でございますか――。よからぬ事にお使いの方もいらっしゃいますからね」

「ほぉ。どういう事に使う？」

祥庵が訊くと、番頭は顔を近づけて、

「けんもほろろの娘を手込めにするために」

と小声で言った。

「うむ。そういうけしからぬ奴もおるか」

「おりますとも」

「町人か？　侍か？」

「両方でございます」

「それでは絞りづらいな」

「左様でございますね。近頃お求めになった方はございませんし」

「医者はどうだ？」

「左様でございますね――。宗伯《そうはく》さまがお求めに」

関《せき》宗伯は奥医師の一人であった。

番頭は余計なことを言ってしまったと思ったのか、心配そうな表情になって、

「しかし、宗伯さまは少しでも百味簞笥《ひゃくみだんす》や薬籠の薬が少なくなると心配におなりになるそうで、悪事に使っているわけではございません」

と付け足した。

「うむ。宗伯どのは関係あるまい」祥庵は番頭を安心させるように言った。

「そのほかに心当たりは？」

「ございませんねぇ。吉草根のことだけでございましたら、わたしもそれとなくほかの薬屋に訊いてみましょう」

「よろしく頼む。なにか分かったら、家に文をくれ」祥庵は立ち上がる。

「ほかの医者たちには喋るなよ。付き合いがし辛くなるでな」

「承知いたしました」

祥庵と丞之進は店を出た。

「薬の在庫が少なくなると心配になって買いに来るということは」丞之進は祥庵に並びながら言う。

「近頃、薬を使って少なくなったということでございますな」

「左様。しかし使った相手が虎籠番か、不眠を訴える老人か分からぬがな」

「宗伯医師《せんせい》の弟子に何人か知り合いがおりますから、探りを入れてみましょう」

「おお、頼めるか」

「かわいげのない弟でございますが、弟にはかわりございませぬゆえ」丞之進は笑う。

「久しぶりに酒を酌み交わそうと声をかけます。今夜の夕餉《ゆうげ》はいりませぬと母上にお伝え下さい」

丞之進は薬籠をぶら下げたまま、日影門の方へ歩いた。

※　※

平四郎と六兵衛は昼前に盛岡へ着いた。

すぐに登城して工藤に子細を報告した。二ノ丸徒目付所近くの小部屋である。

「――ほぉ、寿庵が現れたか」

工藤は面白そうに笑う。

「大胆な男でございます」

「虎を放したのは寿庵だと思うか？」

「遺骸を奪いに行ったら扉が開いていたというのは、本当であろうと思います」

「すると、虎を逃がした者は別にいると？」

「はい。あり得る話だと思っております」

「やったのは南部家に遺恨を抱く者たちか」

工藤は腕組みする。

「過去の一揆で負けた者らの動静は寿庵に調べさせております。かといって切支丹への疑いがすべて晴れたわけでもございませんから、柊は梅乃さまと蔦に関する寿庵の話の裏を、辰助には政直さまと柏山明助さまの死について調べさせております」

「それだがなぁ――」

工藤は声をひそめた。

「どれでございます？」

平四郎は工藤に頭を近づけた。

「政直さまと柏山さまの死のことよ」

「なにかご存じで？」

「かなり有力な噂が流れてきている。真偽のほどはずっと上の方しか知らぬ事だろうがな――。十月二十三日、政直さまはお亡くなりになった。柏山さまが亡くなったのが二十四日だ」

「前後してお亡くなりになったと聞いていましたが、翌日ではありませんか」

　平四郎は目を丸くする。

「それだけではない。柏山さまは十月二十二日に花巻城にお出でになっている」

「えっ？」

　平四郎は思わず大きな声を上げ、慌てて掌で口を押さえた。

「柏山さまは昼過ぎに登城なさり、政直さまと共に本丸御殿においてご歓談。夕刻に岩崎城へ戻られたとのこと。そして、翌日に床に伏し、二十四日にお亡くなりになったのだそうだ」

「柏山さまが二十二日に花巻城を訪れ、その翌日に政直さまがお亡くなりになり、翌日に柏山さまが亡くなられた。二十二日に、何があったのです？」

「お二方のご家臣も何人か亡くなられておるという話だから、食あたりではないかという者もいる。しかし、真夏ならそれもあり得ようが――」

「いや、冬に流行《はや》る食あたりもございます」

「誰かに毒を盛られたのではないかという話も聞こえている」

「あっ――。梅乃さまと蔦の出奔に繋がるかもしれませんね」

「二人が毒を盛ってから逃げ出したという話もあるが、政直さまと柏山さまの命を奪う理由が分からぬ」

「乳母が慈しんで育てた子を殺すとも思えませんし――」平四郎はそこで言葉を切り、言い辛そうに口を開く。

「あの――、訊きづらいことをお訊きしてもよろしゅうございましょうか？」

「なんだ?」

「噂のことでございます。その――。政直さまと柏山さまの死に、若殿が関わっているという噂はございませぬか?」

「うむ……」工藤は渋い顔をした。

「組頭であってもわたしも下っ端。ここまで届く話ではないが、桜庭さまからいろいろと聞かされておる――。政直さまを亡き者とし、ご自身が次の藩主になろうと画策したという噂はないではない」

「兄上暗殺の疑いの次は、虎を逃がした疑い。若殿もお気の毒でございますね」

「それに、実際に虎を撃ってしまったからな。だから、ますます反対派は勢いをつけているとのこと」

「この件で損をしているのは切支丹と若殿でございますな」

「だから虎を放った者の候補から外すと?」

「いえいえ。賢しい方ならば、己に疑いの目を向けさせておいて、最後にひっくり返すということも考えるでしょう」

その時、板戸の向こうで声がした。

「辰助でございます」

「入れ」と工藤が言った。

戸が開いて、辰助が中に入り頭を下げた。

「寿庵は宿を囲んでいた者らと共に朴木金山に戻りました。しばらく見張っておりましたが、山を出る気配はありません。手下を何人か張りつけておりますんで、なにかあれば知らせが入ります。これから花巻へ向かい、政直さまと柏山さまの件を――」

「その話は今、工藤さまから聞いた」

平四郎は工藤から聞いた事を辰助に告げる。

「なるほど。それではお二方の死因について調べればよろしゅうございますね」

辰助は言う。

「なかなか難しかろう」平四郎は言う。

「誰に当たる？」

「まずは奥医師の周辺でございますね。奉公している者らは、けっこう色々なことを盗み聞いているものでございますから」

辰助が答えた。

「奥医師に奉公している者は、色々と盗み聞きしているか――。ならば辰助、お前は吉草根についての話を聞き込んでくれ。いつの間にか薬が減っていたとか、密かに誰かに渡したとか」

「吉草根でございますか」

辰助は怪訝な顔をした。

「どうした？」

「いえ、手下が吉草根については祥庵先生が調べているようだと申しておりました」

「父上が？」平四郎は驚いた顔になる。

「素人が、余計なことを」

「先生は平四郎さまのお力になろうとお考えになったのです。余計なことをなどと言うものではございませんよ」

「うむ……」

平四郎が渋い顔をした時、辰助の後ろに柊が現れて一礼した。

「では――」平四郎は気を取り直して言う。

「お前たちは、父上の動きを止めた後、吉草根の線を洗ってくれ」

「承知いたしました――。それから、笄の件でございます」

「何か分かったか？」

「仰せの通り、小者が釣れただけでございました。わたしの手下が御武具御蔵の小者に当たったのでございますか――」

「誰かに金を積まれて盗んだか」

「ご明察。見も知らぬ侍だったそうで。小者は、病の親を医者に診せるために金が必要だったのだから内密にしてくれと手を合わせたそうでございますが、どういたしましょう？」

「親の病は本当だったのか？」

「はい。本当に医者に診てもらったのかまでは調べさせておりませんが」

「放っておけ。笄を受け取った侍が何者なのか知らぬのであれば、用はない」

やはり環は繋がらなかったかと平四郎は思った。予想していたことだからさして落胆はしなかった。

「それでは行って参ります」

辰助は、柊と肯き合った後、廊下へ去った。

入れ替わりに柊がもう一度頭を下げて、「寿庵の話の裏を取って参りました」と言った。

工藤が「話せ」と促す。

「まずは、蔦が剣術を習っていたかどうかは、誰も知りませんでした。それから、呉服屋や扇屋、白粉屋の者らの話によりますと、梅乃さまと蔦は、二年ほど前の歌会の席で知り合ったようで。柏山さまの奥方さまの侍女として歌会に出ていたとのこと」

六兵衛が言った。

「先に柏山さまの奥方さまの侍女であったことは本当だったか」

「高知の奥方さまばかりの歌会だったのですが、『蔦は歌の上手である』と一首詠ませたのだそうでございます。梅乃さまがその歌をたいそう気に入られて、是非とも自分の侍女にと。柏山さまの奥方さまは、快く蔦を譲ったとのこと。ここから先は立ち返りの女から聞きましたが、蔦が梅乃さまを少しずつ感化し、切支丹に引き込んだという話でございます」

「柏山さまの奥方さまは切支丹なのか？」

平四郎は訊く。

「いいえ。そういう話は聞きませんでした。立ち返りの女は、柏山さまの奥方さまを礼拝で見たことはないと。岩崎にも礼拝の場所はあるのだそうですが、そちらに武家の奥方さまは出入りしていないとのことで」

「そうか――。ではなぜ梅乃さまだけ誘ったのだろう」

平四郎は顎を撫でた。

「御しやすいと思ったのではないか？」

六兵衛が言った。

「それもあるやも知れんな。あるいは乳母を使い政直さまを教化しようとしたか——」言って平四郎は柊に顔を向ける。

「蔦は柏山さまに仕える前はどこにいた？」

「伊達領に住んでいたとか。伊達領のどこかという話になると、梅乃さまが遮ったということで」

「そうか。伊達領から来たとなると、蔦と寿庵は顔見知りであったかもしれぬな」

六兵衛が言う。

「うむ」平四郎は肯く。

「柏山さまは切支丹と知りながら奉公させたのか？」

「知人の娘だとのことで、哀れに思って引き受けたという話でございます」

「逃げてきた伊達の知り合いを匿っているという話は時々聞く」工藤が言った。

「匿いきれなくなると、密かに金山へ向かわせるようだ」

「二人がなぜ花巻を出て朴木金山へ向かったかは分かったか？」

「城に出入りしている小間物屋から聞きましたが、城内の女中らの噂では、密かに切支丹狩りが行われたのではないかということでございました。以前から梅乃さまと蔦は切支丹ではないかと囁く者もいたそうで」

「その辺りは花巻城に行って確かめたいな——」

平四郎は腕組みして唸る。

「誰に確かめる?」六兵衛が言う。

「真相を知っている者となれば、かなり上の者であろう。徒目付風情の問いに答えるものか」

「三上さま、桜庭さまに相談してみるか」

工藤がそう言った時、「入るぞ」と声がして板戸が開いた。目付の三上が険しい顔を覗かせる。

「桜庭さまからの言伝《ことづて》だ」

三上の目は平四郎を向いていた。

「若君、近習と共に出奔。騒がずに追う」

室内の全員が顔を見合わせる。

平四郎は弾かれたように立ち上がった。

「ついて参れ。平四郎のみだ」

三上は早足で廊下を進む。

平四郎は駆け出したい気持ちを押し殺し、三上を追った。

二

平四郎と三上は馬、三上の配下二人は走って城を出る。城門の近くに小者がいて、行く先を指差した。何人かの小者の指示通りに進むと、中津川沿いの道に出た。

三上は平四郎の横に馬を並べて、子細を語った。

つい先ほど、重直謹慎の間の見張りが交替に向かうと、先に見張りについていた者が廊下に倒れていた。揺り起こすと、重直の近習三人が急に訪れ、当て身を食らわされたとのこと。慌ててあらためると座敷の中に重直の姿はない。

見張りたちはすぐさま家老たちに報告。家老たちは、『城内にこの件が広まれば騒ぎになる。静かに探せ』と見張りらに命じる。しかし、城内に重直の姿はない。

事の直後に謹慎の間近くを通りかかった茶坊主が、重直の近習〝四人〟が歩き去るのを見たという。その足取りを追うと、厩から馬を曳きだして重直の近習〝四人〟は城を出たという。

「厩番の話によれば、城を出たのは一刻半（約三時間）ほど前。町中で行く先を聞き込みをし、曲がり角に小者を配置しておる。――。どこへお逃げになったと思う?」

三上は訊いた。

「さて。このまま進むと米内でございますが――」首を傾げた。

「本当に、お逃げになったのでしょうか」

「今話してやった通りだ。お逃げになったのでなければなんだ?」

三上は苛立った声を出す。

「すぐに追いつかれることは目に見えております」

「若君は後先を考えぬ。虎が逃げたとなれば撃ち殺すと、短慮をなさる。閉じ込められたから逃げ出すとお考えになられたのであろうよ」

「わたしは若殿とお話ししたことはございませぬゆえ、短慮をなさるお方かどうか判断はできません」

「これからゆっくりと話ができる」

「えっ?」

平四郎は三上に顔を向けた。

「桜庭さまから、若殿を捕らえたらそなたに話をさせよと言われておる」

「ああ――。虎籠の件で詮議せよということでございますか」

「左様。お城の中で、徒目付に詮議させるわけにはいかぬからな」

「なるほどなるほど。若殿からお話を伺うためには、どなたかを間に入れなければならないと思っておりましたが――。これは面白くなって参りました」

中津川沿いを一里も進まぬうちに、米内川《よないがわ》の落合が見えてきた。小者が立っていて、左の米内川の方を指差した。

山に囲まれた道を暫《しばら》く進むと、開けた場所に出た。雪が積もった原の道際に十数頭の騎馬が集まっている。

その中の一騎が平四郎らに近づいて来た。

馬袴に一貫張黒漆塗りの一文字笠を被った男であった。

「邪魔をするな」

低い声で男は言った。

「手荒なことをするなよ、漆戸《うるしど》」

遠くから声が聞こえた。

目をやると、原の中央に一騎の武者。弓を構えて前方を見ている。

十間（約一八メートル）ほど離れた所に、大きな猪がいた。

猪は鼻から白い息を吐き、前脚で雪を跳ね上げる。

武者はキリキリと弓弦《ゆづる》を引き絞る。

猪が武者に突進した。

武者の弓から矢が放たれる。

猪の額に矢が突き立つ。しかし、倒れない。

続けざまに二の矢が放たれる。

矢は一寸ほどの間隔を空けて猪の額を射抜いた。

猪がよろける。

三の矢が放たれ、それが眉間を貫くと、猪は前のめりに雪の原に転がった。

「上《かみ》の方に鹿を二頭置いてきた。取って参れ」

騎馬武者は大きな声で言った。若々しい声であった。

平四郎は馬を下りて騎馬武者へ走る。漆戸と呼ばれた侍が馬でその後を追う。

森の際に引いていた二騎の武者が素早く駆け寄って、平四郎の行く手を塞いだ。漆戸がそれに加わる。

「わたしは徒目付の米内平四郎と申す者でございます」

平四郎は雪の上に膝を折り、四騎の向こうでこちらを見ている騎馬武者に言った。

「お前か、乱菊丸を捕らえたのは？　よくぞ生け捕りにした」

騎馬の若武者――、南部重直は言った。

整った顔立ちで、気の強そうな切れ長の目をしている。どこで着替えたのか、綾藺笠《あやいがさ》を被り、脚を覆う鹿の夏毛の行縢《むかばき》をつけ、胡簶《やなぐい》を背負った狩装束である。

「お褒めにあずかり、恐悦至極にございます」

平四郎は膝を折って頭を下げた。

「それで、虎籠を開けたのは余《よ》だとして、捕らえに参ったか？　余を捕らえるのは虎の生け捕りより手こずるぞ」

「滅相もない。わたしはまだ誰が虎籠を開けたのか分かっておりませぬ。そう仰せられているのは、若殿を引きずり降ろそうとしている方々でございます」

「米内！」

三上が怒鳴った。

騎馬武者が笑う。

「お前は余がやったのではないと申すか？」

「いえいえ。それもまだ分かりませぬ。若殿がなさったことではないという証《あかし》を見つけるために、少々お話を伺えればとまかり越したのでございまして、けっして捕らえに参ったのではありませんん」

「なるほど、しばし待て」騎馬武者が道端の騎馬たちに顔を向けた。

「鹿と猪を運べ。お前たちだけでは無理と申すならば、米内から百姓を集めよ。駄賃ははずめよ」

道端の騎馬の何騎かが米内の集落へ向かって走った。

「虎の餌でございますか。餌を獲るために城をお出になったのでございますね？」

平四郎は言った。

「よく分かったな」

重直は驚いた顔をする。

「若殿が虎の餌を狩って御座すのは虎籠番から聞きました」

「なるほど。では余が虎を撃つために虎籠を開けたという話は信じぬな？」

「いえ。足繁く餌をお運びになるのは、痩せ細った虎を撃つのは面白くないというお考えやもしれませぬ」

平四郎が言うと、三騎馬の武者たちは険しい顔をして馬を飛び下りた。

漆戸が一番前に来て、静かに刀の柄に手を当てる。

平四郎は恐怖を覚えたが、平然とした顔を通した。ここで引いては後々やりづらい。

「待て待て」重直が言う。

「なかなかいい度胸をしているではないか。もう少し話を聞こう」

「話を聞くのはこちらの仕事でございます」

平四郎は恐い顔を作る。

「話をしてやるから先に話を聞かせよと言うているのだ」

重直は眉間に皺を寄せた。

「そういうことであれば」

と、平四郎は引いた。

「このままで長話を聞くのは面倒。この近くに、名主の家がある。狩りの折りに休息所として使っている家だ。そこへ行こう」

重直は手綱を操って馬を進めた。三人の近習が後に続く。

平四郎は馬に駆け寄って飛び乗り、重直たちを追った。

※　　※

広い土間に平四郎、三上、三人の近習が控えると、重直は囲炉裏を切った板敷に上がった。近習らは三十から四十代に見えた。

笠を脱ぐと、重直は平四郎に手招きする。

「失礼つかまつります」

平四郎は囲炉裏を挟んで重直に向き合い、深々と頭を下げる。

「知っていることを全て話せ」重直は鷹揚《おうよう》に言う。

「その後、お前の問いに全て答えてやる」

「しからば――」

平四郎は小者の吉蔵に起こされてから今までのことをかいつまんで語った。重直から何度か問いがあり、六兵衛の言う通りなかなか賢しい人物であると平四郎は感じた。

「ほかにご質問がなければ、わたしの方から色々とお訊きしとうございます」

「何なりと訊け」

重直は小さく肯く。

「まず、若殿は虎籠の扉を開けるか、誰かに開けさせるかなさいましたか?」

「しておらぬ」

重直は真っ直ぐ平四郎の目を見ながら答えた。そこには一片の曇りもないように見受けられた。真実を語っているのか、稀代の嘘つきか——。

「では、虎をお撃ちになった時、ご公儀にどう申し開きなさるかお考えになりましたか?」

「下らぬことを訊く」重直は笑う。

「家に不始末があった時、それを正直にご公儀に申し出る大名がどれだけいると思う?」

「それは——」

まず無いだろうとは思ったが、口にするのは憚《はばか》られた。

「届け出を受けたご公儀も面倒と考えるであろうよ。不始末は家の中で処理してそれらしい結末を捏造《ねつぞう》し届けてもらえばよい。そうお考えだ。だから、虎は病死したと届ける」

「左様でございましょうな」

「人も獣も、天寿を全うするものより病で命を落とす者の方が多い。虎が病死したと報告しても誰も疑わぬ」重直は言葉を切って平四郎の方へ身を乗り出す。

「お前は余が嬉々として虎を撃ったと思うか?」

重直の問いに、平四郎は不意をつかれた。当然そうであろうと思っていたからだった。考えもしなかったことに平四郎は狼狽《うろた》えそうになったが、平然を装い、

「そうではないと仰せられるのですか?」

と返した。

「虎が逃げたと聞いた時、余はどうやって虎籠に戻すかを考えた。牡丹丸は城内に、乱菊丸は城外に出たという。余がするべきは、城内の牡丹丸を虎籠に戻すこと。しかし考えつかなかった」

重直は平四郎に苦笑を向ける。

「お前の知恵に負けたわけではないぞ。城下の者らは虎に怯えて家の中に隠れていようが、城内には命を懸けて虎を捕らえようとする侍ばらが山ほどいる。いいところを見せようとする者らもな。急がなければそういう者らが虎を囲み、いたずらに苛立たせる。虎は次々に家臣らを食い殺していったろう」

「だからお撃ちになった」

「そうだ。信じられぬか？」

「いささか――。若殿は狩りを好み、多くの鳥獣を獲って御座すと聞いております」

「鳥は何を食う？」

「木の実、草の実、虫などでございますな」

「米も草の実だ。柿や梨、葡萄《ぶどう》は木の実。百姓らは我らに搾取された上に、鳥にも上前をはねられる。猪は田畑を荒らし、糞尿を撒き散らして農地を台無しにする。その上作物も食う。鹿は作物を食うし、冬場に木の皮を食って枯れさせる。樵《きこり》が丹誠込めて手入れをしてきた木もお構いなしだ。狼は牧《まき》の馬を襲う」

そういうことも考えての狩りであったか――。平四郎は感心したが、

「しかし、獲りすぎれば作物に害をなす虫を食らう鳥もいなくなりますぞ」

と反論した。

「余が狩りをしたくらいで鳥がいなくなるものか。猪、鹿、狼もだ。領内の猟師と余が狩りをすることで、人も鳥獣も生きて行かれる数が保たれる」

「うーむ。左様でございましょうか。鳥獣の数と百姓らが被っている被害の数を知りませぬゆえ、しかとは答えられませぬが」

「人も鳥獣も生きて行かなければならぬ。鳥獣は人のことなど慮《おもんぱか》ることはない。ならば人が鳥獣のことを慮らなければなるまい」重直は平四郎に笑みを向ける。

「神仏ならぬ人が、鳥獣の生殺与奪に関わるのはいかがなものかなどと青臭いことを言うなよ。神仏は人にも鳥獣にもなにもしてはくれぬ」

「はぁ……」

平四郎は重直に奪われた主導権を取り返そうと考えを巡らせた。

「皮は――。虎の皮はいかがでございます？　虎の皮を剝がさせたのは、獲物の記念ではございませぬか？」

「お前ももう分かっているのではないか？　公には虎は病死という事で報告される。せっかく賜った虎であるから、鞍帕にする許しを請う――。家老らはそういう落着を考えていよう」

「若殿もそうお考えになったと？」

「いや」重直は首を振り、ゆっくりと言った。

「せめて生きた証を残してやろうと思った」

「虎は死して皮を留め、人は死して名を残す――、でございますか」

「余は狩り狂いの悪者として名を残すだろうがな」重直は豪快に笑った。

「温かい国に生まれ、何の因果か寒い北国に連れてこられ、狭い虎籠に押し込められ、ついには鉄砲で撃たれて死んだ。哀れだと思わぬか？」

「御意――」

　と思わず平四郎は言った。

「それで、平四郎」重直は身を乗り出す。

「花巻のこと、気にならぬか？」

「兄上さまのことでございますか？」

「兄上と柏山明助の死と、梅乃どのと蔦の出奔の件だ」

「梅乃さま、蔦さまの件、前々からご存じでしたか」

「余にも、大切に思ってくれる家臣はおる。出奔の件は存じておった」重直は苦笑する。

「で、お前は花巻のこと気にならぬか？」

「気になります。しかし、探索を任されているとはいえ、徒目付ふぜいが花巻城に乗り込んで調べるわけにもいきませぬ」平四郎は目を見開く。

「もしかして、花巻城にお出かけになると？」

「余は、自分が虎を逃がしたのではないと分かっている。だから、お前の問いに答えている時がもったいない。花巻へ向かい兄上の死について調べる。兆候もなく心の臓の病で亡くなるのはおかしいと思っていたのだ。家老ばらは知っていようが、わたしには隠しておるようだ――。今日、城を出たのは狩りと、そのことの調べのためだ。気になるならば供をせよ」

重直は立ち上がった。

「わたしにとっては渡りに船でございますが」平四郎は慌てて、土間に降りた重直を追う。

「夜になりますぞ」

「構わぬ」重直は近習の一人に顔を向け、「松岡《まつおか》、花巻城へ先触れせよ」と命じ、外に出た。

外で待っていた追っ手たちは、重直の姿を見ると緊張の表情を浮かべながら、先触れの馬を見送った。

重直は追っ手たちに言い放つ。

「今から花巻城へ向かう。心配ならついて参れ。これは誰が虎籠を開けたのかの調べである。邪魔をする者は虎籠を開けた者の一味と見なすからそう覚悟せよ」

追っ手たちはざわめき、一人が馬で走り去る。城へ報告へ走ったのだろう。

「お供仕《つかまつ》ります」

一人が言い、その言葉と共に全員が馬に乗った。

重直は自分の馬に乗り、平四郎も馬へ走った。

重直に振り回され面白くなかったが、これが藩主になるべき人物の器の違いかとも思った。しばらくは重直が動くままにして様子を見るしかない。

なにより重直と一緒であれば、花巻城で何があったのかを確かめられる。

平四郎はしんがりを走った。

三

重直の護衛の誰かが報告したのであろう、途中から盛岡城より五十騎ほどの侍が警固についた。しかし彼らは護衛というよりも、家老らが重直の暴挙を警戒してつけた者たちであるように平四郎には思えた。近習の二騎は重直の少し後ろを走っている。三上によれば、漆戸ともう一人は美濃部《みのべ》という男で、花巻へ走った松岡と共に、南部家が陸奥国に来てからの新参の家臣であるということだった。

夕暮れの街道を走り、花巻に着く頃は、すっかり日が暮れていた。

花巻城は、重直の兄、政直亡き後は、それまで家老を勤めていた石井光頼と北湯口光房が城代の仕事を代理していた。

花巻の城下町には松明を持って護衛の兵たちが立っていた。まだ宵の口であったが、通りに町人の姿はない。お触れがでたのであろう、道に面した家々は雨戸、蔀戸《しとみど》を閉めていた。

「三上さま」平四郎は三上の側に馬を寄せる。

「若殿は毎日のように虎籠をお訪ねになるという話でございますが、三上さまはいかがです？」

「なに？　わたしを疑っておるのか？」

「いえいえ。そういうわけではございません。ただの世間話で。わたしはあまり行かず、工藤さまは時々行くとのこと」

「わたしは強い獣が好きでな。虎はよく眺めに行く。御鷹部屋に鷹を見に行くこともある」

花巻城の大手門には、裃《かみしも》を着けた二人の男が待っていた。それぞれ石井光頼、北湯口光房と緊張した顔で名乗った後、一同を城の中に案内した。

大手門を入り、侍屋敷が並ぶ三ノ丸を通って、二ノ丸、本丸へと進む。道には篝火が焚かれて、兵が警固に当たっていた。重直の馬が通ると、膝を折って礼をする。

石井と北湯口は一同を本丸御殿に導き、城の侍たちが馬を預かった。盛岡城からの護衛は庭に残る。

御殿の御居間に通されて、重直は上座に座り、石井と北湯口が対面して座る。平四郎たちはその後ろに控えた。

「家老たちがわたしに隠している話を聞きに来た」

重直が言った。

「全てお耳に入っていると思っておりました」

石井が少し狼狽えたように言った。

「余は家老たちに信頼されておらぬようでな――。まず、兄上の乳母どのの事を聞こう」

「梅乃どのと侍女の蔦は出奔いたしました。八方手を尽くして探しておりますが、未だ見つからず。こっそりと石亀《いしがめ》さまにお願いして盛岡の方からも人を出していただきましたが――」

北湯口が暗い表情で言った。

なるほど、と平四郎は思った。石亀は南部家家老の一人である。そこからの話が六兵衛に回ってきたのか――。

重直が口を開く。

「二人は盛岡で死んだ」

「えっ！」

二人の家老は大きな声を上げた。

「失礼つかまつりました。いったいどういうことでございましょう？」

石井が青い顔で訊く。

重直は平四郎に話すよう目で促した。

平四郎は咳払いをして子細を語った。

「なんということだ……」北湯口が唇を噛む。

「殿がご存命ならばお嘆きになったことでございましょう」

「出奔した経緯は？」

重直が訊く。

「分かりませぬが……。お二人の信仰に関わりがあるのではないかと」

石井は遠回しに言った。

「梅乃さまと蔦の襟元からクルスの鎖が見えていたとかで、切支丹ではないかという噂は聞こえておりましたが、お二人の仲の良さをやっかむものであろうと思っておりました。しかし、万が一本当であったならば密かに改宗させようと考えておりました。もっと早くそうしておれば……」

北湯口の目にうっすらと涙が浮かんだ。

「確たる證跡もないので恐縮なのですが――」石井が言う。

「女中らの話によれば、花巻で切支丹狩りが始まるらしいという噂があったようで」

「計画なさったのですか?」

平四郎が訊く。

「いえ。そうすべきではないかという話はありましたが、梅乃さまと蔦のことがございましたから、手をつけかねておりました。もしかすると、噂を真に受けて、城を出たのかもしれませぬ」

「それはあるやもしれぬな」重直が肯いた。

「蔦が乳母どのの侍女になった経緯は?」

「岩崎城の柏山さまの奥さまの侍女でございましたが――」

「それは知っている。歌の上手という理由以外に何かなかったか?」

「蔦の好いた男が花巻の吹張御組《ふっぱりおくみ》の侍であったとのことで。それもあって梅乃さまがぜひ自分の侍女にと」

「その話がなくても、梅乃さまは蔦を侍女にしたでしょうか?」

と平四郎が口を挟む。

石井と北湯口は平四郎を振り返り、不審な顔をする。

「その男は虎騒動の探索を任せている者だ。問いには答えてやれ」

重直が言った。

「徒目付の米内平四郎と申します」

平四郎が頭を下げると、〈徒目付〉という身分に引っ掛かったのか、石井と北湯口は眉をひそめた。しかし、重直が探索を任せているのならばと思い直したようで、

「おそらくは、親しく往き来《ゆき》する程度であったろうと思っておりました」

と石井が丁寧な言葉遣いで言った。

「では、駄目押しの嘘であったかもしれませんね」

「ふむ」と、重直は石井に顔を向ける。

「その男、ここへ連れて参れ」

「それが……」石井は北湯口と顔を見合わせる。

「出奔した後、行方の手掛かりを得るためにその男を探したのでございますが――、おりませんでした」

「それは――」平四郎が訊く。

「その、おりませんでしたというのは、梅乃さま、蔦と共に出奔したということですか？　それとも、蔦が心を寄せる吹張御組の侍そのものがいなかったということですか？」

「侍そのものがおりませんでした」

北湯口が答えた。

「平四郎の言うように、駄目押しの嘘であったようだな」

重直は肯いた。

「蔦は焦ったのかもしれませんね――。柏山さまの奥方さまの侍女になる前の蔦については聞いて御座《おわ》しますか？」

「いえ」と、石井と北湯口は首を振る。

「突っ込んだ話になりますと、梅乃さまが『人の世の道（人生）の中には話しとうないこともありますゆえ』と、遮りましたので、我々は『左様でございますな』とそれ以上は聞けませんでした」

「わたしの配下もそのような話を聞き込んでおりました――」平四郎は言った。

「蔦が嘘をついたのは、寿庵の命令で、どうしても盛岡城にもぐり込みたかったからでございます」

「後藤寿庵が絡んでいるのですか？」

石井が驚いた顔をする。

「寿庵は何のために蔦を送り込んだのです？」

北湯口が訊く。

「政直さまを切支丹に引き込み、ゆくゆくは南部家を切支丹大名にしようと考えていたようで」

「なんと馬鹿馬鹿しい計略を――」

石井は首を振る。

「寿庵は本気であったと思います。と言うより、必死だと感じました。危険を冒してわたしに会いに来ましたから」

「寿庵と話をしたので？」

石井が訊く。

「弁明と取引のために現れました」

平四郎は寿庵と話をした夜のことをかいつまんで語った。

「左様でございましたか――」石井と北湯口は肯いた。

「北十左衛門の残党となれば、我らも無関係ではありません。捕らえられるまでは用心いたしましょう」

　石井が言った。

「花巻の切支丹たちの動きはどうです？」

　平四郎は訊く。

「横目が怪しい者らを気に掛けております。その者らが、昨年からポツリポツリと姿を消しております」

「ははぁ。そういう動きが切支丹狩りの噂を呼んだのかもしれませんね」

　平四郎が言う。

「切支丹らは見張りの横目の姿を見つけ、そろそろ取締りが始まるのではと怯え、逃げたのでございましょう」北湯口が言った。

「行方知れずになった者ばかりでなく、旅の届けが出ている者もおりますので、実際に逃げた切支丹の数ははっきりとはしないようですが、おおよそ二十人ほどではないかと」

「二十人ですか――。すべて朴木金山に逃げたのですか？」

「鹿角の鉱山へ逃げた者もいるようで。捕らえた切支丹から聞いた話によると、『梅乃さまと蔦が城内で捕らえられそうになり、辛くも逃げ出した』という噂が流れたので、自分たちも危ないと考え花巻を出たのだと答えました」

「信者たちが追いつめられて」北湯口が言う。

「寿庵が虎騒動という暴挙に出たのではないですか？」

「そう考えれば筋は通るのですが、どうもしっくりきません——。本人はやっていないと言っています。それに、わたしの父は、切支丹が他の者に害の及ぶような行動をとるだろうかと申します」

「お前の父は医者の祥庵であったな」重直は言う。

「祥庵は切支丹贔屓《びいき》か？」

「滅相もないことでございます」平四郎は慌てて手を振った。

「予断なく、あり得そうなことを申しただけでございます」

「若殿がお知りになりたいのは——」石井が話題を変える。

「我が殿と柏山明助さまのことでございますな」

「我らにも分からぬことが多いのでございますが——」

北湯口が言う。

「分かっているだけでよい」

「あの日、柏山さまが城を訪れ、この御居間でお二人でお話をなさいました。一刻半（約三時間）ほどでお酒を運ぶようご命じがあり、一刻半ほどお二人だけで杯《さかずき》を交わして御座しました」

「どんなお話だったのでしょう？」

平四郎が訊く。

「お二人だけでございましたから、内容は分かりませぬが、お出でになった柏山さまも我が殿も硬い表情でございました」

「お前たちはどう見ている？」

重直が訊く。

「蔦の事で我が殿が柏山さまを呼んだのではないかと」

と北湯口が答える。

「蔦のせいで梅乃さまが切支丹になってしまったことで何かお話をしたのではなかろうかと」

石井が言った。

「梅乃さまが切支丹に改宗したことが分かったのはいつですか？」

平四郎が訊く。

「我が殿と柏山さまの会見の少し前でございました」

石井が答えた。

「わたしは」北湯口が険しい顔をする。

「蔦が我が殿と柏山さまに毒を盛ったのではないかと思うております」

「正体がばれてしまったからですか？」

平四郎が言った。

「はい。そうではないかと思うております」

「蔦は政直さまを切支丹に改宗させるべく送り込まれた女です。暗殺してしまっては役目を果たせません」

「しかし、籠絡する前に正体が知られてしまえば、もはや役目を果たせませぬ」

「ならば、ただ逃げればよかったのです。現に、後に誰にも見つからずに城を出ています。蔦にはお二人を暗殺する理由はありません」

平四郎は首を振った。

「うむ……」

石井と北湯口は顔を見合わせ、唸った。

「そのほかにはどういう話がある?」

重直が訊いた。

「重臣らは、柏山さまを疑っております」

石井が答える。

「柏山さまが政直さまに毒を盛ったと? ではなぜ柏山さままで亡くなったのですか?」

平四郎は眉をひそめる。

「いや、毒を盛ったのは我が殿で御座したのではないかと」

「うーむ。訳が分かりません。分かるようにお話を」

平四郎は頭を掻く。

「我が殿と柏山さまはその時酒を酌み交わされて御座しました。それで、我が殿が毒杯を差し出した。ところが柏山さまは我が殿に毒味を求めた。我が殿は杯を口になさり、柏山さまもそれを見て杯を干したのでございます」

「それは、余りにも間抜けな……」

平四郎の言葉に、石井と北湯口は怒りに満ちた目を向けた。

「これは失礼を申しました……。いくらなんでもそのようなことはなかろうと申し上げたかったのです」

「柏山は――」重直が言った。

「伊達と通じているのではないかという疑いを持たれていた」

「えっ？」

平四郎は重直に顔を向けた。

石井と北湯口は小さく肯いた。

「柏山明助は、岩崎一揆で功を上げ、岩崎城代になった。父は葛西《かさい》氏の家臣であった柏山明宗《あきむね》。柏山氏は奥州仕置の豊臣軍、伊達軍に追われて秋田に逃れたが、後に南部家に仕えた。政宗に踊らされ、口封じに殺された葛西氏の家臣だが――。柏山には、未だに政宗と繋がっているのではないかという噂がつきまとっていた」

重直は一旦言葉を切り、続けた。

「柏山氏は葛西氏の家臣ではあったが、その仲は必ずしもよくなかった。どちらかというと、柏山氏は葛西氏と敵対していた大崎氏と近しかったという。また、伊達家は、政宗の祖父である晴《はる》宗《むね》の時代から、柏山氏の力を高く評価していて、自らの陣営に加えたいと思っていたようだ。柏山明助は優れた柏山の血を継いでいて有能な男だ。政宗が欲しがるのは頷ける。政宗本人がお忍びで岩崎城を訪れて家臣になるよう説得したという噂もある」

「政宗が直々に？　それは信じられません」

平四郎は首を振る。

「政宗は戦の世に生きた剛胆な男。柏山を欲しいとなれば、それぐらいはやりかねん。寿庵が灌漑用水を作る相談のために柏山の元を訪れたのも、政宗と頻繁に継ぎをとるためだとみる家老らもいる」

「つまり、政直さまは柏山さまが政宗と繋がっている確かな証を見つけた。そこで柏山さまを暗殺しようとしたということでございますか？」

「そう見る者もいるという話だ」

「柏山さまの暗殺は、政直さまの独断でございましょうか？」

「それはないな」重直が即座に答えた。

「もし本当に兄上が柏山を暗殺しようとしたのなら、それは父上の指図だ」

「そのような指図があったと？」

「いや、そうは思わぬ。柏山はよく仕えていると聞いている。かつて敵対していた一族の者を怪しんでいてはきりがないぞ。世の中はやっと落ち着いてきたばかり。どこの家中もかつての敵味方が入り乱れて混沌としておる。北湯口もかつては稗貫氏の家臣だった」

　重直が言うと、北湯口は頭を下げる。

「左様でございますね。怪しい人ばかりで混沌としております」

　平四郎は溜息をついた。

「父上が兄上に柏山の暗殺を命じるならば、わざわざここへ呼び寄せるような策は立てぬ。岩崎城へ刺客を放てばすむ話だ。あるいは、なにか罪をでっち上げて、切腹を命じる。簡単な方法が幾らでもある」

「御意。わたしもそう思います」

「ならば、誰がなんのために？」

石井が訊く。

「さて――」平四郎は何度も首を傾げた。

「全ての手掛かりが途中で途切れてしまいます。もう少し調べてみなければ」

平四郎は思いついたように顔を上げ、

「梅乃さまは薙刀を嗜まれたとのこと。どれほどの腕前だったのでしょう？」

と訊いた。

「薙刀を嗜まれていたのは若い頃の事で、この頃は全く。腕前のほどは――、あまりお上手ではなかったようでございます」

石井が答えた。

「蔦の方は？」

「歌は上手《うも》うございましたが、薙刀、剣術などはまったく」

「左様でございますか――」

梅乃の薙刀の腕前は、石井の言うとおりだろう。ならば、自分たちを捕らえようとする食い詰め者らを斬ったのは蔦ということになる――。

しかし、蔦が剣術を使えたと言う者は誰もいない。

「平四郎」

重直の呼びかけで思考が途切れた。

「岩崎城へも調べに行きたいが、重臣どもをヤキモキさせても気の毒。お前と三上で行ってみよ」

「わたしたちがのこのこ行っても、門前払いされるだけでございましょう」

平四郎は苦笑いする。

「馬の骨が行っても話が聞けるよう、余が一筆したためよう」

重直が言うと、石井、北湯口が素早く動き、文机と紙、硯、筆を用意した。

重直は紙になにかしたため、石井に渡す。

石井は乾いたことを確かめて奉書紙に包んで平四郎に手渡した。

重直は立ち上がって、

「今の聞き取りで、お前でも充分詮議できると分かった。お前に足りないのは身分。その足りない部分はその書状が補ってくれよう。余になにか用事があれば、桜庭へ言え。すぐに目通りできるよう話を通しておく」

「もしかして、今からお戻りですか？」

平四郎は重直を見上げて言う。

「重臣どもをヤキモキさせとうないと言うたであろう。あやつらは余が戻るまで寝ずに待っているに相違ない。それに、少しは大人しくしておらぬと、余を世継ぎにしたくない者どもが、尾鰭をつけて父上に讒言《ざんげん》するやもしれぬからな」

「お戻りならば、幾つかお願いがあります」

「何だ？」

「寺社奉行さまと、御留守居役の中里さま、御家老の皆さまからお話を伺いたいのでございます」

「なるほど。桜庭でも呼びつけるのに苦労しそうな面々だな」重直が笑う。

「よかろう。城に戻って手配をしておく。そのかわり、虎騒動のみならず、兄上の件もしっかり謎解きいたせよ」

「ははっ！」

平四郎は平伏した。

重直は笑いながら御居間を出た。近習三人がそれに続く。

座敷には平四郎と三上、石井と北湯口が残った。

「今から岩崎城へ向かうわけにもいきますまい。今夜は城へお泊まり下され。寝所を用意いたしましょう」

石井は北湯口に目配せした。北湯口は一礼して御居間を出ていった。

石井は「よろしければ、虎騒動のことについて訊かせていただきたい」と、平四郎に促した。

平四郎は北湯口が戻ってくるまで盛岡での出来事について語った。

北湯口が戻ってきて、別の座敷に案内された。膳が四つ用意されており、石井、北湯口との酒盛りが始まった。

気さくに話をしてくれるが、相手は花巻城の家老である。緊張のために豪華な料理も上等の酒も平四郎には味がよく分からなかった。

隣の座敷に夜具が延べられていて、平四郎は初めて真綿の布団に寝たが――、その感動も、あまり話をしたことがない三上と同室の気まずい一夜で、充分に味わうことはできなかった。

※　　※

翌朝は、三上の配下が先触れとなって、先に岩崎城へ走った。

岩崎城はかつては和賀氏の城であった。奥州仕置で没収されたが、葛西大崎一揆で奪還。その一揆は、現在の宮城県北部から岩手県南部を治めていた葛西氏と大崎氏が奥州仕置によって領地を没収されたことを不満に思い、新領主の木村氏に対して謀叛を起こしたものである。しかし一揆は伊達政宗と蒲生氏郷《がもううじさと》によって鎮圧され、和賀郡が南部家の所領となり、城もまた南部のものとなった。

しかし、和賀氏は南部家の留守を狙い花巻城を夜討ちする。だが、南部の軍に押されて岩崎城に籠城するも、落城。首謀者らは伊達領に逃げ込み自刃。

その後、岩崎城は修復されて、柏山明助が城代として入ったのである。

城は北上川と夏油川《げとうがわ》の落合近く、段丘上に聳えていた。

重直の書状のお陰で、平四郎は家老と話をすることが出来た。

柏山家の重臣らも、明助の毒殺を疑っていたが、確証もないまま悶々と過ごしていたという。

平四郎は柏山が伊達政宗に内通していたのではないかという噂をぶつけてみた。しかし、家老は一笑に付した。

確かに伊達政宗は柏山の能力を高く評価して配下として迎えようとしたが、拒絶されると刺客を放った。

「南部家のご家来衆は我が殿をお疑いでございましたが、大殿（利直）は、信じて御座しました。でなければ、伊達領と接する、この岩崎城を任せることはありますまい」

と、しごくもっともなことを言った。

蔦については、南鬼柳村《みなみおにやなぎむら》の出で、肝入から短歌《うた》の上手であるからと紹介されて明助の妻の侍女となったと話した。

幼い頃から盛岡の商家へ奉公していたが、南鬼柳の両親と兄が流行病に罹り看病に戻ってきた。しかしその甲斐なく両親も兄も死んだ。蔦は肝入に『近くで両親の菩提を弔いたいから盛岡へは戻りたくない』と相談した。

婿を紹介しようとしたが、百姓はしたことがないから家は継げないと首を振り、田畑は親戚が引き継ぐことにして、蔦は明助の妻の侍女の職を得たのだという。

平四郎が蔦は切支丹であったことを告げると、家老は酷く驚き、末路を語るとさらに驚いて口を引き結んだ。そして、蔦の身元をもっとよく調べておけばよかったと後悔の言葉を呟いた。蔦が剣術を習ったことがあるかどうかについては「聞いたことがない」と答えた。蔦はどこで剣術を身につけたのか――。

では南鬼柳の肝入に話を聞かなければと、平四郎と三上は岩崎城を辞した。

別れ際に家老は、

「蔦が和賀に繋がる者であれば、我が殿や政直さまを手に掛ける理由はございますな」

と言った。

「確かに――」三上が言った。

「和賀に繋がる者であれば、盛岡の騒動にも関わっていて不思議はありませんな」

「子細が分かったならば、お知らせ下さい」

家老は頭を下げた。

※　※

南鬼柳は岩崎城の北東、一里（約四キロ）足らず。和賀川右岸の村であった。

平四郎と三上は城の小者を一人借りて道案内させ、肝入の家を訪ねた。

小者は二人を肝入に引き合わせると城へ帰って行った。

肝入は平四郎と三上を板敷の囲炉裏の前に招き入れ、自在鉤《じざいかぎ》の鉄瓶から茶碗に白湯を注いで二人に勧めた。

「岩崎城に奉公していた蔦のことを聞きに来た」

平四郎は白湯を啜りながら言った。

「蔦がなにか――？」

肝入は長く白い眉を八の字にする。

「切支丹として処刑された」

「左様でございますか――。蔦は養い子でございました。養い親が亡くなり、息子が継いだ家においておくのも厄介事の種だということで、お城へ奉公に。蔦がお城へ入ってからすぐに、兄は亡くなりましたが――」

「厄介というのは？」

　三上が訊く。

「器量よしでございましたから、嫁もいる息子の心に魔が差したらと親戚が心配したという話でございます」

「蔦の実の親は？　和賀の者か？」

「いえ――」肝入は言い辛そうに言葉を切り、間を開けて続けた。

「伊達領の者でございます」

　岩崎城の家老は偽りの身の上を信じ込まされていたのだ――。

　蔦という女、一筋縄ではいかぬ者であったのだと平四郎は思った。

「切支丹の取締りから逃げてきたのだな」

　平四郎が訊く。

「はい……。こちらでも遠からず伊達領と同じようになろうから、切支丹など引き受けるなと申したのでございますが……」

「伊達領のどこだ？」

「さて、そこまでは存じません」

「蔦が来たのはいつ頃だ？」

「五年ほど前でございましょうか。蔦は十五、六。ちょうど息子に嫁が来たばかりでございました。しばらくすると養い親が相次いで亡くなり、すぐに息子が蔦にちょっかいを出すようになったという噂が立ちました」

「蔦の養い親と実の親の関係は？」

三上が訊いた。

「親戚だと申しておりました」

「よく聞く話だな」三上は肯く。

「養い親も切支丹だったのか？」

「いえ。滅相もないことで。わたしの家と同じ寺の檀家でございます」

「後藤寿庵という男を知っているか？」平四郎が訊く。

「もしかすると蔦を訪ねて来ていたかもしれぬのだが」

「さて、後藤さまでございますか――。時々、伊達の親戚が訪ねてきていたようでございますが、お侍さまの姿は見たことがございませぬ」

寿庵は百姓か町人に扮して蔦の元を訪れていたのだと平四郎は思った。

「蔦が養われていた家は近くか？」

平四郎が訊いた。

「はい。右隣の家でございます」

「行くつもりか？」三上は眉間に皺を寄せた。

「わざわざ訊く話もなかろう」

「寿庵との繋がりを確かめておきとうございます。お帰りをお急ぎならば、わたしだけで話を聞いてまいりますが」

「よい」三上は不機嫌そうに返す。

「余所者だけで押しかければ恐ろしかろう。案内をしてもらえまいか」

「わたしも行く」

平四郎が言うと、肝入は「かしこまりました」と立ち上がった。

右隣と肝入は言ったが、右に見える家との間にはおそらく田圃であろう広い雪原があった。

小振りな家の腰高障子の前に立つと、中から藁を打つ音が聞こえて来た。

肝入は「源三《げんぞう》、入るぞ」と言いながら腰高障子を開ける。

土間では男が藁を打ち、四、五歳の童が母らしい女の手ほどきで縄を綯《な》っていた。

「盛岡よりお目付さまが蔦のことをお調べにいらした」

肝入が言うと、源三は怯えた目になり「へい」と言って、妻子に席を外すよう目配せした。妻子は急いで奥の板戸の向こうへ去った。

「汚くしておりますが、お上がり下さい」

源三は尻についた藁屑を手拭いで払い、板敷に上がって囲炉裏に薪《たきぎ》を足した。

平四郎と三上は源三に向かい合って座る。肝入は外に出て頭を下げると、そっと戸を閉めた。

「蔦が、何かやらかしましたか？」

源三は恐る恐る訊く。

三上が口を開くのを制し、平四郎が言った。

「やらかしたわけではない。切支丹の身元を調べているのだ」

「左様でございますか――」源三は観念したように肯いた。

「蔦は切支丹でございますが、手前どもは違います」

「それは肝入の話で分かっている。伊達藩の親戚から預かったということもな。親戚は伊達のどこに住まいしている？」

「水沢《みずさわ》でございました」

「もしかして、福原ではないか？」

「左様で――。なぜそれを？」

「そして、『水沢でございました』と言うたところをみると、すでにそこにはおらぬな」

平四郎の言葉に、三上は膝を叩いた。

「領主の後藤寿庵が出奔したため、後を追って福原を出たか」

「親戚はそうでございましょうが」平四郎が言う。

「寿庵が出奔したのは去年でございます。蔦がここへ来たのは五年前とのことですから、別の事情でございましょう」

「うむ……」

三上は面白くなさそうに口を閉じた。

「詳しい事情は親父しか知りませんでしたので、わたしはよく存じませんが、蔦はまた別の親戚から福原の者に預けられたらしゅうございます」

「どこの親戚だ？」

「仙台でございます。実の両親は切支丹だということでお仕置きになったとか」

「蔦の身元については、はっきりとは分からぬということか」

「はい。福原からいずこかへ逃げた親戚なら分かるやもしれませぬが――」

「そうか——。後藤寿庵はここを訪ねて来たことはあるか？」

「寿庵さまはお名前は聞いておりましたが、直接お会いしたことはございませんので——。けれど、名前は存じませんが、親父を訪ねて水沢から時々、人が参りました。野良着を着た男たちでございましたので、その後藤寿庵とかいうお侍ではないのではないかと」

「両親が亡くなった後も、その者らは訪ねて来たか？」

「蔦がお城にご奉公に出るまでは時々」

「もし、寿庵が百姓に身をやつしていたならば、それとは気づくまいな」

「はぁ……。左様でございますね。あの中の誰かが寿庵さまだったので？」

「おそらくな」

「蔦は寿庵さまに言われ、何かしでかしたので？」

「いや、そういうわけではないから、心配するな」言って、平四郎は三上に顔を向けた。

「これで寿庵の話の裏は取れましたから、盛岡へ戻りましょう」

第五章　繫がらぬ環

一

日影門近く、米内家の奥の間で祥庵は薬の調合をしていた。鼻から下を覆う紙の覆面をつけ、背後の大きな百味簞笥から出した薬草の粉を、真鍮の匙《さじ》で薬包紙に分ける。胃痛に悩む患者の薬であった。

「旦那さま」

板戸の向こうから小者の吉蔵の声がした。

「入ってよいぞ。薬が飛ぶから風を起こすなよ」

祥庵は薬包紙を畳みながら返事をした。

「それではここから——。家の中を窺っている者がいます」

吉蔵は板戸を開けずに言った。

「ほぉ。どんな奴だ？」

「町人の格好をしております。どこかの御屋敷の下男といった風情で——。動いたならば後を追いましょうか?」

「駄目だ」祥庵は強く言った。

「もし物騒な奴だったら危ない」

「しかし、本当に下男のような男でございますから、危ないことにはならないかと。それにこの好機、もったいのうございます」

「その男の主人が物騒な奴かもしれぬ。馴れぬ事はせぬものだ」

「ですが……、平四郎さまのお手伝いになればと……」

「お前が人質にでも取られてしまえば足手まといにしかならぬ。様子を窺いに来たのであれば、今日ばかりではなく姿を見せるだろう。平四郎が帰ってきたら任せればよい」

「はぁ……。それではそのように」

吉蔵の声は不満そうである。

「それで、その男、どこから見ている?」

「裏庭でございます。旦那さまの机の前の障子を少し開ければ姿が見えます」

「では、この部屋を窺っておるか。ならば障子を開ければ気づかれるではないか」

祥庵は「よっこらしょ」と腰を上げて板戸を開ける。そこに座っていた吉蔵を除けて、ひとつ離れた座敷に入った。縁側の障子を少し開ける。

築山の植え込みの向こうに生け垣が見えて、そこから奥の座敷を覗く男が見えた。

確かに吉蔵が言うとおり、下男風である。粗末な着物を尻端折《しりばしょ》りして、股引の膝には継ぎ当てがあった。荷を担ぐことがあるからだろうか、右肩の継ぎ当ては随分厚く見えた。

他人の家を探ることに馴れてはいないようで、何か物音がするたびにびくびくと辺りを見回している。

さて何者だろう？

医者の仕事の上で、誰かから様子を窺われるようなことは思い当たらない。とすれば、自分が薬屋を嗅ぎ回っていることに関係があるな――。

自分か弟子が顔を出した薬屋のどこかか。あるいは、『祥庵が嗅ぎ回っている』という話を聞いて、次は自分の番かと怯えている薬屋か――。

こちらがなにか嗅ぎつけているか心配になって下男をよこしたというところか。

してみると、相手は悪事には馴れておらぬ奴。ちょっとしたことが気になり、居てもたってもいられなかったのだ。

虎籠を開けて虎を逃がすようなことを考える人物ならば、こちらが嗅ぎ回ったくらいで狼狽《うろた》えることはないだろう。

とすれば、薬屋は利用されただけか――。

いやいや、事情を知らなければ狼狽えることもない。

少なくとも、薬屋が吉草根を買っていった人物になにがしかの違和感を覚えていることは確かだ。

それで自分か弟子かが聞き込みに来た、あるいは聞き込みをしていると聞いて不安になった――。

うむ。その線であろうな――。

祥庵は障子の隙間から男を見つめながら肯いた。

だが、吉蔵の言うようにこの好機を逃すのはもったいない。

吉蔵は武芸に縁のない男だが、自分は少しは腕に覚えがある。

わたしが追ってみるか――。

祥庵は急いで奥の座敷に戻り、薬包紙を畳んでしまうと、再び男の様子を窺える座敷に移って障子を覗いた。

あっ、しまったなぁ――。

ここで監視していれば、男が動いた時にすぐに追うことができないことに祥庵は気づいた。縁側に出て生け垣を飛び越えて追えないこともないが、履き物がない。取りに行けばその間《ま》に姿を消してしまうかも知れない。

さてどうしたものかと思っているうちに、男が動いた。

閉まった障子越しでは様子が窺えぬと判断したか、監視することの緊張感に耐えられなくなったか、生け垣からすっと体を離し、歩き出した。

「仕方がないか――」

祥庵は呟く。その目が、生け垣に向いた。

見知った男が歩いてくる。その視線は真っ直ぐ前を向いて、さっきまで祥庵の家を窺っていた男の背中に注がれているようだった。

平四郎の上役、徒目付組頭の工藤であった。

なぜ工藤が男を追っているのだと、祥庵は訝《いぶか》しんだ。

工藤の調べに、あの男が引っ掛かっていて、後を追っていたのか？

それとも、工藤はわたしを張り込んでいたのか？

百味箪笥の中には吉草根が入っている。そしていち早く虎籠に駆けつけた。眠気覚ましの薬の正体を暴いたのもわたし――。

疑わしいと思われても仕方はないか。

祥庵は苦笑した。

だが――。

丞之進が聞き込んできた、奥医師関宗伯の弟子の話もある。それを考えれば三上も工藤も疑わしい人物の一人だ。

「まずは、平四郎が帰ってくるまで待たねばならぬな」

祥庵は独りごちて奥の間に戻った。

しばらくして、玄関でおとないの声が聞こえた。吉蔵が応対し、祥庵の部屋に向かって歩いてくる足音がした。

「旦那さま。工藤さまがお出ででございます」

その名を聞いて、祥庵はどきりとした。一瞬迷って、

「ここへお通ししなさい」

と言った。

吉蔵は玄関に戻り、工藤を案内して来た。

工藤は部屋に入り、左右に作りつけられた百味簞笥や机の上の薬研、乳鉢、秤《はかり》などを珍しげに見回した。

「追っていた男は何者でした？」

祥庵が問うと、工藤は驚いた顔を向けて座った。

「ご存じでしたか」

「吉蔵がこの家の様子を窺う男に気づき、見張っていたのです」

「左様でございましたか」工藤はばつの悪そうな顔をして後ろ首を撫でる。

「実は、情けない話でございますが、まかれてしまいました」

「取り逃がしたと？」

「まったく面目ない話でございます。八日町《ようかちょう》の辺りで知人に声をかけられ、そっちに顔を向けた隙に、見失ってしまいました」

「徒目付の組頭をまくとは、ただの町人ではなかったのですな」

「いや、七つ、八つ数える間でしたから、その間に路地に入ってしまったのかもしれません。足の運びはまったくの素人でございました。祥庵先生のお宅を覗いていましたから、ひとまずご報告をと——。先生もご存じない男でしたか？」

「知らぬ男でした。倅《せがれ》の手伝いをと、薬屋や知り合いの医者を回って吉草根の事を聞き込んでいましたから、それで煙たく思った者がいたのかもしれません」

「左様でございましたか。お疲れさまでございます」工藤は頭を下げる。

「何か分かりましたか？」

「残念ながら」

祥庵は首を振る。丞之進が聞き込んできた話はしなかった。

「あの風体からすると、医者か薬屋の下男でございましょうな——。先生が調べた医者と薬屋、書き出してもらえましょうか？」

「わたしと弟子で回ったのはおよそ二十件ほど」言いながら祥庵は文机に向かい筆を執る。

「ああ、わたしの百味簞笥にも吉草根はありますから、どうぞお調べを。右側の一番下。左端です。引き出しに薬の名が書いております」

「先生を疑ってはおりませぬよ」と言いながらも、工藤は立って百味簞笥の前へ歩く。

「とりあえず、見るだけ」

工藤は引き出しを開けて小さな壺に入った薬をあらためた。

「知らぬうちに減っていたということはありませんか？」

「先日、不眠を訴える患者に処方しましたが、その時から減ってはおりません」

「左様ですか」

と言いながら工藤は元の場所へ戻った。

「声をかけたのはどなたで？」

薬屋の名を書きながら祥庵は訊いた。

「何の話で？」

「男を追っていた時に工藤どのに声をかけた者のことです。声をかけて気を逸らし、男が路地に入り込む時を稼いだのかもしれませんからな」

「ああ、そういうことにまで気が回りませんでした。さすが平四郎のお父上」

「それで、どなただったのです？」

祥庵は医者と薬屋の名と在所を書いた紙を工藤に渡した。

「さすがではございますが、それについては考えすぎでございます。同じ組頭の小野《おの》でございました」

「どういう用件だったのです？」

「いや、特に用はございませんでした。町で知人を見かければ声をかけましょう。それでございますよ。『おい、工藤』と声をかけられ、『おお、小野。今、仕事中だ』と答えると『ああ、すまなかったな』と。それで男の方を見るともう姿はなかったのです」

「徒目付組頭ではあっても、何者かの手先ではないとは言えますまい？」

祥庵はにっこりと笑った。

「いや……。そこまで疑っては、誰も信じられなくなりもうす」

工藤は戸惑ったような顔になる。

「なぜ拙宅の近くにいたのです？」

祥庵は微笑《ほほえ》んだまま訊く。

工藤は答えに詰まる。

「即答できませぬな。わたしの景迹を言うてみましょうか？」

工藤は黙ったままである。

「工藤どのも薬の入手先を探っていたのではありませぬか？　それで、どこかの薬屋か医者の口から、わたしや弟子が動いているのを知った。何か手掛かりを摑んでいないかと拙宅を訪ねてみると、生け垣越しに様子を窺っている者がいた」

「ううむ……」

「あるいは、わたしが聞き込みで兵八に飲ませた薬を買った者に近づけば、その者がわたしをどうにかするかもしれぬと見張っていた。つまりはわたしを囮《おとり》に使った」

「囮とは人聞きが悪うございます。凶賊に襲われぬようにと——」

工藤は言って、はっとした顔になり口を閉じた。

「その話が本当だとしても、工藤どのはわたしに知らせずにそういうことをなさっていた。つまりはわたしに対して秘密をもっていたことになりますな。そういう人物を信じられましょうか?」

「そう言われてしまえば言い訳もござらぬ」

工藤は頭を下げる。

「城内に虎籠を開けた者を手引きした者がいたとすれば、誰も信じてはならぬということでございますな。特に、若殿を疎ましく思って御座す方々が虎籠を開けさせたのであれば——」祥庵は声をひそめる。

「これはお家騒動でございます。徒目付がどうのこうのできるものではありませぬな。もしかすると、領内に入り込んでいる隠密の所在を確かめておくことが、一番のお役目であるやもしれません」

「うむ……」

工藤の顔色が変わった。

「と、まぁ、もっともらしいことを言っているわたしも、虎籠を開けたことの目眩《めくら》ましをしているのかもしれない」

「もう、何がなんだか訳が分かりませぬな」

工藤は首を振った。

「それぞれが謎を解きほぐして、信用できるとはっきりした者と手を組んでさらに調べを進めるしかございますまい」

「祥庵先生は、わたしを信じてくださらないのですな?」

工藤は溜息をつく。

「名簿を渡す程度には信用しておりますよ。それを元に手掛かりを見つけて、わたしが関わっておらぬとなれば、工藤どのもわたしを信用してくだされればよい」

「つまり、名簿を渡すこと以上には信用していないということでございますな?」工藤は片眉を上げた。

「それ以上の手掛かりは話すわけにはいかないと?」

「そういうことでございますな。そういう手掛かりがあったかなかったかはお話ししませんが」

「なるほど――。面白くないことになって来ましたな。友人知人まで疑ってかからねばならぬ。今まで築き上げてきた信頼関係がガラガラと崩れてしまいそうです」

「本当に、厄介な事態です」

「しばらくの間、先生のお宅に護衛をつけます」工藤はいったん言葉を切って付け足した。

「先生とご家族を守るとともに、再び、お宅を窺うような者が現れた場合、そのねぐらを突き止めて、虎籠を開けた者の手掛かりを得ようという目論《もくろ》みもございます」

「正直で結構」祥庵は鷹揚に肯く。

「少し信用が回復しました」

「それはよかった」

工藤は嬉しそうに微笑《ほほえ》んだ。

「その表情が芝居ではないことを願います」

「これからの態度と行いで、さらに信じてもらえるようにいたしましょう」

工藤は一礼して立ち上がった。

二

平四郎はその日の夕刻、盛岡に帰ってきた。三上とは惣門で別れた。

日影門近くまで来た時、辰助と柊が走ってきた。

「お帰りなさいませ。首尾はいかがでございます?」

辰助が訊く。

「家に戻れば父上に報告をせびられるであろうから、一緒に聞け――。で、父上の方は?」

「きっとご本人からお話がありましょうが」辰助は苦笑する。

「とりあえず、動き回ることは諦めてくださったようでございます」

辰助は眉をひそめて街角を見る。そして、「ちょいと行って来ます」と言って路地へ駆け込んだ。平四郎と柊は怪訝な顔をして街角で辰助を待った。

辰助はすぐに戻ってきて、「さぁ、行きましょう」と歩き出す。

「何があった？」

平四郎が訊く。

「顔見知りの横目が隠れてたんで」辰助は声をひそめる。

「こんな見張り方じゃすぐにばれるぜと、叱って来やした」

「誰を見張っていた？」

「それもご本人からお話があると思いますが、祥庵先生が誰かの痛い所をつついたらしいんで。それで用心のためにお宅を見張っておりやす」

「誰の痛い所を突いたんだ？」

「それは分からないということで。工藤さまが、お宅を覗く不審な者を見かけたから用心にと」

「ははぁ。また現れたら捕らえようという算段か。早く戻って話を聞かなければ」

平四郎は駆け出した。

木戸を潜ると小者の吉蔵が待っていて、すぐに祥庵の部屋へと言うので、三人は小走りに奥の間へ急いだ。

「待ちかねたぞ」

祥庵は蠟燭を灯して平四郎たちを招き入れる。すぐに兄の丞之進も入ってきた。

「花巻、岩崎、南鬼柳と回っておりましたので」

平四郎は祥庵の前に座る。辰助と柊が後ろに控えた。

「素人が余計なことをするから、厄介事に巻き込まれるのです」平四郎は怒った口調で言う。

「賊が現れたら捕らえるべく、横目がこの家を見張っております」

「それはありがたいな。面と向かって斬りかかって来られれば、逃げるだけの足腰は鍛えてあるが、寝込みを襲われたらひとたまりもないからのう」

「犬も歩けば棒に当たる――。よほど大きな棒に当たったのでございましょうかね」

平四郎が言うと、祥庵は唇を歪めて、「父に対して犬はなかろう」と言った。

「医者の方が徒目付よりも薬のことには詳しい。だから、吉草根の出所を探ってみた」

「それが当たったわけですね」

「当たったかどうかは分からぬが、仁王小路の薬種屋田島屋が最近吉草根を売っている」

「盛岡の主だった薬屋は――」丞之進が付け加える。

「すべて回ったが、近頃吉草根を売ったのは田島屋のみであった」

「そして買ったのは奥医師の関宗伯どの」

「けれど、最近買った吉草根が使われたとは限りませぬ」

平四郎は小さく首を振る。

「そんなことは分かっている」祥庵は不機嫌そうな顔になる。

「だから当たったかどうかは分からぬと言うたではないか」

「ですが」と、辰助が擁護する。

「何者かが見張っているってことは、当たったってことでございましょう」

「しかし、その見張りを、工藤どのは見失った」

祥庵は子細を語る。

「小野さまに声をかけられて見失ったということですか――」

平四郎は呟く。工藤と同じ三上の下で働く組頭である。

「小野さまにはさりげなく『工藤さまにお会いになったそうで』と訊いてみました」と辰助。

「すると。『ああ。お互いに仕事の最中であったからすぐに別れたがな』とお答えで」

「工藤さまは嘘をついていなかったということか」

「小野さま支配の徒目付さまの手下に探りを入れたところ、勘定方の使い込みを調べている最中であるとか。工藤さまと会った日は、勘定方を尾行《つけ》ていた手下との待ち合わせであったようで」

「なるほど――。とりあえず筋は通るな」

「だがな、平四郎」丞之進が言った。

「たとえば三上さまの配下の組頭が敵であったと考えれば、口裏を合わせられると思わぬか？」

「それはそうですが、なにか證跡でもあるのですか？」

「三上さまと工藤さまは、関宗伯先生と繫がりがある」

「どういうことです？」

「宗伯先生の弟子と酒を酌み交わし、話を聞いた。三上さまと工藤さまは宗伯先生に診てもらっている」

「え？」平四郎は驚く。

「宗伯先生は奥医師でございましょう。患者は身分の高いお方たち。お目付の三上さまでも診ていただけるかどうか。徒目付組頭の工藤さまは失礼ながら無理でございましょう」

「宗伯先生は数年前にとある高知のお方といざこざがあったのだそうだ。それを解決したのが三上さまと工藤さま。それを感謝した宗伯先生が、具合が悪くなったらいつでも来るようにと仰せになった。以後の付き合いだそうだ」

「なるほど——。三上さま、工藤さまは宗伯先生から吉草根を処方してもらえるということですか」

「なかなか眠られぬと言われれば」祥庵が言う。

「ならばこれをと処方する。入手は簡単だ」

「では、宗伯先生に誰に処方したかうかがわなければなりませんね」

平四郎が言う。

「しかし、三上さま、工藤さまには用心せねばなるまい」

祥庵は深刻な顔になる。

「困りましたね。二人とも上役でございます」

「どちらかが虎籠番に吉草根を飲ませたのであれば、敵にこちらの動きが筒抜けになっているということだ」

丞之進が言った。

「まぁ、それはそれでかまいませぬよ」

平四郎は平然と言う。

「なぜだ?」

祥庵と丞之進が同時に言った。

「もし、どちらかが敵であれば、こちらが真相から遠ざかれば安心し、近づけば焦りましょう。焦れば何か手を打つはず。その動きで真相に近づいていることが分かります」

「わたしが何者かに見張られたようにか」

祥庵は大きく肯いた。

「左様です。宗伯先生の前に、田島屋にも話を聞かなければなりません。見張りは素人だったということですから、田島屋が不安になって様子を窺わせたというところでしょう。それを確かめておきとうございます」

「ならば、わたしが行って参ります」辰助が立つ。

「ちょいと凄みを利かせればすぐに白状するでしょう」

「田島屋から父上の聞き込みの話を聞いた宗伯先生が見張りをつけたということも考えられる。だから田島屋には最初はやんわりと当たれ。怪しいなと思ったら凄みを利かせて聞きだしてもいい」

「かしこまりました。うまくやって来ます」

辰助は部屋を出た。

「お前の方はどうだった?」

祥庵に問われて平四郎は今まで分かったことをかいつまんで話した。

重直と花巻へ行ったくだりになると祥庵も丞之進も目を見開いたが、口を挟むことなく平四郎が話し終わるのを待った。

「若殿はそれほど思い切ったことをなさるお方であったか」

丞之進が呆れたように首を振った。

「若殿ならばやりそうなことだ」

祥庵は苦笑する。

「父上は若殿のお脈をとったことが？」

「たいてい奥医師頭取がなさるが、一、二度な。ご自分のお考えに素直なお方だと感じた」

「随分遠慮した見解でございますね」

平四郎は笑った。

「ときに——」祥庵は話題を変えた。

「蔦は寿庵が政直さまを切支丹に改宗させせんがために送り込んだのだという話だったな。ならば、寿庵は前々から蔦を知っていたのだろうな」

「寿庵はそういうことを言いませんでした。次に会ったら締め上げて聞き出さなければと思っています」

「柏山さまは政直さまとの会見の後、何事もなかったように帰り、その後亡くなったのだな？」

祥庵が訊く。

「ああ、それを父上に訊こうと思っていました。柏山さまが花巻城で毒を盛られたと仮定して、岩崎城に戻ってから亡くなるという、そういう都合のいい毒はあるのでしょうか？」

「後から効いてくる毒というものがある。症状が分かればどのような毒であったのか分かるが」

「しまったなぁ。そこまでは訊きませんでした——」

「しかし、政直さま、柏山さまの死が謀殺であったら——」丞之進が深刻な顔で言う。

「虎の脱籠、若殿が虎を撃ち殺した事も合わせて、これはお家騒動でございますな」

「お家騒動となれば、下手をすると南部家お取り潰しということにもなりかねませんからね」

柊の顔が青ざめる。

平四郎は柊に顔を向ける。

「まぁ、それも厄介だが、調べが難しくなるのがもっと厄介だ」

「どういうことで？」

「お取り潰しになれば、お城の中の多くの者たちが路頭に迷う。それが分かっているから、口をつぐんだり嘘をついたりする者が多くなる」

「上の方々は、虎籠を開けたのは兵八の手違いということにして済ましてしまおうとするだろうな」

祥庵が言った。

「あるいは切支丹の仕業だとして取締りを厳しくするかもしれません」

平四郎が言うと祥庵は肯いた。

「うむ、そちらの方があり得るな」

「いずれにしろ、遠からず調べの取りやめが命じられるでしょう」

「桜庭さまもそう考えるか？」

「大目付さまも南部家の家臣。お取り潰しの危険は犯しますまい」

「ならば、お前はどうする？」

祥庵は面白そうに笑う。

「また他人事《ひとごと》のように」

「南部家が潰れても、わたしには医術があるからな。どこでも食っていける」

「お取り潰しとなれば、わたしも何か考えますが、調べが取りやめとなって、虎籠を開け、兵八を殺した奴が逃げ延びてしまうのは面白くありません」

「面白くないなどと」丞之進が呆れたように言う。

「お前も他人事のように言うておる」

「そりゃあ、親子でございますれば」

「わたしだって父上の子だ」

「ならば兄上はどのようにお考えで？」

「何者がやったのかは知らぬが、虎を町に放ったのは腹が立つ」丞之進は眉間に皺を寄せる。

「万が一、虎に食われる者が出ていたら、食われた者も虎も気の毒だ。誰かが得をするために他人を殺したり傷つけたりするのは許されぬ」

「戦も、誰かが得をするために他人を殺したり傷つけたりいたしますが。そして一番得をしたお方が天下を統一なさった。それについてはどうお考えで？　勝ち組のご家中で禄《ろく》を食《は》んでいることに矛盾を感じませぬか？」

平四郎はニヤニヤと笑う。

丞之進は言葉に詰まる。

「意地の悪い訊き方だのう」

祥庵が言う。

「父上の息子でございますから――」と祥庵に頭を下げ、次いで平四郎は丞之進に顔を向けた。

「兄上がお考えのようなことをわたしが考えておらぬと思われるならば、読みが浅うございますよ。こう見えても腑《はらわた》が煮えくりかえっております。おそらく敵は、こちらの手の届かぬような所で安穏と暮らしながら、切支丹やら過去の戦の残党やら、若殿やらに罪を着せようという魂胆なのです。こちらが我が身かわいさで何事もなかったことにしようとすることも読んでいる。わたしたちは虚仮《こけ》にされているのですよ。それが一番腹立たしい。どの手掛かりも途中でぷっつりと途切れるのです」

「お家がお取り潰しになるかもしれぬということよりもそっちに腹を立てるか」

丞之進は呆れた顔をする。

「まぁ、取りやめのお沙汰が下る前に解決するしかないな」

祥庵が言う。

「左様でございます。そのお沙汰は敵の思う壺。おそらくこちらが手も足も出なくなったのを見計らって、何か大きな事を仕掛けてくるに違いありません」

「何を仕掛ける？」

丞之進が訊く。

「分かっていれば苦労はせん」

祥庵は平四郎のかわりに丞之進の問いに舌打ちする。

「わたしがこういうことを仕掛けるならば、相手が諦めて、これで落着とした後にとどめの攻撃をするでしょう」

平四郎は言った。

「しかし——」丞之進は腕組みをする。「お前はお取り潰しを恐れて誰も正直に話さぬと景迹していたではないか。若殿のお口添えで上の方々を調べるというが、どうやってお口を開かせる?」

「お家騒動ではないという手掛かりがあれば、上の方々も協力的になりましょう」

柊が言った。

「北十左衛門の配下や和賀の残党の仕業と分かれば、安心なさいますね」

「十左衛門の残党は寿庵が捕らえてこちらへ送ってくる。もし和賀との繋がりがあるのならば、寿庵が嗅ぎつけておろう」

「そちらは寿庵の動き待ちでございますね——」

柊は肯いた。

「田島屋の方は辰助の報告待ち——」平四郎は祥庵に顔を向ける。「宗伯先生はわたしが行って素直にお話ししていただけるお方でしょうか?」

「わたしが一緒に行こう。お前だけだと舐めてかかられるやもしれん」

「ならば、今すぐに。この刻限ならばご在宅でございましょう」

「急だな」

祥庵は顔をしかめる。

「仕方がありません。出来ることはすぐにやっておかなければ、やらなければならないことが山積するばかりです」

平四郎は吉蔵を呼んで、関宗伯の家に先触れに行くよう命じた。

※　　※

屋敷を出て少し歩いた所で、辰助が駆けてきた。

「ずいぶん早かったな」

平四郎は驚いて言った。

「すらすら白状したもんで」辰助は、肩をすくめる。

「祥庵先生を見張っていたのは田島屋の小者でした。なにか大それた事に加担してしまったのかと不安になったそうで。祥庵先生の勇み足だから心配するなと言ったら、心底ホッとした顔をしておりました」

「そうか。嘘はなさそうか？」

「芝居であの顔ができるんなら、役者で食って行けます――。そこで吉蔵から聞きましたが、関宗伯先生のお宅へお出かけだそうで」

「そうだ。間に合ってよかった――。ついてきてくれ」

「かしこまりました」

平四郎と辰助は祥庵に伴われて、大手門近くの関宗伯の屋敷を訪ねた。

既に日が落ちていたので、門口に提灯を持った門番が立っていた。平四郎の家より大きく立派な屋敷で、門番に宗伯に面会したいと告げるとすぐに中に通された。辰助は門の前で待った。

八畳ほどの座敷に座っていると手焙が三つ用意されて、平四郎と祥庵は体を暖めた。すぐに宗伯が現れ、もう一つの手焙の前に座った。白髪白髯《はくはつはくぜん》の老人である。

「珍しゅうございますな、祥庵どのがお出でとは。それもご子息を伴って——」宗伯は小首を傾げる。

「確か、徒目付さまでございましたな」

「平四郎と申します」平四郎は頭を下げた。

「実は、わたしの用事でまかり越しました」

「先触れの者にそう訊いて驚いております。徒目付さまがわたしにどのような用事でございましょうな」

「吉草根のことでうかがいたいことがございまして。最近、田島屋から吉草根をお求めになりましたね？」

「さて、どうでしたかな」

宗伯は手を叩いた。すぐに「失礼いたします」という声が聞こえ襖が開き、廊下に正座した鼠色のお仕着せを着た若い男が礼をした。

「弟子の尚一郎《なおいちろう》でございます」と宗伯が紹介する。

「最近、吉草根を購入したか？」

「はい。少のうなりましたので田島屋から」

尚一郎が答えた。

「どなたに処方なされたのでしょう？」

平四郎が訊いた。

「桜庭さまでございます」

その名を聞き、平四郎は悪寒を覚えた。桜庭が関係していたのか――？

「あの、大目付の桜庭さまですか？」

「はい」

「そういうことがあったかな？」

宗伯が白い眉を寄せた。

「最近眠れぬ日が多いからとの仰せで、わたしが処方しました。お使いの方でございましたから先生には後からお知らせいたしました」

「ああ、そうだったな――。直接脈を診たわけではありませんでしたから、ころっと忘れておりました」

「お使いの方はどなたで？」

「瀬川《せがわ》さまとか仰せられたように思います」

「瀬川――」

平四郎が知っている桜庭の家臣や目付の中にはいない名前であった。

桜庭さまの使いと騙《かた》ったか――。

「吉草根が何かよくないことに使われたのでございますか？」

尚一郎は顔を強張らせて訊いた。

「詳しい話はできませんが、これからは身元を調べてから薬を渡された方がよろしゅうございます」

「そのようにいたします」

「瀬川という男、顔形や背丈など覚えていませんか?」

「さて——。中肉中背で、目立たない男でございました。もう一度見れば分かると思いますが……」

「身のこなしや言葉遣いはどうでした? 大目付さまの家臣として違和感などはありませんでしたか?」

「お武家でございました。何者かが化けていたということをお考えなのでしょうが、町人などがお武家のふりをしているのではなかったと思います」

「言葉は? 南部領の言葉でしたか?」

「ああ、言葉でございますか。南部領といっても盛岡から少し離れれば言葉は違いますから——」

「そう、盛岡の言葉でしたか? それともどこかの言葉が混じっていたとかいうことはありませんでしたか?」

「元々盛岡に住んでいる人の滑らかな盛岡弁ではなかったように思います」

「海の方の言葉はどうです?」

「いや——。海の言葉は独特ですから、混じっていればすぐに分かります」

「では北の方は?」

「北の方も独特ですから分かると思います」

「和賀、稗貫——、あるいは伊達領の言葉とかは？」

「さて——」

尚一郎は困った顔をする。

「切支丹が関わっているのですが、なにかそのような素振りはありませんでしたか？」

平四郎は身を乗り出して訊く。

しかし、尚一郎は身を縮めて、

「申しわけありません……」

と消え入るような声で答えた。

「いや、失礼しました……。疑ってもいない、しかも初めて会う人物を覚えているかと訊く方が悪いのです」

「うむ。お前が悪い」

祥庵が口を挟んだ。

平四郎は膨れっ面を祥庵に向けた。

「詳しい話ができぬことでお騒がせして申しわけございませんでしたな」祥庵が言う。

「それでは、これでよいか？」

と平四郎に訊いた。

「はい——。それでは、尚一郎どの。もし瀬川と名乗った男がまた訪れたり、どこかで見かけたりしたならば、すぐにお知らせ下さい」

「はい。すぐに」

「もしかすると、面割り（面通し）をお願いするかもしれません」

「面割り――、ああ、疑わしい者が捕まった時に、瀬川と名乗った男かどうか確かめるのですね」

「そうです。男からは見えぬ場所から覗いてもらいますゆえ、心配はございません」

「分かりました。お力になります」

尚一郎は強く肯いた。

平四郎は一礼すると急ぎ足で玄関に向かう。

「次は桜庭さまのお屋敷か？」

祥庵が平四郎の後ろ姿に訊く。

「はい。念のために瀬川という家臣がいるかどうかと、吉草根を処方されたかを訪ねて参ります。時々、直接お目通りしていますから、父上の同行は不要でございます」

平四郎は振り向いて早口に答えた。

その時、玄関の方からなにやら慌てたような声が聞こえた。辰助と誰かとのやりとりが微かに聞こえ、次いで宗伯の家の小者が早足でやってきた。

「米内さま。同心の福田さまがお出ででございます」

福田は牢屋敷で話を聞いた同心の一人であった。

「急ぎの用件ですぐにお出ましいただきたいとのこと」

「分かった」平四郎は答えると祥庵に顔を向ける。

「行って参ります」

「夜だというのにあっちやこっちに走り回って、忙しいのう」

祥庵がのんびりと言った。

「また他人事のように」

「他人事だ」

祥庵はからからと笑った。

平四郎はすぐに外に出た。辰助と共に屋敷を出ると、福田が木戸の向こうで足踏みしながら待っていた。

「ああ、米内どの。すぐに牢屋敷までおいで下さい」

「何がありました？」

「牢屋敷に投げ文がありまして」福田は駆け出しながら言った。

「上ノ橋の上の川原へ行けと指示が書いてありまして、行ってみますと二十人の男が縛られ転がされておりました」

「男たちが縛られて――」

辰助が言う。

「きっと寿庵の仕業だ」

平四郎は言った。

「そう、それでございます。投げ文には寿庵と書かれておりました。次の指示が、取り調べは米内平四郎どのに任せよと。これは、熊騒動に関わることだなと思いまして。熊騒動については米内さまが任されていると言われておりましたのでお知らせに参りました」

「とすれば、その男たちは北十左衛門の配下たちです」

「北……、あの北十左衛門の手下らでございますか！」

「寿庵は、『切支丹は熊を放していない。北十左衛門の配下らが熊を放した』と景迹しておりまして、金山に潜んでいるから捕らえて引き渡すと言うていたのです」

「それを果たしたのですな」

「投げ文にはそのほかに何か書かれていませんでしたか？　和賀の残党の件とか」

「いえ、なにも」

「そっちはまだか——」平四郎はしかめっ面をする。

「分かりました、参りましょう」

平四郎と辰助は、途中で合流した柊と共に馬場町の牢屋敷に走った。

三

北十左衛門の配下二十人は牢屋敷の穿鑿所《せんさくじょ》、拷問を行う砂利場に座らせられていた。

篝火に照らされた男たちは、いずれも汚れた単衣を着て、伸ばしっぱなしの髪は後頭部で無造作に結い、髭面である。人相は険しく、穿鑿所に入る平四郎を三白眼で睨みつけた。

男たちは後ろ手に縛られていたが、塀の側には十数人の同心が六尺棒を持って控えている。男たちの前に床几が二つおかれ、一つに三上が座っていた。

「遅くなりました」

平四郎は三上の隣りに座った。柊は牢屋敷の外に待たせてあった。

「わたしも来たばかりだ」

「取り調べをしてもようございますか？」

「任せる」

三上の言葉に、平四郎は一つ咳払いをして男たちを見回す。

「丹波弥十郎や後藤寿庵にはめられて、さぞ悔しかろうな」

男たちの表情は変わらない。

「おとなしく金山で働いていればいいものを、謀叛を企てているとなれば捕らえなければならん」

やはり男たちは平四郎を睨むばかりである。謀叛の件を言われても顔色が変わらないのは、実際に企てていたからであろう。

ならば、これならどうだ――？

「しかし、あのような方法で謀叛を実行するなど、武士《もののふ》の風上にも置けぬな」

「実行した？」

真ん中の一人が眉間に皺を寄せる。

「惚《とぼ》けても無駄だ」

平四郎が言うと、男たちは顔を見合わせる。いずれも平四郎が何を言っているのか理解できていない様子だった。

平四郎はがっかりした。この男たちは虎籠を開けていない。

「我らは武士の風上にも置けぬようなことはやってもいないし、考えてもいない！」

真ん中の男が言う。

「貴公が頭目か。名前を聞いておこう。ああ、都合が悪ければ偽名でもよいぞ。名無しの権兵衛《ごんべえ》では話がしづらい」

「ならば権兵衛でよい」

男は吐き捨てるように言った。

「では権兵衛、たった二十人では謀叛を起こすには人数が少なかろう――。もしかして、和賀や稗貫、大崎の残党と手を結んでいるか？」

その問いに数人の顔が強張った。

「権兵衛。お前は顔色も変えぬが手下らの中には度胸が据わらぬ者がおるぞ」

平四郎はくすくす笑う。権兵衛は舌打ちしてそっぽを向いた。

「手を結んであるなら一揆でも起こせばよいものを、あんな卑劣なことをするとはなぁ」

平四郎は大きく溜息をついて見せた。

「あんなこととはなんだ？　我らはまだなにもしておらぬ！」

「惚《とぼ》けるのもいい加減にしろ！」平四郎は精一杯恐い顔を作って怒鳴った。

「お前たちが虎を放したせいで町人が何十人も食い殺されたのだ！　その中には幼い娘もおったのだぞ！　侍相手に刀を振るうならいざ知らず、罪もない町人を虎に食わせるなど言語道断！」

「待て！」

権兵衛は目を見開いて言う。配下たちも慌てた様子でざわめいた。

「待て！　待て！　虎など知らぬ！」

真剣な顔で言う権兵衛の様子から、嘘はついていないと分かった。

「町人たちを虎に食わせた卑劣な者たちとして、首を刎《は》ねられるがよい。ああ――。虎に食わせるというのもよい。無様な死に様となろうな」

「やってもいないことで首を刎ねられるのは納得できぬ！」

権兵衛が怒鳴ると手下らは「そうだ、そうだ！」と声を上げる。

「ならば何をやろうとしていたか正直に話すんだな」

平四郎は床几から腰を上げる。

胸の中にあった重いものが、さらに重くなっていた。

「もし本当に虎を逃がしておらぬのなら、謀叛に手を染めたわけではない。和賀、稗貫、大崎の者どものことも含め、有り体に白状すれば命は助かるかもしれぬぞ」

平四郎は三上に顔を向ける。

三上も平四郎と同じ読みであったのだろう、小さく肯いて床几を立った。

塀ぎわの同心らに目礼して、平四郎と三上は穿鑿所を出た。

「あいつらではございませんな」

平四郎は言った。

「うむ――」三上は肯く。

「虎籠を開けたのは切支丹か、城の中の者かということになろうな。お前はこれからどうする？」

「夜も遅うございますが、桜庭さまにお目にかかろうと」

「報告か」

「はい。北十左衛門の配下らは虎籠を開けていないと」

瀬川と名乗る桜庭の近習が吉草根を手に入れたということは黙っていた。まず桜庭に確かめてからと思ったのである。

「それから？」

「若殿が寺社奉行と家老さまたちにお話を聞く機会を作ってくださいますから、それを待とうかと」

「そうか。わたしは一度徒目付所へ戻る。お前が高知衆の方々と話をして切支丹について調べるのならば、わたしは誰か起こして平士らに切支丹がいないか調べさせる」

「平士ですか――」平四郎は肯く。

「確かに、兵八の顔見知りならば平士でも薬を渡すことはできますね」

「手配がすんだら家に帰る。なにかあれば工藤に知らせよ」

平四郎の直属の上役は工藤である。重直の突発的な動きのせいでしばらく三上と顔をつきあわせていたが、これで気詰まりはなくなると平四郎はほっとした。

「はい。お疲れさまでございました」

平四郎が頭を下げると、三上は急ぎ足で出入り口へ向かった。

平四郎は考え事をしながらゆっくりと廊下を歩いた。

あの者たちは虎籠を開けていない。これで、ますます城内の者が開けたという疑いが深まった。

やはり、重直の追い落としを狙った者らの仕業か――。

横の襖が開いて羽織袴姿の、小太りの中年男が現れた。

「平四郎。久しいな」

男はにこにこと笑いながら言った。

「これは、桜庭さま」

平四郎は廊下に正座して頭を下げた。

大目付の桜庭右近であった。

「ちょうどようございました」

「なに？　わたしを訪ねるつもりであったか？」

「はい」

「なにやら大勢の男が縛られて見つかったと聞いてな。何事があったのかと駆けつけた。お前が詮議していたので見物させてもらったぞ」

「これは――、恐れ入ります」

平四郎は桜庭を見上げた。

桜庭は周囲に視線を巡らせ、平四郎の前に片膝を折り、小声で言う。

「若殿と親しく話をしたそうだな」

「はい」

平四郎も小声で答えた。

「大丈夫か？」

という桜庭の問いに、平四郎は答えに迷った。

「色々な大丈夫がございますが」

桜庭はさらに小声で、

「若殿が虎籠を開けたのではないのかという意味だ」

と言う。

「若殿は無実であらせられると思うております。若殿に関する噂は、若殿を陥れようとする者らが流したものでございましょう」

「そうか――」桜庭は唇を噛む。

「獅子身中の虫というのは厄介だな」

「嫌疑をかけねばならぬお方は多ございますか？」

「高知衆のほぼ八割」

「桜庭さまはいかがでございますか？」

「これはまた、真っ直ぐに訊きおる」

桜庭は苦笑する。そして、平四郎に顔を近づけて囁くように、

「八割の中だ」

と言った。

「これはまた、真っ直ぐにお答えなさいましたな」

「正直に言わぬといつまでもお前に疑われようからな。若殿は領主に相応しくないとは思うが、大殿がそうせよというのであれば、懸命にお仕えせねばなるまいと思うておる」

「ほかの方々も、そういうお心がけであらせられれば助かるのですが」

「若殿に対する思いは素直に語ったとしても、虎籠を開けたとは言うまいよ」

「覚悟はしております」

「誰から始める？」

「まずは、桜庭さまからにいたしましょうか」

「わたしへの用事はそれであったか」桜庭は苦笑する。

「ならば入れ」

桜庭は平四郎を座敷に招き入れた。供の侍が二人座っていたが、桜庭が目配せすると静かに出て行った。

「桜庭さまが若殿を快くお思いではないことは分かりました。では、あの夜は何処《いずこ》に御座しましたか？」

「ほとんどの高知衆が同じように答えよう。寝ていた」

「左様でございましょうな。それがしも寝ておりました。おそらく盛岡のほとんどの者が寝ていたでしょう。そしてその証をしてくれる者はと問えば『家の者に訊け』と仰せられる。そして、家の者に訊けばたとえそれを確かめていなくても『ご寝所に御座しました』と答えるでしょう――」

「そういうことだ。高知衆に話を聞いても、大して役には立たぬぞ」

「圧力にはなります。焦って考えなしの隠蔽工作に出て下されば、手掛かりが出来ます」

「花巻まで出かけたそうだな」

「政直公と柏山さまは謀殺されたのではなかろうかと」

「そういう噂は当初からあったが……」

「若殿が手を下したのではないかと？」

「そうだ。若殿は元々、高知衆の受けはよろしくないお方であったが、その辺りから不信感がさらに強まった」

「花巻城では、柏山さまが伊達政宗公と密かに繋がりをもっているので、政直さまが毒を盛ろうとしたという説を唱える者もございます」

平四郎は聞き込んだ話をした。

「うむ——。それよりは若殿がご自身が世継ぎとなるために政直さまを謀殺したという話の方が説得力があるな」

「そのようなことをなさるお方だとお思いで？」

「いや。どうしようもない狩り狂いのお方ではあるが、実の兄上を手にかけるようなことはなさらぬ」

「狩りは虎の餌のためであるとのこと」

「ほぉ。若殿がそのように仰せられたか」

「虎籠番らも」

「ならば真実であろうな。とすると、虎を大切に思われて御座したのだろうから、放すことなどなされぬか——」

「餌を届けていたのは痩せた虎など撃ちたくないからだと仰せられていたという話もございます」

「偽悪的なことも仰せられる方だからな」桜庭は苦笑する。

「こういう事態が起こると、紛らわしいのう」

「若殿を追い落とすために、虎籠を開けるということをなさりそうな方にお心当たりはございませんか？」

「それよ――」桜庭は腕組みをして顎を引き、溜息をついた。

「一人一人、お顔を思い浮かべても、そういうお方は思いつかぬ」

「おそらくそのお方は、切支丹の死骸を虎籠の中に放り込むことを考えついたお方でもございます」

「では――」桜庭ははっとした顔をする。

「寺社奉行が？」

「荒木新五郎さまその人であるとは限りませぬ。荒木さまにその事を吹き込んだお方。そしておそらく、虎籠番の下田兵八に吉草根を目が覚める薬と信じ込ませた人物でもあろうと」

「吉草根か――」

「ご存じで？」

「賊が使って虎籠番の金介を眠らせ、お前の父が使って虎を眠らせた薬であろう。報告は聞いておる」

「桜庭さまは関宗伯先生から吉草根を処方されたはずでございますが」

「なに？」桜庭は片眉を上げげた。

「そのような薬、処方されてはおらぬぞ」

「桜庭さまがなかなかお眠りになれぬということで、近習の瀬川どのという方が、宗伯先生の弟子、尚一郎どのから渡されたとのこと」

「瀬川などという近習はおらぬ」

「存じております」

「何者かがわたしの名を騙ったか……」

「目付、徒目付にもいないことは分かっております。桜庭さまを巻き込み、信頼を失わせようという手かと。城内を、切支丹は誰かとか、誰が若殿を引きずり降ろすために手を下したのだとか、誰が虎籠を開けたのかとか、疑心暗鬼の黒雲の中に放り込もうとしているのでございましょうな――。宗伯さまのお弟子が顔を覚えておるようなので、それらしい人物が見つかったならば面割りをいたします」

「見つかればよいが――。わたしは、自分が関わっておらぬことを知っているが、お前の疑いは晴れておらぬのだろうな」

「はい。敵の手に乗るようで腹立たしくはございますが、わざとご自分のお名前を出させて、疑いを回避しようという手かもしれませぬゆえ」

「なんとも不愉快なことだのう」

桜庭は腕組みして肩を揺すった。

「若殿のことを伺ってもよろしゅうございますか?」

「若殿を疎ましく思っている方々のことか」

「はい。それは若殿が傍若無人な振る舞いをなさるからでございましょうか?」

「それもあるが、それよりも若殿が折に触れて仰せられる改革案が問題なのだ」

「どのような？」

「政を行うのは爺ぃばかり。頭が固く、旧来の方法を頑《かたく》なに守ろうとする。そのような者が牛耳る国は長続きせぬと、一門、一族の方々や譜代の者らを政の座から遠ざけようというお考えだ」

「一門払いでございますか……」

「そのことによって領主の権力を確立し、長く安堵された土地を取り上げて、財政の強化をはかる——。と、まぁ、そういう具合だ。近習を知っておろう？」

「漆戸さま、松岡さま、美濃部さまでございますね。狩り場でお目に掛かりました」

「あの者たちは新参の家臣だ。重直さまは、もう改革を始めて御座す。譜代の者らはそのことだけで戦々恐々だ」

「もしかすると、大殿も若殿のなさることに賛成なさっているのかもしれませんね」

「ああ——。大殿は古参の者らの首を斬りづらいということか」

　桜庭は苦笑する。

「大殿は外様のご家来衆を色々と理由をつけて罷免なさって御座すという話が聞こえております。次の代でご一門、ご一族の整理に着手なさるおつもりなのかもしれません。確かに、ご領主を頂点とした政を作るためには、横から口を出したがる古老や、旧来のご家臣らは邪魔でございますが——。ご主旨は分かりますが、ご自身の考えに否を申し立てる者を切り捨ててしまうお方は、誰もご領主と仰ぎたくはございませんね。つまりは、若殿を陥れて跡継ぎの座から引きずり降ろしたい方々は絞り切れぬと」

「そういうことだな。だが、それに加えて、重直さまは拝領の虎を撃ち殺された。虎を放したのは重直さまであるとか、跡継ぎとなるために政直さまのお命を奪ったと噂する者もいる」

「しかし――」平四郎は腕組みをして考えながら言う。

「籠の扉を開けて虎を逃がしたとなれば、引きずり降ろすだけではすみますまい。大勢が噛み殺されていれば、お城の中のことであっても外に漏れますし、城下に出て町人を食えば、さらに話は大きく広がります。そうなれば、ご公儀の耳にも入ります。若殿による政直さま暗殺にしてもしかり」

「いくら重直さま憎しとはいえ、そういう危険があることはせぬだろう」

「お家のことより大切な理由があれば別でございましょう」

「信仰か――」

「高知の方々にも切支丹が御座すと聞きました。お城に出仕する者たちにもいると聞いております」

「城内の切支丹が、梅乃さまや蔦に対する仕打ちを腹に据えかねて虎籠を開けた――。筋は通るな」

難しい顔をした桜庭であったが、顔をあげて明るく微笑むと、

「久しぶりに会うたのだ。どこかで一杯つき合わぬか――? と言うても、乗っては来ぬだろうな」

と言った。

「ありがたいお話でございますが、一件落着してからということで」

「そうか――。ではそのうちに」

「必ず」と言って座敷を出かけた平四郎は立ち止まり、

「時に、桜庭さまは虎を見に行かれますか？」

と訊いた。

「取り調べか？」

桜庭はニヤリと笑う。

「いえ。色々な方に訊いております」

「楽しみも少ないでな。たまに見に行く。そういう者は多いぞ」

「虎籠番もそう申しておりました――。これは手掛かりになりそうもありませんな」

平四郎は一礼して座敷を出て穿鑿所に寄り、福田に「後は謀反人を扱う方々にお任せします」

と言って牢屋敷を出た。

辰助と柊が駆け寄って来た。

「いかがでした？」

辰助が訊く。

「十左衛門の配下らは虎を逃がしてはいない。桜庭さまも関わりはないようだ」

平四郎は溜息混じりに言って腕組みをしながら中津川沿いを歩き始める。

「残念だったな」

突然、背後で声がして、平四郎は飛び上がるほど驚き、刀の柄を握って振り返る。

辰助と柊が素早く平四郎の前に出た。

人影が路地から歩み出る。

「斬るなよ。寿庵だ」

その言葉に、辰助が寿庵に駆け寄ろうとする。

「待て、辰助。寿庵は約束を守ったのだ。捕らえるな」

平四郎の言葉に、辰助は後ずさった。

「せっかく捕らえて引き渡したが、北十左衛門の配下は虎を逃がしていない。手を結んでいる和賀、稗貫、大崎も同様だろう。城内の者が怪しくなって来たな」

寿庵がさきほど平四郎が思ったことと同じ事を口にしたので、平四郎は鼻に皺を寄せて負け惜しみを言う。

「切支丹の疑いも消えていない」

「こちらの思惑はつまびらかにした。それでも信じぬか」

「南部政直公と柏山明助さまは毒殺されたのではないかという疑いが出てきた」

「なるほど——」

寿庵の眉間に皺が寄る。

「お前も、お二人の死と梅乃さまと蔦の出奔の関わりを疑っておったか?」

「お前もというからには、お前も疑っていたか?」

「二人に、政直と柏山を殺す理由はない。もしかすると、謀殺した者を知ってしまったために命を狙われ、城を逃げ出したのではないかと思っている」

「なるほど。そういうことも考えられるか——」

「柏山はともかく、政直を謀殺して得をするのは、世継ぎになった重直だ。そして重直は狩り好き。状況は重直が怪しいことを示している。ならば、重直を世継ぎの座から引きずり降ろそうとする者が仕組んだことであろう」

「いやいや。それでは筋が通らぬ」

「何がだ？」

「政直公が亡くなられたから、重直公が世継ぎにおなりになったのだ。重直公を世継ぎの座から引きずり降ろすために政直公を謀殺するというのは筋が通らぬだろう」

「うむ……。では、重直が世継ぎになりたくて政直を殺した。重直に世継ぎになってもらいたくない者が虎籠を開けたというのならば筋が通ろう」

「重直公は、世継ぎになりたいがために兄君を殺すようなお方には見えぬ。それに重直公を世継ぎにしたくないのならば、政直公、柏山さまを謀殺した証を見つける方が簡単ではないか。重直公に命じられて二人を謀殺したという人物をでっちあげてもいい。わざわざ虎籠を開けて虎を逃がすなどということをするよりも、もっと簡単にすます手はいくらでもある」

「ああ言えばこう言う――。ではお前は、今回のことをやらかした者は何を狙っていると考えているのだ？」

「南部家の転覆。次期ご領主と、藩境を守る城の城代の謀殺。拝領の虎を逃がし、ご領主の子息に撃ち殺させた。切支丹の仕業だということでこれから金山に捕り方を出せば一揆が起きかねない。南部家の失策の積み重ねだ。ご公儀に知られれば、お取り潰しとか、国替えのいい口実になる。南部家に恨み骨髄の者らの企みと考えるのが一番筋が通る」

「しかし、それを狙う北十左衛門や和賀、稗貫の残党は、虎籠を開けていない」

「以前、お前は言うたであろう。虎籠を開けたのは『おそらくお前たちには思いも寄らぬ人物だ』と」

「それは北十左衛門の配下らのことだ」

「だがそれは読み違いだった。だったら、おまえもわたしも、思いも寄らぬ人物がいるのだ」

「しかし、虎籠を開けたのは城の中の者としか考えられない。つまりは南部家の家臣だ。南部家が転覆してしまえば路頭に迷うであろう」

「おそらく、路頭に迷わぬ者がいるのだ」

「訳が分からん――」

「それはわたしも同じことだ。だが、仕掛けられているのはご公儀に知られれば断罪されることばかり。そして、それらの仕掛けができるのは城の中の者。だったら、南部家がお取り潰しになっても己だけは無事という立場の者がいるのだ」

「うむ……」

「南部家がこの地を去ることになれば、別の領主がやってくる。西の方から切支丹の仕置きに手慣れた者が来たらどうする？　南部領は伊達領よりも切支丹の住みづらい土地になるやもしれぬぞ」

平四郎が言うと、寿庵は腕組みをしてしばらく黙って考え込む。そして顔を上げると、

「だからどうせよと？」

「いずれ南部領でも切支丹狩りが激しくなろうが、しばらくの間は伊達領よりもましであろう。

ならば、南部家を潰してしまうのは切支丹にとっても損ではないか？」

「一緒に謎解きをせよと？　前もそのようなことを言うておったな」

「お前がこの一件を落着させるために尽力したとなれば、重直公の覚えも目出度《めでた》くなるぞ。あのお方ならば、ご公儀からの切支丹仕置きのお達しを、ぎりぎりまで無視して下さろう」

「信用できるか？」

「わたしが保証する」

それを聞いて辰助が平四郎の袖を引っ張る。

「そのようなことを軽々しく約束して大丈夫でございますか？」

「同感だな。そんな約束を乱発していると、信用を失うぞ」寿庵は笑う。

「おれをいいように使おうとしてもそうはいかん」

「いいように使おうというのではない」平四郎は図星を突かれたと思ったが、表情に出さずに言った。

「わたしはこれから寺社奉行と話をする。興味はないか？」

「興味はないではないが、これ以上捕縛の危険を犯してまで盛岡をうろつくのは御免こうむる」

寿庵は言うと、身を翻して小路に駆け込んだ。

平四郎は小さく舌打ちした。

「寿庵の分はわたしらが動きますんで」

辰助が気の毒そうに言う。

「お前でも、疑われずに切支丹の中にもぐり込むことはできまい。柊も立ち返りから話を聞きだして来ることが精一杯」

「左様でございますな……」

「せめてこの件が落着するまで手伝って欲しかったが仕方がない――。帰って寝て、頭を切り換えよう」

平四郎はとぼとぼと歩き出した。

四

翌朝、平四郎が登城しようと外に出ると、重直の近習、美濃部が待っていた。

「貴殿が望んでいた席が整った」

美濃部は無表情に言った。平四郎は顔を引き締め、

「いつでございます?」

と訊いた。

「今からすぐだ」

「ありがとうございます」

「礼は若殿に申せ。行くぞ」

美濃部は早足で城へ向かう。平四郎はそれを追った。

※　　　※

美濃部は城に入ると三ノ丸、二ノ丸と進み、空堀の上に掛けられた屋根つきの廊下橋を渡って本丸へ入った。平四郎は本丸は初めてであったので迷わないように必死に、早足の美濃部を追った。

奥まった襖の前に膝を折ると、

「米内平四郎を連れて参りました」

と告げた。

「入れ」

重直の声が聞こえた。

美濃部は襖を開けると平伏した。

十二畳ほどの座敷に、重直と寺社奉行の荒木新五郎が向き合って座っていた。

荒木は痩せた老人で、険しい目を平四郎に向けた。

平四郎は慌てて頭を畳に擦りつける。

「早ようせい」

重直が急かし、美濃部が腰を押すので、平四郎はあたふたと座敷に入った。後ろで襖が閉じる。

「若殿、大丈夫でございますか?」

平四郎は訊いた。

「色々な者と話したいと申したのはその方であろう。謹慎中であるにも関わらず、狩りに出るわ、花巻まで遠出するわだ。寺社奉行を呼び出し、徒目付に話を聞かせるくらい、何ほどのものでもない」

「ここは謹慎の間でございますか?」

「動き回ってよいのは、本丸のこの辺りばかりだ」

「わたしの家よりも広うございます」

「比べてどうする」

重直は鼻で笑い、荒木に顔を向けた。

「さて荒木。米内が来たが、余は席を外した方がよいか?」

重直はあぐらをかいた膝に肘を乗せて頬杖をつく。

「なにもやましいことはございませぬゆえ、ご同席いただきましても構いませぬ」

「だそうだ、米内。問え——。荒木はマグダレナの正体を知り、腹を切って中里に詫びようとするところをとめておる。死を覚悟した男ゆえ、心して問え」

「はい。しからば——」平四郎は顔を上げた。

「花巻から朴木金山までの街道で捕らえられた切支丹、マグダレナとジュスタを虎籠へ入れようと提案なされたのはどなたさまでございましょうか?」

荒木はしばし考えた後、

「与力の山田弥四郎《やまだやしろう》という男だ。切支丹の取締りについて話し合うていた時、山田が『我が藩領の切支丹に対する取締りは手緩い。だから伊達領から次々と切支丹が流れ込んでくる。このままでは遠からずご公儀のお叱りを受けるゆえ、厳しい見せしめが必要だ』と申した。わたしも常々思っていたことであった。その座の一同も肯いた。山田は、小鷹の仕置場に虎籠を設け、その中に捕らえた切支丹を放り込む事を提案いたした。異国では獅子に食わせた例もあるとのこと。庶民にそれを見せれば、大きな効果があろうと申した」

「神君より拝領の虎をそのようなことに使うのは――」

平四郎は思わず口を挟んだ。

「その席でもそういう言葉が出た。ならば、公に見せるのではなく、城内の虎籠でという意見も出たが、『生きたままというのは、余りにも残酷』という話になり、『では処刑された死骸ならばいかが』と誰かが申した。山田は『庶民に見せなければ見せしめとならぬ』と申したが、多くが『切支丹が虎に食われた』という話が広まるだけで充分と言い、中には『ならば、死骸も食わせず、噂だけでいいではないか』と言い出す者もいた」

「一人が怖じ気づけば、それは流行病《はやりやまい》のように広がって行くものだのう」

重直は面白そうに言う。

「左様でございます――。それで、噂だけでは虎籠番から『噂は嘘だ』という話が流れてはまずいということになり、処刑された切支丹の死骸を虎籠へ入れることになりました」

「取締りについての話し合いが行われたのは、二人が捕らえられる前ですか？　後ですか？」

「後であった。今までの切支丹と違い、強情な者らであったから、より厳しい罰が必要ではないかと山田が言い出して始まったのだ」

「なるほど――。最初から強情なマグダレナとジュスタをどうするかという話し合いでございましたか。では、山田どのに話を聞かなければなりませぬな」

「それが――」荒木は渋い顔になる。

「山田は昨夜死んだ」

「えっ？」

平四郎は思わず腰を浮かせた。

「酒に酔って上之橋から中津川へ落ちたらしい。川底の石で頭を打ち、気を失って流されるうちに溺れ死んだようだ」

「誰か見た者がいるのですか？」

「水音を聞いた町人数人が、松明を持って川原を探した。それで、流される山田を見つけて引き上げたが、すでに事切れていたらしい」

「口封じだな」

重直がぽつりと言った。

「左様でございましょうね……」溜息と共に言った平四郎は、思いついて荒木に訊く。

「山田どのは虎騒動の時に出張りましたか？」

「虎籠の調べに入った」

「ならば、笄はその時に仕込んだのでしょうね」

「笄？」

重直が訊く。

「虎籠の中に若殿の笄が落ちていたのです」

「そんなことは聞いておらぬぞ」

「明らかに細工されたものでございましたから、わたしが預かっておりました。笄が見つかったという話が聞こえてこなければ、焦って何か動きが見られるかと思いましたが、あてが外れました」

平四郎は懐から袱紗《ふくさ》を出し、開いて重直に差し出した。

「なるほど。わたしの笄の一本だな」重直はそれを取り上げてしげしげと見つめる。

「これを差してある刀は、あまり使わぬゆえ、気がつかなかった」

「おそらくそうではないかと思いましたが、さすが若殿でございますな」

「何がさすがなのだ？」

「わたしなど刀は一振《ひとふり》しか持っておりませぬゆえ、笄が無くなればすぐに気づきます」

「下らぬことを」

重直は平四郎の手から袱紗も取り上げ、笄を包んで懐へ入れた。

「失礼つかまつりました」

「御武具御蔵に入れる何者かから手に入れたか。御武具奉行の配下辺りであろうが、調べたか？」

「はい。見知らぬ侍に金を積まれたそうでございます。親を医者に診せたいので金が必要だったから魔が差したとのこと」

「それは本当か？」

「本当のようでございますが――。お手打ちになさいますか？」

「捨て置け。次に御武具御蔵から何か盗まれることがあればよく調べ、その者がまたやったと分かったら、厳しく処罰いたす」

「承知いたしました」と言って、平四郎は荒木に顔を向ける。

「山田どのの亡骸は今、どこに？」

「自宅に安置されておる」

荒木の答えに、平四郎は重直に顔を向ける。

「美濃部さまにお使いを頼めましょうか？」

「なにをさせる？」

「同輩の中原六兵衛に伝言を」

「美濃部」

重直が言うと、襖が開き、正座した美濃部が頭を下げた。

「徒目付所に中原六兵衛という者がおります。寺社奉行所与力、山田弥四郎どののお宅へ、奥医師の宗伯先生のお弟子、尚一郎どのを連れていって面割りをさせてくれとお伝え下さい」

「心得た」

美濃部は襖を閉めた。

「面割りすれば何が分かる？」

重直が訊く。

「尚一郎どのは、吉草根を渡した男の顔を覚えているのです」

「なるほど――」

と重直は肯いたが、荒木は「吉草根？」と眉をひそめた。

「眠り薬でございます。宗伯先生の所から出た吉草根が、虎籠番を眠らせるために使われた疑いがあるのです」

「山田が虎籠を開けたと申すか？」

荒木の眉間に深い縦皺が寄った。

「いえ……」平四郎は慌てて言う。

「念のためでございます。別人であると分かればそれでいいのです」

荒木はまだ何かいいたげであったが、重直が口を挟んだ。

「そのほか、荒木に訊くことは？」

「今のところは、これだけでございます――」

平四郎は頭を下げた。

「よし」と言って、重直は荒木に顔を向ける。

「今日のところはこれまでだ。沙汰があるまでいつものように寺社奉行の勤めを果たすように。沙汰を待たずに腹を斬れば、家族はもとより親類縁者にまで難が及ぶことになる。よいな？」

重直の言葉に、荒木は絶望的な表情で「分かりました」と答えた。

「沙汰するまでの間、余の近習を一人つける。愚かなことをしようとすれば、みっともなく捕らえられることになるから、そのことも覚えておけ――。行ってよいぞ」

重直が言うと、荒木は項垂《うなだ》れて座敷を出ていった。

入れ替わりに、老人二人が襖を開けて平伏した。

「留守居役中里義右衛門《ぎえもん》でございます」

「納戸役の中里市兵衛《いちべえ》でございます」

平四郎はちらりと重直を見る。重直は平四郎の方を見ずに、

「市兵衛は梅乃の父親だ」

と言った。

二人の中里は座敷に入ると、もう一度平伏した。

「これは徒目付の米内平四郎。虎騒動の詮議を任せておる」

「噂はかねがね耳にしております」

義右衛門は平四郎に会釈した。

「悪い噂でなければいいのですが」

平四郎は後ろ首を掻いた。

「お訊ねは、梅乃が切支丹になった経緯でございましょうか?」

義右衛門は重直に訊く。

「左様だ」

「それがしも、市兵衛も、梅乃が死んだという知らせと同時に切支丹であることを伝えられました。まさに寝耳に水でございます。おそらく、蔦とかいう侍女に誑《たぶら》かされたものと存じます」

義右衛門が言うと、市兵衛は苦しげな顔をしながら肯いた。

「さて、米内。それ以外に訊きたいことはあるか?」

「市兵衛さまも呼んでいただけたのは、さすが若殿。後ほど出向かなければならぬと思うておりました。御留守居役さまに伺いたいことは、すでにお答えいただきました」

「市兵衛に問いたいことがあるのだな。ならば訊け」

重直の口元には笑みがあった。何を問うのか試されているのだと平四郎は思った。

「はい――」平四郎は市兵衛に顔を向ける。

「こちらは訊きづらく、そちらはお答え辛い問いでございますが、ようございますか?」

「はい……」

市兵衛は強張った表情で肯いた。

「それでは――。梅乃さまがお亡くなりになったことで困っている人が何人も御座します」

「先ほどから梅乃が亡くなったというお話をなさるが、梅乃は死んでおりませぬ」

「市兵衛どの」

義右衛門がなにか言いかけるのを、平四郎は手で制した。

「どういうことでございましょう?」

平四郎は市兵衛の意図を読んだがあえて訊いた。市兵衛の口から話されて、それが真実になる、ということが必要だと判断したからだった。

「梅乃はけしからぬ事に花巻城を出奔いたしました。当家でも人を出して探しておりますが、未だ見つかっておりませぬ」

「つまり、処刑された女切支丹は梅乃さまではなかったと?」

「しかと確かめたければ、遺骸の面割りをさせて下さいませ」

「いや。遺骸は奪われてしまいました」

「ならば確かめようはございませぬな。じゃによって、処刑なさった方々、虎籠に入れた方々には、なんの責任もござらぬ。表向きはそれでよろしかろうと思いますが、不届きな娘に育てた父にすべての責任がございますゆえ、お許しを得て腹を斬ろうと――」

「誰も彼も腹を斬りたがるのう」

重直が苛々と膝を叩いた。

「わたくし一人が腹を斬ればすむことでございます」

「なぜ腹を斬る?」重直が訊く。

「処刑された切支丹の女が梅乃どのではないのなら、腹を斬る理由はないのではないか?」

「それは……。梅乃が勝手にお城を出て行方をくらました咎《とが》でございます……」

「なるほど。その事については、梅乃どのが見つかってから、本人に負うてもらおう。その方《ほう》が腹を斬ることはならぬ。よいな?」

「はい……」

「だがな、市兵衛。処刑された女切支丹が梅乃どのではないとすれば、遺骸が見つかっても切支丹として処分される。関係のないその方は弔うことは出来ぬということになるが、それでよいのだな?」

重直の問いに、市兵衛の膝の上の手が強く握りしめられた。

「……はい」

返事が数拍遅れた。

重直は市兵衛から視線を外して言い、平四郎に顔を向けた。

「処刑され虎籠に入れられた女切支丹は身元不明。これでよいな、平四郎」

「見事なお裁きでございます」平四郎は頭を下げた。

「表向きはそれでよろしゅうございましょう」

「ならば、荒木にそのように申しておこう。父上への報告もな」重直は市兵衛に顔を向ける。

「もうよいぞ。早く梅乃どのが見つかればよいな」

「咎人でございますれば――」

市兵衛は一礼して座敷を出て行った。

「なんにしろ、無惨な話だのう」

「はい……。詰め腹を斬らなければならぬと思うお方が多ございますし、また人死にが出ました」

「口封じならば、山田も虎籠を開けた一味であろう。自業自得だ」

重直は冷たく言う。

「左様でございますが、一番の親玉を捕らえなければ、まだまだ口封じに殺される者が出ましょう」

「ならば、早く捕らえよ」

重直は素っ気ない。

「山田の身辺を当たって、手掛かりを探します」

立ち上がろうとする平四郎を重直が「待て」と制した。

「お前が求めた面談はまだ続く」

「あっ――。ご家老さまたちが？」

「すぐに来る。忙しい身だ。後には回せぬぞ」

「はい……」

平四郎は座り直した。

少し待っていると襖の向こうから声が聞こえた。

「米内政恒《まさつね》でございます」

家老の米内政恒は平四郎の遠縁にあたる男であった。

重直が「入れ」と言うと、襖を開けて半白の髪の男が頭を下げた。

膝で座敷に進み、襖を閉めるともう一度頭を下げた。

「この男が米内平四郎だ」

重直が言うと、政恒は鋭い目を平四郎に向けた。

「存じております。法事で二、三度会《お》うております」

「米内平四郎でございます」

と挨拶して平伏する。

「家老への問いは、それがしだけで終わりにしていただく」政恒は強い口調で言った。

「虎籠を開けたと疑われるのは大迷惑。我らは忙しい。そのような下らぬ問いに答える暇ももったいない」

「下らぬことを聞きに来た者の面倒は縁続きの者がなされよと、押しつけられましたか？」

平四郎は微笑みながら訊く。

「分かっておるなら手短にせよ」

「そのようにいたしますので、嘘偽りなくお答えくださいませ」

〝嘘偽りなく〟という言葉が気に入らなかったらしく、政恒の目元が険しくなった。

「まず、若殿が同席なされても構いませぬか？」

「若殿のみ心のままに」

政恒は重直に頭を下げる。

「お前がどのようなことを話そうとも、それに腹を立てて罰しようなどとは思わぬから安心せよ」

重直が言うと、政恒はもう一度頭を下げた。

「では」平四郎は背筋を伸ばす。

「まずは、重直さまについてのご見解をうかがいとうございます」

「その問いに対しては、家老一同『我《わ》が儘《まま》なところも御座すが、それは若さゆえ。ご領主におなりになれば、家臣、領民を力強く牽引なさることでござろう』と申すであろう。われらは、大殿のご下知に従うのみ。重直さまがお世継ぎであると仰せられるのであれば、それが正しいご判断」

「大殿のご判断が誤っているとしても？」

「お誤りになることはない」

「皆さまは若殿が南部家を継ぐことをどうお考えでしょうか？」

「命を賭してお仕えいたす」

政恒の答えに、重直は唇を歪めるようにして微笑む。

「南部家を継ぐことをどうお考えかと問うているのです」

「命を賭してお仕えいたす」

政恒は同じ答えを繰り返した。

「それでは答えになりません」

「よいか、平四郎。家老ばらがどのように考えるかなどどうでもよい。世が乱れていた時ならば、それまでの主《あるじ》を見限って新しい主に仕えるということもあった。だが、もうそのようなことが通用する世ではない」

「お世継ぎは主ではございません。好ましくないお世継ぎならば、別の方をと望むこともありましょう」

平四郎の言葉に重直がくすくすと笑う。政恒は微かに驚きの表情を浮かべる。平四郎は問いを続ける。

「若殿が虎を撃ちたいがために虎籠を開けたとなれば、別の方にお世継ぎをということになりましょう」

「お決めになるのは大殿。我らは意見を奏上するのみ」

「奏上なさるご意見をお伺いしたいのです」

「だから、ご下知に従うと言うておろう」

「それではご家老さま方は、若殿がお世継ぎということについてご不満はないと？」

「その方がご領主だと仮定する。自身を快く思わぬ者を、家臣として身近に置くか？」

「置きませぬな」

「大殿は今、よりよい政をなさるために、志を一つにできる家臣を求めて御座す」

「志の妨げになる者を除いて御座しますな」

「まさに。ならば、我らの返答が同一になることは明白であろう」

「わたしが何を問うても決まり切った答えしか返っては来ぬと？」

「だから、家老への問いはそれがしだけで終わりにせよと言うておる――。その方が確かめたいのは我らの誰かが虎籠を開けたか、あるいは誰かに虎籠を開けさせたかであろう？」

「左様でございます」

「ならば聞け。城というのは、主家、そこに暮らす者、そこに働く者も含む。だから、それを守るためならば、庶民も犠牲にする。城を囲んでいるのは侍屋敷。その外に庶民の町があることでも分かろう。庶民を守るのであれば、その外側に侍屋敷があるべきであるし、堀はさらにその外側にあるべきであろう」

「なかなか辛辣なことを仰せられますな」

「辛辣でもなんでもない。その方の景迹の手伝いをしているだけだ――。城を守ること、領地を守ることを考えているからこそ、それが危うくなることなど絶対にせぬ」

「ああ、なるほど。そこに繫がりますか」

「城と領地を守るためならば、平気で嘘をつく。守るべき城には己の地位が含まれ、守るべき領地には、己が拝領した土地も含まれるからだ。貴公がなにを聞いても、のらりくらりと逃げる。それでも駄目なときには強権を振りかざし威《おど》す。それが為政者の常套手段だ。そして、城と領地を死守しようとする我らは、虎を逃がしてどなたかに撃ち殺させようなどという愚かな手段は選ばぬ。もっと陰湿な、手の込んだ仕掛けでこちらに疑いがかかりようのない手を考える。内裏の方々には及ばぬが、権謀術数《けんぼうじゅっすう》は家老らの得意技だ——。また、虎籠を開けるならば誰か人を使うたはずだ。とすれば、虎籠が開けられた時にどこにいたと問われても皆、『家で高鼾をかいておった』と答えよう」

「なるほど。よく分かりました」

「ならば、もうよいか?」

「いいえ、もう少し——。高知の方々に、切支丹は御座しましょうか?」

「おらぬ」

政恒は即座に答える。

「本当でございましょうか?」

「嘘偽りなく答えよと申したのはその方だ。だからおらぬと答えた」

「どのご家老さまに問うても同じお答えでしょうか?」

「同じだ。先ほども言うたであろう」

「しかし、高知の方々の中に切支丹が御座すという噂がございます」

「噂は噂だ。城の外の者どもは、面白ければ根も葉もない噂を流すものだ。よいか、平四郎。これからの世で切支丹であることが、己や家族、ひいてはお国にどのようなことをもたらすか、考えれば分かろう?」

「はい」

「徒目付風情が分かることを、高知の者たちが分からぬと思うてか?」

「いや……」

「たとえ、それまで切支丹だったとしてもその道理が分かった後は、改宗する」

「つまり、今まで切支丹であったお方は御座すが、今はいないと？」

その問いに政恒は答えなかった。

「徳川家に楯突くこと、少しでも隙を見せることが、どのようなことを招くか、その方は分かっておるか？」

「分かっているつもりでございます」

「ならば、虎籠を開けようなどとは考えぬと分かるはずだ」

「それは先ほど伺いました――。若殿が虎籠を開けたとなれば、大殿はどのようなご判断をなさいましょう」

「虎が逃げ出したのは虎籠番の失態。逃げた虎二頭は速やかに捕らえた。虎籠番は責任を取って切腹。その件とは別に、若殿はご素行不良につき、しばらくの間ご謹慎。少し間を置いて、虎の病死を御公儀に報告――。そのようになろうな」

「なるほど――。しかし、寺社奉行所与力の山田弥四郎という男を使って、梅乃さまと蔦を虎の餌にさせようとした者がおります。また、政直公と柏山明助さまは謀殺された疑いが浮上しております。それらを一本の線に繋げるには、まだ分からぬことも多ございますが、必ず親玉がおります。その者を捕らえねば、盛岡城の人々は枕を高くして眠ることはできませぬ」

「ふむ……。その方は、家老の中に、虎籠を開け、政直さまや柏山さまを謀殺した者がいると？」

「いないことを願っております」

「よいか、平四郎。家老は賢《さか》しくなければ務まらぬ。何か謀《はか》るとしても、お家が潰されるような策は立てぬ」

政恒の言葉を聞き、平四郎の脳裏に閃くものがあった。

正体は分からないが、大きな手掛かりのような気がしたが、それはすぐに胸の奥の暗がりの中に引っ込んでしまった。

「その親玉とやらは、南部家の転覆を狙っているようだな」

「はい。そのように見えます。南部家に恨みを持つ者らを調べているのですが、どうにも思うように調べが進みませぬ」

「それで城の中に目を向けてみたか」政恒は薄く笑った。

「だが城の中に、南部家が潰れて得をする者などおらぬ」

「それは切支丹も同じでございます。今、南部家が潰れれば行き場を失いますし、今までの戦で南部家に負けた者たちにしても、恨みは晴らせても旧領を安堵されることは望めず得はありますまい——」

「城の中も手詰まりだな」重直が言う。

「どうする？　政恒の言葉を無視して、ほかの家老を呼ぶか？」

「いえ。諦めます。こちらが聞きたい本心は明かしてくれそうにありませんので」

「聞きたい本心とは、余を嫌っているかどうかか？」

「そう言ってしまっては身も蓋もございませんが——」

「家老を務めるのに、好き嫌いは関係ござらぬ」政恒は重直に言った。そして平四郎に顔を向ける。

「ただただお家のために尽くすのみ。誰かを陥れるためにお家を危うくすることなどするはずはない」

「なるほど、分かりました」

平四郎は頭を下げた。

「もうよいか？」

重直が訊く。

「はい。守りの固い城塞の周りを廻り続けるだけでございましょうから」

平四郎の返事に、重直は肯き、政恒に「もうよいぞ」と告げた。

「色々と失礼を申し上げました」

政恒は重直に一礼し、平四郎に顔を向ける。

「のう平四郎」政恒は口調を和らげる。

「城と領地を守らなければならぬ我らは、今、窮地に立たされておる。偉そうなことをまくしたてたが、内心、その方よりも怯えておるのだ」

「庶民はそれを『はかはかする』と申します」

平四郎は言った。

「われらは〝はかはか〟しておる。なんとか早急に落着させて欲しい」

そう言い残し、米内政恒は出て行った。

平四郎は大きく息を吐いた。重直がいなければ畳に寝転がってしまいたいほど疲れていた。

「どうやら高知衆の中には切支丹はおらぬようだな」

「そうとは言い切れませぬ。信仰というものは人の心の中に深く根を下ろすもの。お家のために表向きは捨てたとしても、心の内で祈りを捧げておるやもしれませぬ」

「しかし、お家のためを第一に考えているのならば、虎籠を開けることはない」

「はい――。高知の方々についてはその通りでございましょう。しかし、兵八に薬を渡したのは格上の侍であることは確かだと思います。今、平士に切支丹はおらぬか調べております」

「そうか。何か分かったならば知らせよ。寺社奉行所の与力の件もだ」

「承知いたしました。与力の件はもうじき分かりましょうから、桜庭さまに伝言いたします」

「お前が知らせに来ればよい」

「滅相もない。わたしなどでは本丸に辿り着く前に、何度用件を訊かれるかわかったものではありませぬ。夕方の知らせが夜中に届くことになりましょう」

「また書付でも持たせようか」

重直は笑った。

「直接お話をしなければならぬ時は、桜庭さまと一緒に参ります」

平四郎は「失礼いたします」と言って座敷を出た。

※　　※

二ノ丸の徒目付所に入り、平四郎は大きく伸びをした。墨と安物の鬢《びん》付《つ》け油と、男臭いにおいが入り交じった空気を大きく吸うと、緊張が一気に解けた。

その様子を、書き物をしていた同輩らが怪訝《けげん》そうに見る。

奥の席で工藤が手招きをした。

平四郎は小走りに工藤の元へ向かった。

「どうであった？」

工藤に問われ、平四郎は寺社奉行や梅乃の父、米内政恒との面談を手短に語った。

聞き終えると、工藤は徒目付所の現状を話した。

「三上が陣頭指揮を執り、ほかの組が平士の中に切支丹がおらぬか調べている。寺社奉行所も加わるらしい」

「実のところ、工藤さまも疑わなければならぬ状況でございます」

平四郎が言うと、工藤は苦笑し、

「父上を張り込んでいた件か。走り回っているお前に余計な心配はかけぬようにと思ってな」と頭を掻いた。

「怪しい者の範囲がずいぶん広がってきたようだが、わたしもその中に入っているのか？」

工藤は困ったような顔で平四郎を見た。

「工藤さまも三上さまも入っておりますな。なんなら、桜庭さまも」

平四郎は真面目な顔で答えた。

「ならば、調べがどう進んでいるのか報告するのも不安であろうな」

「それなら心配はいりませぬ。工藤さまや三上さま、桜庭さまが虎籠を開けたのであれば、報告を聞いてわたしが真相に近づいていると知れば逃げ出すだけでございます」

平四郎は笑いながら言った。

「殺されるやもしれんぞ。現に、寺社奉行所の与力、山田弥四郎は殺されたではないか」

「それは一味であったから、口封じをされたのでございますよ。わたしを殺しても何にもなりませぬ。殺す暇があったら、半里でも遠くへ逃げた方がましでございますゆえ」

「まぁ、それも一理あるな」

工藤がそう言った時、六兵衛が部屋に入って来て、平四郎に歩み寄る。

「尚一郎どのに山田弥四郎の遺骸の面通しをさせた。『瀬川と名乗ったお侍です』と言うたぞ」

「やっと一つ、はっきりした手掛かりが摑めたな」平四郎は肯いた。

「山田弥四郎は寺社奉行の荒木さまに切支丹を虎に食わせることを提案した。そして、桜庭さまの家臣と偽って、吉草根を手に入れた。それはおそらく、兵八に手渡され、金介が眠らされた」

「すると、兵八を殺したのも山田か？」

「山田と兵八が面識があればな。もしかすると、山田の手から兵八と親しい者の手に渡されたのかもしれない」

「すると、山田の周辺を洗ってみなければならぬな」

六兵衛は顎を撫でる。

「六兵衛は信用しているのか？」

工藤が冗談めかして平四郎に訊く。

「何の話でございますか？」

六兵衛は首を傾げて訊いた。

「この男は人を騙せるほど器用ではございませぬ」

「お前、おれを馬鹿にしているのか？」

六兵衛は平四郎を睨む。

「褒めておるのだ――。それで、もう一つ頼みたい」

「なにがそれで、だ」六兵衛は舌打ち一つして訊く。

「何をすればいい？」

「組頭の小野どのと、山田の繋がりを調べて欲しい」

「小野？」

工藤が片眉を上げる。

小野は、目付の三上の下で、工藤と同様の組頭をしている男である。

「はい。工藤さまが薬種屋田島屋の小者を追っていた時に声をかけたと聞きました」

「言うたが――。小野が一味だと言うのか？」

「山田は宗伯先生の所から吉草根を手に入れた。宗伯先生は田島屋から手に入れた。田島屋はわたしの父が聞き込みに来たので、心配になって小者に探らせた。拙宅を見張っていた小者を見つけて追った工藤さまは、小野さまに声をかけられて行方を見失った。小野さまが声をかけたのが偶然であればそれでよし。けれど、そのまま追っていれば工藤さまは田島屋に辿り着き、宗伯先生に辿り着き、ついには山田にまで辿り着いたでしょう。そう考えれば、小野さまを疑ってみても損はないと思いませんか？　寺社奉行所の与力まで敵の一味であったのです。徒目付組頭が一味であっても不思議はない」

「なるほど――」六兵衛は肯く。

「徒目付組頭が敵の一味でも不思議はないなら、徒目付が一味であっても不思議はない。それで、おれは人を騙すほど器用ではないという話になっていたのだな?」

「山田と小野さまに繋がりがあれば、二人の共通の知り合いも疑わしい。それらを辿っていけば親玉の顔が見えてくるやもしれない」

「なるほど、分かった」

六兵衛は言って立ち上がる。

廊下が騒がしくなった。二ノ丸に置かれた役所からお偉方が出て、急ぎ足で本丸へ向かう。

平四郎たちが何事かと廊下に出てみると、ほかの役所の小役人たちも顔を出して不安げに上役を見送っていた。

ざわめきの中に「早馬が来たらしいぞ」という声が聞こえた。

「大殿から何かご指示があったのでございますな」

平四郎は口をへの字にする。

「虎の件であれば、桜庭さまからお呼びがかかるやもしれぬ。平四郎は夕方までここにおれ」

「それがいいようでございますね」

「おれは小野さまと山田の繋がりを探ってくる」

六兵衛は駆け出そうとしたが、工藤に袖を引っ張られた。

「調べの途中で分かることだろうが、今のうちに言うておく。小野と山田の繋がりを調べていれば、三上さまとわたしの名前が出てくる」

「どういうことです？」

六兵衛は疑わしそうな目で工藤を見る。

「切支丹の取締りで内偵の方法を訊ねられた。それで三上さまとわたし、小野が寺社奉行所に赴き、教授した。その時に山田と知り合うた。たいして親しい仲ではないが、二、三度料理屋で酒を酌み交わしたことがある」

平四郎が言う。

「まぁ、寺社奉行所、徒目付所に怪しい者がいるのです。組頭の工藤さまが何らかの関わりがあっても不思議はございません」

「うむ……」

六兵衛は納得出来ない様子だったが、「行ってくる」と言って部屋を出ていった。

「疑心暗鬼がますます広まっておりますな」

平四郎は言って、久しぶりに自分の文机についた。

五

桜庭が徒目付所に現れたのは、早馬が駆けつけて一刻《いっとき》（約二時間）ほど経ってからであった。

「早馬は、虎騒動についてでございますか？」

平四郎は、大きな火鉢の側に座った桜庭に向かい合い、腰を下ろす。工藤がその隣りに座った。

文机で書類の整理をしている徒目付たちが耳をそばだてているのが気配で分かった。

桜庭は頭を寄せるよう手真似した。

平四郎と工藤は桜庭に頭を近づける。

「大殿からご指示があった。明日、朴木金山に捕り方が入る。寿庵を捕らえるためだ」

「えっ？」大声を出した平四郎は慌てて掌で口を塞ぐ。

「それは困ります。虎の件が落着するまで待っていただけませんか」

「評定でわたしもそう申し上げたのだが、殿のご下知であると、ご家老の皆さまらに一蹴された。虎の件は寿庵の仕業ということで決着するおつもりのようだ」

「困りました……」

「寿庵は伊達の捕り方の裏をかいて逃げ出したほどの男。今回もそのようになるやもしれぬな」

桜庭は意味ありげな言い方をした。平四郎はすぐに桜庭の意図を理解して、「左様でございますな」と答えた。

「しかし、一人で向かうのは心細うございます」

平四郎が言う。

「六兵衛は？」

桜庭が訊いた。

「探索に出ております」

工藤が答える。

「若殿にお話しして、近習のどなたかを出してもらうのはどうだ？」

桜庭が言う。

「若殿にこれ以上借りを作ると、落着の後に何を命じられるか分かったものではございません」

「疑われているわたしと二人ではますます不安であろうからな」

工藤が言うと、桜庭が驚いた顔をする。

「疑われておるのか？」

「それは桜庭さまも同様では？」

工藤が言い返す。

「それでは――」平四郎が言った。

「工藤さまは六兵衛の代わりに探索に出て下さい」

「なるほど。わたしが行って六兵衛を連れ戻せばいいのだな」

工藤は言って部屋を出た。

「わたしは若殿にこの件を話してくる」

桜庭が言う。

「若殿は評定には加わって御座さなかったのですね」

「当たり前だ。ご謹慎の身だからな。早馬の件はご家老のどなたかがお知らせしているだろうから、我らがどういう手を打つのかやきもきして報告を待って御座すだろう」

桜庭は平四郎の肩を叩き、「よろしく頼むぞ」と言って徒目付所を出ていった。

※　　　　※

平四郎と六兵衛は馬で駆けに駆け、朴木金山に着いたのは夕暮れ近くであった。

二人の顔を見ると、木戸番が奥へ走り、すぐに取り巻き数人に囲まれて丹波弥十郎が現れ、

「今度は何だ？　目当ての人物はおらぬぞ」

と面倒くさそうに言う。

「そうか、留守か。その人物を捕らえるために、明日、捕り方が来る」

「なに？　約束が違うではないか！　北十左衛門の郎党らは、捕らえて引き渡した！」

「わたしではどうしようもなかったのだ。江戸の大殿から早馬が来て、そのように命じられたそうだ。捕り方が来るのは明日。狙いはあの男だけだから、金山に被害は出まいが、切支丹は隠しておけ」

「うむ……」

「あの男はどこにいる？」

「捕らえて引き渡すつもりか？」

弥十郎の目がぎらりと光る。

「いや、匿う。まだ働いてもらわなければならぬことがあるやもしれん。お前たちこそ、捕らえて引き渡そうなどと考えるなよ」

「金山を拓くために色々と知恵を貸してくれた。恩を仇では返せぬ——。あの男は花巻で色々と

探っている」

「今日はたらい回しばかりされるな――。宿はどこだ？」

「宿になど泊まるものか。野宿だ」

「困ったな……」

「行くのなら一人つける。どこに寝転がっているか見当をつけてくれよう」

「助かる」

平四郎は頭を下げる。

弥十郎は取り巻きの一人に「猿丸《さるまる》を連れて来い」と言う。

「猿丸とは雅な名だな」

平四郎が言うと弥十郎は怪訝な顔をした。三十六歌仙の猿丸大夫《だゆう》を知らないようであった。

「ところで、お前は大丈夫なのか？　城の中がきな臭いようではないか」

「おれがついているから大丈夫だ」

六兵衛が言った。

弥十郎は六兵衛の頭から足先まで眺め回し、

「少しはできそうだが、まぁ用心するんだな」

と言った。

夕闇迫る金山の町並みから、小柄な男が馬に乗って駆けてきた。

猿のような顔をした男である。見たままのあだ名をつけられたらしい。

「花巻へ行った男の居場所を探れ」

弥十郎は言った。猿丸は肯いて馬を走らせた。

平四郎は弥十郎に「世話になった」と言って馬を出す。六兵衛が続いた。

※　　　※

平四郎は頭の中のもやもやを持て余していた。その正体は明らかである。

解決に至るための明確な手掛かりがないからだ。

今までの中に己が気づいていない手掛かりがあるかもしれないと考え、とりあえず頭の中で今回の件を時系列に並べてみた。

どの出来事に関しても、確証はつかめていない。

南部政直と柏山明助が何を話していたか。そしてなぜ死んだか。蔦が毒殺したのだという景迹に證跡があるわけではない。

梅乃と蔦が花巻城を抜け出した理由も分からない。

虎籠を開けたのは誰か、それは何のためか、も分かっていない。虎籠番の下田兵八が殺されたことは明らかだが、誰が殺したのかは分からない。寺社奉行所与力の山田弥四郎が怪しいが、確証はない。

しかし、疑わしい者は大勢いる。その絞り込みは證跡によるものではなく、『おそらく違うだろう』という景迹に頼っている。

お家騒動を引き起こし、国がお取り潰しになるかもしれないことを、南部家中の者がするはずはない。

では切支丹かといえば、南部領の切支丹の動向をよく知っていると思われる後藤寿庵や丹波弥十郎もその可能性を否定している。

何もかもが曖昧だ。それが平四郎をもやもやさせている。

明日、朴木金山で寿庵が見つからなければ、探索は領内の金山に広がるだろう。それでも見つからなければ、切支丹を片っ端から引っ張って寿庵の居所を白状させるため拷問する――。

そして、すべてを切支丹のせいにして、一気に弾圧を進めるかもしれない。そうなれば、伊達からの切支丹流入も停まる。

いや――。別の当来（未来）も考えられる。

寿庵は切支丹たちへの弾圧を見かねて出頭し、虎籠を開けた張本人として処刑される。そして切支丹への弾圧強化がさらに強まり、寿庵から薫陶を受けた切支丹らは大規模な一揆を起こす――。

ご公儀の調べが入り、若殿が虎を射殺したこと、家臣らが若殿を南部家の跡継ぎとして相応しくないと思っていることなどが明らかになる。政直さまの死も関連づけられ、虎騒動は南部家のお家騒動と判断され、最悪、南部家はお取り潰しとなる――。

絶望的な当来しか見えなかった。

そんなものを誰が望むだろう。信仰を大切にする切支丹が、お家を第一と考える侍たちが、そのようなことを望むはずはない――。

平四郎は首を振った。

何かを見落としているような気がした。

個別の出来事にこだわるあまり、全体像が見えていないのかもしれない。

もっと単純に考えれば――。

今までの出来事を俯瞰した瞬間、平四郎の脳裏に稲妻が走った。

家老の米内政恒が言った言葉を聞いて、何かを摑みかけたことがあった。

政恒は、『よいか、平四郎。家老は賢しくなければ務まらぬ。何か謀るとしても、お家が潰されるような策は立てぬ』と言ったのだった。

お家が潰れるような策を立てぬのは、お家に得がないからだ。

南部家に恨みを持つ者らはこの件に関わっていなかった。

ならば、南部家を潰すことだけを目的としていない者はどうだ?

面倒な策を弄してまで南部家を潰し、それによって得をする者――。

では、それは誰だ?

この件に関わる者、後藤寿庵、柏山明助――。

この件に繋がる、あるいは見え隠れする出来事、伊達領からの切支丹流入。和賀、稗貫、大崎の一揆――。

それらの事の多くに関わっていた者。そして、南部家が潰れれば、得をする可能性が高い者――。

「一人、いるな」

平四郎は呟いた。

そいつが親玉ならば、筋が通る。

平四郎は興奮した。

では、それの証をどのようにして得るか——。

平四郎の頭は目まぐるしく回転する。

そうか、柏山明助と後藤寿庵——。

なるほど。これならば張本人を誘い出せる。

今まで、真相に近づいていないわけでもなかったのだ。だから、虎籠を開けた者は焦っている。

そちらは、誘い出すまでもなく動き出すだろう。

平四郎は猿丸の馬に追いつき、並んだ。

「猿丸。金山に帰ったら、お前のお頭に、出来るだけ探索を引き延ばして時を稼いでほしいと伝えてくれ。坑道の隅々まで探させれば、十日、二十日はかかるだろう。その間に切支丹は関係なかったとはっきりさせる」

「二十日もかかるのか？」

猿丸の眉がきゅっと寄った。

「いや、五日もかからぬと思う」

「分かった」

猿丸はぼそっと答えた。

平四郎が後ろに下がると、六兵衛が馬を寄せて、「新しい策を思いついたのか？」と訊いた。

「いろいろと引っ張り出して落着させる」

平四郎はにやりと笑った。

町に入る手前の里山の麓で、猿丸は馬を止め、立木に手綱を結んだ。

「待っておれ」と言うと、猿丸は歩いては止まる独特の足取りで斜面を登る。おそらくその足音の拍子が仲間の接近を知らせるものなのだろうと平四郎は思った。

姿が見えなくなり、藪をこぐ音が聞こえなくなってしばらくすると、猿丸は十間（約一八メートル）ほど先の藪の中から出てきた。その後ろに寿庵が続く。

「お前、やってくれたな」

寿庵は怒声を上げながら平四郎の馬に歩み寄った。六兵衛がその間を割って馬を進める。

「大殿のご下知だ。徒目付ふぜいはどうにもできぬではないか。だから助けに来たのだ」

平四郎は馬を下りて寿庵に歩み寄る。

「助ける前にもうひと働きしてもらいたい」

「おれの邪魔をするな！　お前のいいようには使われぬと申したはずだ」

「お前、なにをしに花巻へ来た？」

「――蔦の事を調べに来た」

寿庵はぶすっとした顔で答えた。

「蔦の何を？　蔦が政直公と柏山さまを謀殺したのではないかと疑ったか？」

「疑ったわけではない！　見当の一つとして考えただけだ」

「それを確かめに来たと？」

「そうだ」

「調べはつきそうか？」

「お前が邪魔をしなければな」

「これから頼む仕事をしてもらえれば、その調べは不要となる」

「どんな仕事だ？」

平四郎は寿庵の耳に口を寄せて、小声で話す。

背いて聞いていた寿庵の眉間に皺が寄り、険しい顔になる。

「そんな無茶な」

寿庵は唸るように言って平四郎から身を離す。

「だが、お前にしか出来なかろう」

「それはそうだが……」

「うまくいかなければ別の手も考えてある。まぁ、気楽にやってみよ」

「他人事のように」

「他人事だからな」

平四郎は自分と父のやり取りを思い出し、苦笑した。

「ともあれ、あまり時がない。一日、二日でやってほしい」

平四郎が言うと寿庵は「くそっ」と毒づいて猿丸の馬に飛び乗った。

「これで最後だからな」

寿庵は言った。

「お前が上手くやってくれれば最後だ」

平四郎が答えると寿庵は舌打ちして馬を走らせた。

「何を命じた？　寿庵はどこへ行った？」

六兵衛が訊く。

「それを今聞いては面白くなかろう。仕上げをご覧《ろう》じろだ」

平四郎が答えた。

猿丸が平四郎を見上げる。

「帰ってもいいか？」

「いい。さっき頼んだことをよろしく頼む」

平四郎が言うと、猿丸は「分かった」と言って駆け出した。

「我らは盛岡へ戻るぞ」

平四郎は馬の首を回す。六兵衛が後に続いた。

第六章　騒動の真実

一

平四郎と六兵衛が盛岡に着いたのは深夜であった。

平四郎と六兵衛はまず大手門近くの桜庭の屋敷に向かった。

「報告か？　敵かもしれぬのだぞ」

六兵衛が言う。

「さてな――。幾つか頼み事があるのだ」

平四郎は馬を下りて、門の潜り戸を叩く。顔を出した門番に用件を告げると、小者が何人か出てきて平四郎と六兵衛の馬を預かった。

二人は潜り戸から邸内に入り、小者に案内されて書院で桜庭を待った。

足音が聞こえ、手燭を持った着流しの桜庭が現れた。

「知らせがある」

頭を下げた平四郎と六兵衛に、桜庭は深刻な表情で言った。

「何事ですか？」

平四郎が訊く。

「徒目付組頭の小野が、探索中に斬られた」

桜庭の言葉に、平四郎は溜息をついた。

「やはりそう来ましたか……」

「誰が斬ったのです？」

六兵衛が訊く。

「勘定方の木村某《きむらなにがし》という男だそうだ。小野は非番で家にいた木村を訪ねたところ、急に斬りつけられた。小野は即死。一緒にいた徒目付数人も負傷。木村はそのまま出奔とのこと」

「木村は切支丹だったのですか？」

平四郎が訊く。

「小野組が回ることになっていた者らの名簿に名があった」

「その名簿は誰が？」

「寺社奉行所から届けられた物だ。そっちの横目が切支丹の疑いがある者を調べ上げていたそうだ」

「探索には三上さまも出て御座しましたね」

「工藤さまはわたしの代わりに探索に入った――」

六兵衛はしかめっ面をする。

「その二人が怪しいか？」

桜庭が訊く。

「虎騒動に関しては、目付とか、組頭とかは小者でございます」

平四郎は言った。

桜庭は一瞬間を開けて、

「大目付が怪しいか？」

と、ゆっくりと訊いた。

「そう思うなら、こんな夜中に二人でお訪ねいたしません。桜庭さまが親玉ならば、我らを斬って逃げましょうから」

「左様だな。では誰が？　その口振りなら、もう見当をつけておるのだろう？」

「それを確かめるために、若殿にお目通りしたいのです」

「若殿に――」

桜庭の顔が険しくなった。

「いえ。若殿が親玉だというのではありません。若殿のお力をお借りしたいのです」

※　　※

桜庭は二人を二ノ丸の奥まった座敷に連れていき、茶坊主に明かりを灯させると、待っているように言い残し、出て行った。重直の謹慎の間の近くであった。

待つこと小半刻（約三〇分）、襖が開いて重直と三人の近習が現れた。その後ろから桜庭が座敷に入った。

平四郎と六兵衛は平伏して迎えた。

「こんな刻限に訪れるからには、よほど面白いことになってきたのであろうな？」

重直は上座に座る。近習三人はその側に控えた。桜庭は重直から少し離れて座った。

「連中の誰が虎を放させたか分かったか？」

「おそらく」

「家老の誰かか？」

「ご家老方は関係ございません」

「そうか。それは残念だった。うるさ型を一人なりとも減らせる好機であったがな」

重直はしかめっ面を作った。

「今ここで面白いお話はできませんが、面白い場面にお出ましいただきたく」

「なるほど。この件の落着の場に同席せよということだな？」

「はい」

平四郎は自信に満ちた笑みを浮かべて重直を見る。

「なるほど。敵はそれに気づいているか？」

「花巻から帰ってすぐ桜庭さまのお屋敷に駆け込み、お供して登城したのでございますから、なにか重要なことがあったとは気づいておりましょうな」

「そうか。それで、落着はいつになる？」

「二日、三日後にはと」

「分かった。たとえ夜であっても呼びに参れ。兵は必要か？」

「必要な時にはお願いいたしますが、お側のお三方で充分でございましょう。お出ましの時に子細をお話しいたします。後藤寿庵が仕上げの詰めをしておりますので、その知らせを待って、お伝え申し上げます」

「罠ではないな？」

漆戸が感情の籠もらない静かな声音で言った。

「罠とは？　どういうことでございましょう？」

漆戸の声の冷たさに、平四郎は怯えた声で聞き返す。

「若殿を陥れようというお歴々の手先ではないのだなということだ」

松岡が訊く。こちらも静かな口調であった。

「そのようなことはございません」

平四郎はぶるぶると頭を振った。

「もし若殿を罠にかけようとしていると分かったら」美濃部が言った。

「躊躇《ためら》わずに斬り捨てるからそのつもりでおれ」

「ははっ」

平四郎は平伏する。六兵衛もそれに倣った。

二人が頭を下げているうちに襖が開く音がして重直と近習が出ていく音がした。

桜庭がくすくすと笑う。

「恐かったか？」

「そりゃあ、もう……」

大きく息を吐きながら平四郎は上体を起こした。

「特に美濃部さまが」六兵衛がぶるっと体を震わせた。

「一番恐ろしゅう感じました」

「さすが剣の使い手だな。美濃部は甲賀《こうか》二十一家の一つで、甲賀流忍術を伝える家柄だ」

「忍びでございますか」

平四郎は驚いて言った。

「驚くには及ぶまい。それぞれのご家中で、忍びを持っておる。美濃部が三十人ほどに手ほどきをしておるが、これは他言無用だぞ」

「はい。それはもう」

平四郎が言った。

「しかし」六兵衛が声をひそめる。

「忍びであれば、密かに虎籠を開けることも容易《たやす》うございましょう。それに甲賀流は薬の扱いに馴れているとの話を聞いたこともございます。吉草根は自分で調達したのかもしれませんぞ」

「美濃部がどこかで聞き耳を立てているかもしれぬぞ」

平四郎が言うと六兵衛は慌てて掌で口を覆った。

「しかし、お前も〝密かに虎籠を開けることも容易い〟と申したではないか。兵八に見つからずに事を行えたろう」

桜庭は言った。

「いえ」六兵衛は囁くような声で言う。

「兵八がうっかり扉を開けて虎を逃がしてしまい、責任を取って腹を斬ったという状況を偽装したのでございますよ」

「なるほど——」桜庭が言う。

「無い話ではないな。どうだ、米内？」

「美濃部さまが忍びだと聞いて景迹が揺らいでおります」平四郎は難しい顔をした。

「ですが、考え通りに進めたいと思います」

「そうか。しかし、城内の者が虎の件に関わっているとすれば、焦ってお前の命を奪おうとするやもしれぬぞ」

「横目が張り込んでおりますし、幾つか手を回しております。なにより六兵衛がおりますゆえ」

「買いかぶるなよ。木剣《ぼっけん》での試合は誰にも負けぬが、真剣で人を斬ったことは数えるほどしかない」

六兵衛は顔を引きつらせた。

※　　※

平四郎と六兵衛は城を出て、日影門近くの米内家へ歩いた。

常夜灯が雪に閉ざされた町を照らしている。雪の反射で思いのほか明るかった。空は晴れてる。

星々が鋭く輝いている。人影はない。六兵衛は緊張の面もちで周囲の様子を窺いながら歩を進める。

「寿庵から知らせがあるまで泊まり込んでもらえるか？」

平四郎が訊いた。

「無論だ。この件が落着する前にお前に死なれては困るからな――。しかし、なぜお前は平然としている？」

「平然となどしておらぬよ。しかし、幾つか手を回していると言うたろう。それとお前の腕を頼りにしている」

「どんな手を回した？」

「それが、いささか頼りなくてな。確約をとったわけではない」

「なに？　では、下手をすればおれ一人で戦わなければならんのか？」

「わたしも戦うし父も兄も戦う。母上は薙刀の上手だ」

「うーむ。相手が何人で来るか分からぬが、苦戦しそうだな」

家の近くまで来たが、見張りをしているはずの横目の姿が見あたらなかったので、平四郎は急に心細くなった。

「横目はどこに潜んでいるのだろう」

「見つかるように隠れていては見張りの役に立たぬ」

六兵衛は言った。

「誰かが、『見張りはもうよい』と命じたとしたら厄介だな」

平四郎はきょろきょろと視線を彷徨《さまよ》わせる。

「命じられるような者が絡んでいるのか？」

「恐らく――。一番の大元は見当をつけているが、その下に何人息のかかっている者がいるか分からん」

平四郎がそう言った時、前の路地からひょいと小柄な人影が現れた。

六兵衛は油断無く刀の柄を握る。

「柊でございます」

と声が聞こえ、人影は小走りにこちらに駆けて来た。

白い息を吐きながら柊は平四郎を見上げる。

「ずいぶん心配そうなお顔をしていたので、安心していただこうと出て参りました。どうせ、横目がちゃんと見張っているか不安になったのでございましょう？」

「大当たりだ」

六兵衛は笑った。

「そんなことはない」

と平四郎は口を尖らせたが、柊は「あたしにはお見通しでございますよ」と微笑む。

「横目は二十人、張り込んでいます。横目の中でも手練《てだ》れを集めておりますから安心してくださいと兄が申しておりました」

「分かった。持ち場に帰れ」

平四郎は突《つ》っ慳貪《けんどん》に言った。

「周りに敵がいないのを確認して出てきましたが、このまま元の場所に帰れば敵に隠れ場所を知られてしまいます。ですから、このままお屋敷に入り、中をお守りいたします」

「お前、それを狙って出て来たろう」

六兵衛がからかった。

「そのようなことはありません」

柊は平静を装ってそっぽを向き、すたすたと平四郎の屋敷の方へ歩いた。

「しかし、自分を囮にして敵を捕らえようというのは関心せぬな。大元を捕らえれば、芋蔓《いもづる》式に下っ端まで捕らえられよう」

「それが、そう行かぬのだ。下っ端は下っ端で捕らえなければならん」

「訳の分からん――」

六兵衛はしかめっ面で首を振る。

そうするうちに、無事に米内家の屋敷に着き、平四郎は迎えに出た吉蔵に、家の者たちを全員集めるように言った。

広間に、祥庵、丞之進、母の槙《まき》。廊下に小者と端女《はしため》数人が集まった。柊はそこに混じった。

平四郎と六兵衛は並んで座って、一同を見回す。

「お役目に関わって、この屋敷が敵に襲われる恐れがあります」

平四郎が言うと、小者と端女は怯えた顔をしたが、両親と兄は表情も変えずに肯いた。

「外には見張りの横目がおりますし、その者らで手に余ればすぐにお城から助けが来ますが、しばしの間、我らで攻撃を凌《しの》がなければなりません」

「お前だけどこかへ行けば、屋敷は襲われぬのではないか？」

祥庵が意地悪く言う。本気でないのはそのにやにや笑いで分かった。

「旦那さま」

槙が恐い顔で祥庵をたしなめる。

「それも考えましたが、家族を人質に取り、わたしに何か要求するということもあり得ます。それではますます厄介でございます」

平四郎は真剣に答えた。

冗談を言っている場合ではないと悟った祥庵は渋々「うむ」と言った。

「また、敵がここを襲う場合、謎を解いたわたしを亡き者にし、この度の罪を何者かになすりつけることが主眼でございましょう。ですから、皆殺しにして印象づけるものと思われます」

端女たちが小さく悲鳴を上げた。

「なるほど」祥庵が言う。

「家族諸共に囮にして、賊を捕らえようという算段か」

「旦那さま。そのような言い方をすれば平四郎さんが気の毒でございましょう」

槙が指先で畳を叩いた。

情けない顔で平四郎を見ていた小者の吉蔵の口が『お恨みもうします』と動いた。

「襲撃はおそらく三日以内の夜。その間はいつでも飛び起きられるようにしておいてください」

「分かりました」槙が目を輝かせる。

「腕が鳴ります。六兵衛さまと平四郎さん、柊で正面の敵と戦い、旦那さまと丞之進さん、それからわたくしで、使用人らを守るというのはいかがです？」

平四郎は苦笑しながら母を見る。親戚内の揉め事などがあると、一番張り切るのが母であった。

「配置は後からわたしが考えます」

と、平四郎が言った。

「平四郎の考え通りにお願いできれば」

と六兵衛が言い、槙は渋々肯いた。

「父上、母上、兄上は用意を整えてお休み下さい。使用人とわたしたちは、賊が入って来た時にすぐに気づけるよう仕掛けをいたします」

平四郎は小者に板きれと細い竹、細引き、鋸《のこぎり》、錐《きり》を用意するように言った。

祥庵たちは自室に引き上げ、平四郎と六兵衛、柊と小者、端女らは、用意された材料で小さな〝鳴子〟を沢山作った。

鳴子は田圃などの害鳥、害獣除けに使うものである。板に糸で竹管を幾つもくくりつけ、綱に取りつける。綱に獣が触れれば音を立てる仕組みである。

平四郎たちは、屋敷内に出入りできそうな場所に細引きを張って鳴子をぶら下げた。

そして使用人たちには、父母と兄の寝所に隣接した広間で休むよう命じた。

「わたしは平四郎さまと同室でございますね」

柊ははしゃいだ声を上げる。

「おれも一緒だから、狼藉はできぬぞ」

六兵衛は真面目な顔で言う。

柊は六兵衛に向かってしかめっ面をして見せた。

「あら残念」

二

屋敷内に鳴子を吊った細引きを張り巡らせた夜、敵の襲撃はなかった。

見張りがある場合、長く様子を見て、気を緩めた時に襲撃するというのが常套手段ではあるが、寿庵の知らせが来れば、もはやこちらを襲撃しても無駄である。

寿庵に頼んだことが成功しても、失敗しても、この件の黒幕は、こっちが奴の正体を知ったことに気づく。誰かの仕業に見せかけることは不可能だと知るのだ。

そして、その謎を解いた男が、仲間になってもいいと言っている。

もしかすると、黒幕はすでにこちらへの襲撃を中止する命令を出しているかもしれない。

あるいは、襲撃し殺してしまえればそれもよし。もし失敗したならば掌を返し、取り込んでしまおうと考えるか――。

昼間、家族や六兵衛と打ち合わせをし、夜を待つ。聞き込みで走り回っている一日は短いが、夜を待つだけの一日は異様に長く感じられた。今日は温かく、屋根の雪が滴《しずく》となって軒から落ちていた。

平四郎は家中の鳴子の仕掛けを何度も確かめ、外の様子を伝えてくる辰助や柊の報告を心ここにあらずで聞いた。

今まで、命の危険を感じる仕事は何度か経験してきたが、今回はそれらとは比べものにならないくらい恐ろしい敵が襲って来るかもしれないのだ。

平四郎は自室の縁側に座り、落ち着きなく体を揺すった。

庭に控えていた辰助は笑いを堪え、柊は縁側に近寄った。

「平四郎さま」柊が心配げに平四郎の顔を覗き込んだ。

「見たことがないお顔をなさってますよ」

「そうか――。どんな顔をしている?」

平四郎は顔を撫でる。伸びた髭が掌にざらざらと当たった。

「野臥《のぶせり》に、喉元に短刀を突きつけられた行商人の顔」

「そんなもの、見たことがあるのか?」

「はい。お勤めの旅の途中で。その男、すっかり死を観念していましたが、通りかかった兄とわたしで助けました」

「ならば、わたしも助けてくれよ」

平四郎は無理に笑みを作った。

「もちろんでございますとも」柊は嬉しそうに言う。

「けれど、そんな顔をなさっていては、運が逃げ出してしまいますよ。空元気でもいいから、自信に満ちたお顔をなさいませ」

「うむ。そうだな。髪結いにでも行って、気分を変えてみるか」

「それではお供します」

柊と辰助は言って、平四郎と共に家を出た。

髪を整え、髭も当たってもらってすっきりした平四郎は、家の木戸から開け放たれた縁側に張りめぐらされた鳴子を見て、

「これじゃあ入ってくれと言っているようなものだな」

と呟いた。

「どういう意味でございます？」

柊が訊く。

「鳴子は家に侵入する賊を知らせるものだ。つまりは、防御にはなっていない」

「守りを固めるにも」辰助が言う。

「材料を買い集めるにも時がありません」

「うむ――。考えがある。暗くなって雨戸を閉めたら忙しくなるぞ」

平四郎は小走りに木戸をくぐった。

※　　※

時はゆっくりと流れ、昼過ぎに登城していた祥庵が下男に扮した護衛の横目らと帰って来た。

それから日が暮れるまでに、平四郎の家には侍姿や町人姿の男たち五、六人の出入りがあった。

夕暮れから急に冷え込み、夜半、雪が降り始めた。

日影門近くの町屋の角に身を隠した徒目付の西野《にしの》は、足踏みをし体を動かしながら寒さに耐え

ていた。

その背後から手が伸び、西野の口を塞いだ。

驚いて手を振り払おうとした西野の喉元を、短刀が横一文字に切り裂いた。鮮血が湯気を上げながら雪の上に散った。

倒れた西野の上を跳び越え、黒衣の男が闇の中を駆けた。

幾つかの人影が、街角から現れ、平四郎の家に向かって走る。

※　　※

人影は三十。生け垣へ走った。黒の覆面、小袖に裁付袴。黒革の脛巾《はばき》で脛《すね》を巻き上げている。

左右から別の人影が飛び出す。二十人。横目たちであった。一人が呼子を吹いた。

それに構わず、三十の人影は次々に生け垣を跳び越える。横目がそれを追い、打刀で斬りつける。

敵は振り向いて横目たちと刃を交える。

庭に潜んでいた六兵衛が打刀を閃《ひらめ》かせて、敵を二人切り伏せた。

「少し人数が多いな」

六兵衛は舌打ちして刃を振って血を払い、別の敵に斬りかかる。

敵の胸元に星明かりを反射するものがあった。

「クルスか……」

横目相手に刀を切り結ぶすべての敵の胸にクルスがぶら下がっていた。

「そいつらは切支丹じゃねぇぜ！」

胴間声が響いた。

新手の人影二十人ほどが、生け垣を乗り越えて庭へ入り込む。

「こっちが本物の、切支丹だ！」

叫んだのは、顔を黒い覆面で隠した男であったが、その体つきや声で丹波弥十郎と分かった。

「弥十郎！」

六兵衛が驚いて言う。

「誰だ、そいつは。知らねぇ名だ！」

弥十郎は斬りかかってくる敵を太刀で切り伏せた。

弥十郎の引き連れた二十人は薄汚い仕事着で、金山の男たちであることがまる分かりだった。

「徒目付の旦那。クルスをぶら下げてる奴らはみんな偽物だ！　切支丹に罪をなすりつけようって奴らだ！　こいつらが虎を逃がしたに違いねぇ！」

弥十郎らの乱入で、数の上で劣勢になった敵であったが、七人が戦いの輪を抜け出して庭に面した雨戸へ駆け寄った。雨戸を蹴る。

普通なら内側に倒れるはずの雨戸がびくともしない。

七人は慌てて連続して蹴る。仲間たちがそれを守り、弥十郎たちや横目の攻撃を遮る。

激しい衝撃に雨戸は溝から外れ、外側に倒れる。七人は飛び退いて身構えた。

雨戸が外れた縁側に、畳が積み上げられていた。鴨居までの隙間は三尺（約九〇センチ）ほどしかない。

一人が畳の上に飛び上がった。その瞬間、仰《の》け反《ぞ》って後ろ様に庭に落下した。

敵の胸には矢が突き立っていた。

座敷の中央に、祥庵が弓を構えて立っていた。その左右に平四郎と丞之進が槍を持って立っている。いずれも小袖を襷《たすき》で留めて、裁付袴に草鞋姿である。座敷の四方の柱の高い位置に蠟燭が灯っていた。鎹《かすがい》の片方の先を切り落とし蠟燭を刺したものが打ち込まれ、周囲を照らしているのだった。燭台では倒れた時に火事になるからである。

屋敷の外のあちこちから、激しい戦いの音が聞こえてきた。庭を攻めて注意が向いた隙に玄関や裏口、裏庭などから敵が侵入したのだ。当然、そちらにも徒目付や横目が配置されていた。

六人の敵が一斉に畳の上に飛び上がる。

祥庵が矢を放ち、平四郎と丞之進が槍を突き出す。三人の敵が倒れたが、三人が座敷に飛び込んできた。

平四郎、祥庵、丞之進は後ろに飛びすさって手にしていた武器を捨て、短い打刀を抜いた。

敵は刀を逆手に構え、三人に駆け寄る。

平四郎は敵の服装を一瞥し、そして言い放った。

「なるほど。蔦はお前たちの仲間か！」

平四郎の言葉に、覆面から覗いた目に微かな動揺が走ったように見えた。

敵と平四郎の間に、人影が割って入る。

敵の脚が止まった。

馬袴《うまばかま》に打裂羽織の漆戸が刀を青眼に構える。

「平四郎。お歴々の手先ではなかったようだな」

「こういう事態にならなければ信じてもらえませんか」

「若殿は四面楚歌《しめんそか》に御座す。なにもかも疑ってかからねばならぬ」

漆戸と松岡、美濃部とその配下たちは、明るい内に米内家を訪れていたのだった。敵の見張りがあることを考え、夕刻までには漆戸らの着物を着た美濃部の配下が屋敷を出ていた。松岡は母や使用人らの警護。美濃部は裏庭と玄関を配下らと守っていた。

「お前たち、何者だ？　素直に話せば命を助けてやる」

漆戸は摺《す》り足で敵に近づく。

敵はじりっと後ずさる。

「切支丹が」平四郎が言う。

「米内家を皆殺しにしたという筋書きは破綻したんだ。命は大切にしろ」

三人の敵は一斉に漆戸に斬りかかった。

漆戸の刃がすっと上に動き、右の敵の刀を弾き上げ、返す刀で中央の男の胴を薙《な》ぐ。刃を翻し、左の敵を袈裟懸《けさが》けに斬ると、飛び込んできた右の男の脳天に刃を叩き込んだ。

瞬《まばた》き三つの間に、三人の男が床に倒れた。

床板に流れた血が広がる。

「座敷を汚してしまったな」

漆戸は血刀を下げたまま言った。

「掃除を楽にするために畳を上げておいたんです。ならばついでに上げた畳を盾にしようと思いつきました」

平四郎が言った時、重ねた畳の上を五人の敵が這い込んで来た。

二人が外から足を引っ張られて引きずり落とされる。三人のうち二人を、平四郎と丞之進が槍で突き殺した。

這い出した一人は、床に着地した瞬間に跳躍し、祥庵に斬りかかった。

祥庵は身を低くし、抜き打ちで敵の胴を斬り裂いた。

※　※

裏庭に潜んでいた美濃部は、生け垣を跳び越えて侵入する人影の前に立ちふさがった。

人影は、後方へ素早く飛びさがると、短い打刀を逆手に握った。そして腰を低くして美濃部との間合いをはかる。

通常の剣術の構えではない。

「忍びか」

美濃部が言った瞬間、人影は飛び上がって襲いかかる。

その左右から分銅のついた紐が飛んだ。

二本の紐は人影の首と足に絡みつき、ぴんと引かれた。

人影は地面に引き落とされる。

次々に人影が裏庭に飛び込む。

美濃部の配下らが打ちかかる。

紐に捕らえられた人影に美濃部の配下二人が飛びつき、縛り上げようとした。

人影はもがき、懐から何かを取りだして口に含んだ。

「毒を飲んだぞ！」

配下の一人が言って、人影の口に指を入れる。

「やめておけ。指を嚙みきられるぞ」

美濃部は敵と切り結びながら言った。

配下はさっと手を引く。

人影は激しく痙攣《けいれん》して動かなくなった。

「捕らえても自死を選ぶ。捕らえずともよい」

美濃部の命令で、配下の動きがよくなった。迷わず急所を目がけて刃を突き出す。

二人、三人と敵は倒されて行った。

※　　　※

米内家の使用人が集められた広間には、小袖に裁付袴、襷掛けに鉢巻き姿の楨が薙刀を構えて立っていた。その横に、両手に棍棒を持った柊。鎹《かすがい》を改造した燭台が四つ、鴨居に刺されている。

激しい足音が響き、襖が蹴り開けられた。

黒衣の三人が飛び込んできた。胸に銀のクルスが揺れている。

柊が姿勢を低くして敵に飛び込む。

打刀の攻撃をかいくぐり、一人の脛に棍棒を叩き込む。

柊は素早く身を捻って、絶叫して前のめりに倒れる敵の後頭部に棍棒を打ち込んだ。

槙は、逆手に持った打刀を構えて迫る二人の敵を薙刀の切っ先で牽制する。

その敵の背後に回った柊は飛び上がって一人の頭に棍棒を振り下ろす。

もう一人は気づいて身を翻し、柊の攻撃をかわす。

槙と柊が、残った一人の敵を壁際に追いつめる。

「この一人はわたしにお任せなさい」

槙は鼻息荒く言う。

「はい」

柊は笑いを堪《こら》えて退いた。

槙は薙刀を袈裟懸けに振り下ろす。

敵はその刃を打刀で受け、弾き上げる。

空いた胴に敵の切っ先が突き出される。

使用人らが悲鳴を上げる。

槙が素早く間合いを取って攻撃を避け、薙刀を構え直す。その隙に、敵は座敷を逃げ出した。

「逃げるとは卑怯なり！」

槙は怒鳴ったが、深追いはしなかった。

使用人から拍手が起きる。

柊も苦笑しながら手を叩いた。

※　　※

屋敷の内外で聞こえていた戦いの音が消える。

「外はあらかた片づいたぞ！」弥十郎の声がした。

「切支丹は無関係だ。これで分かったな！」

「分かった！　城にはそのように報告する！」

平四郎は座敷から答えた。

「では、逃げる」

弥十郎の笑い声と幾つもの足音が遠ざかった。

※　　※

「ここでなにをなさっているのですか？」

工藤は刀の鯉口を切る。

「おまえこそ、なにをしている？」

向き合っているのは三上であった。鞘を握った左手で、三上も鯉口を切った。

平四郎の家から少し離れた街角である。商家の板塀脇に置かれた常夜灯がぼんやりと二人を照らしている。

この時、まだ平四郎の家の方から戦いの音が聞こえていた。

「米内の家の方から呼子が聞こえましたので」

「わたしもそうだ。しかし、どこにいた？　駆けつけるのが速すぎはしないか？」

「米内がなにか企んでいることには気づきましたが、今回のことは知らせてくれませんでしたので――」

「お前は疑われているわけだな」

「そのようですな。だから、邪魔にならぬよう遠くから見守ろうとうろついておりました。三上さまは？」

「市中見回りだ」

「虎籠が開けられた夜も、市中を見回って御座しましたな」

「調べたか」三上は笑みを浮かべる。

「わたしも調べたぞ。お主も市中を見回りしていたではないか。偽って虎籠を開けに行ったのではないか？」

「その言葉、そっくりお返しいたしますよ」

「さて困ったな。どちらが嘘を言っているのか」

「わたしは自分が嘘をついていないと知っております」

「わたしも嘘はついていない」

平四郎の家の方角が静かになった。

「片がついたようですな。平四郎の家で賊が生け捕りになれば、どちらが嘘つきかはっきりいたしましょう」

「いや。もう少し早くはっきりしそうだ」

こちらに駆けてくる足音が一つ。

黒装束の男が、常夜灯の明かりが届くぎりぎりで止まった。

工藤と三上はさっとそちらに体を向けて刀を構えた。

男は二人を交互に見て何か迷っている様子だった。

「どちらに斬りかかるか見物ですな」

工藤が言った。

黒装束は工藤に向かって走る。

二人の刃が打ち合う。

工藤は刀ごと黒装束を押した。

後方に跳んだ黒装束に、三上が駆け寄る。黒装束の体勢が整う前に胴に刃を打ち込んだ。

黒装束は倒れ込む。

「口を封じましたか？」

工藤が刀を構えたまま言った。

「どちらに斬りかかるか見物だという言葉、こちらに斬りかかれという符牒《ふちょう》ではなかったのか？」

三上は工藤に切っ先を向ける。

「斬り殺せるのに後ろに押して、逃げる隙を作ってやったのではないか？」

「ああ言えばこう言う。埒《らち》があきませんな」

「何者かに出世を約束されたか？」

三上が訊いた。

「ほぉ。そういうことですか。出世を約束されたのですか。自分は関係ないと言いたいが為に、本当のことをちらりと漏らしてしまいましたな」

工藤は笑った。

「ああ言えばこう言うは、お前のことだ」

「誰に出世を約束されました？　高知衆のどなたかからですか？　それとも重直さまからでございましょうか？」

「そう言うからには、それらの方々は関係ないか。誰だ、お前の雇い主は？」

「さて。それ以外の人々は思いつきませぬ。ああ、切支丹だと仰せられる？　切支丹の高知衆ならいざしらず、ただの切支丹には出世など約束できませぬ。逆にお訊きしましょう。あなたさまの雇い主は誰です？」

二人はじりじりと間合いを詰める。

平四郎の家の方から足音が聞こえた。大勢がこちらに向かって駆けて来る。

「これはこれは……」

六兵衛の声が言った。

「おお、六兵衛か。厄介なことになっている」

工藤は三上に目を向けたまま言った。

「わたしは工藤が虎籠を開けたと思っている。工藤はわたしが開けたという。埒があかない」

三上が言う。

「どちらも白とは考えませぬか？」六兵衛が言う。

「虎籠を開けた者は別にいるとすれば、お二人とも刀を収めてもいいのではありませんか？」

「兵八に疑われず、眠り薬を飲ませられる。出世や金で動かすことができるとなれば、我らくらいの立場の者であろう」

工藤が言う。

「そして、呼子が聞こえてすぐに平四郎の屋敷に駆けつけられる所にいた――。さぁ、どちらを捕らえる？」

三上が訊く。

「平四郎からお二人をみつけたら両方とも捕らえよと言われております」

「なに？」

三上は片眉を上げる。

「ほぉ」

工藤は苦笑いする。

「平四郎は桜庭さまからも若殿からも全権を託されておりますゆえ、申しわけありませんが、縄を掛けさせていただきます。まずは、お二人とも間合いをお開け下さいませ」

六兵衛に言われて、工藤と三上は後ずさりする。その周囲を横目たちが囲む。

工藤と三上は刀を鞘に収める。横目が駆け寄って刀を抜き取り、二人に縄をかけた。

「平四郎はどちらが敵であるのか分かっているのか？」

工藤が訊いた。

「さぁ。たぶん、迷っているのではないかと」

六兵衛が答える。

「では、これからどうしようというのだ？」

三上が訊く。

「考えがあるとだけしか聞いておりません。申しわけありませんが、牢屋敷に入っていただきます」

六兵衛は横目たちに合図をする。

横目らは工藤と三上の周囲を固めて馬場町の牢屋敷へ向かった。

※　　※

戦いで倒れた徒目付と横目は五人。遺骸はすぐに家へ運ばれた。怪我人は十人ほど。平四郎の家に運ばれ、祥庵と丞之進が治療を施した。

敵は二十二人が死んだ。その中の五人は、生きたまま捕らえられたが、隙を見て毒をあおり自死した。すべて初めて見る顔だった。八人は逃げ、追っ手も行方を摑めなかった。

美濃部が言うには、敵は忍びの心得のある者。美濃部の手の者でも、見知った者でもないという。

「なるほど――。おそらくわたしの景迹通りでございましょう」平四郎は、牢屋敷の土間に横たえられ筵をかけられた敵の遺骸を見下ろす。

「もしかすると――」

美濃部が平四郎に顔を向けた。

「お気づきならば、若殿にお話し申し上げても結構ですよ」

平四郎は悪戯っぽく笑う。

「うむ……」

美濃部は驚いたような困ったような顔になった。

平四郎は別々の牢に入れられている工藤と三上に向き直る。

「あとは寿庵からの返事が来るのを待つだけです。今しばらくの辛抱です」

平四郎の言葉に二人は黙って肯いた。

※　　※

後藤寿庵はその日の夜、平四郎の家を訪れた。平四郎の部屋には六兵衛と辰助、柊がいた。

「伝手を使って話を伝えた。先方はお前の話に乗った」

寿庵の顔は渋かった。

「それはよかった。で、いつだ？」

「明日の夜、亥の上刻（午後十時頃）。立花村《たちばなむら》だ」

「立花村？」

辰助と柊は顔を見合わせる。

「南部領の南端だな」六兵衛が言う。

「なぜそんな所に？」

「まだ分からぬか」平四郎は馬鹿にしたような笑みを浮かべる。

「ならば聞かせてやろう」

平四郎は得意げに自らの景迹を語った。

聞くにつれて、六兵衛や辰助、柊の顔が強張って行った。

「――確かに、筋は通るが」

六兵衛は目を泳がせながら顎を撫でる。

「こっちの話に乗ってきたことがその証さ」

平四郎が寿庵を見る。寿庵は黙ったまま肯いた。

「さて、明日の夜は命がけだぞ」平四郎は六兵衛の肩を叩く。

「なにしろ、わたしとお前と寿庵だけで行くんだからな」

「なに？」

六兵衛は目を見開いた。

「先方には、わたしと寿庵、付き添いの三人で行くと伝えてあるが、安心しろ。色々と手は回しておく」

「しかし……」

「わたしは今から手筈を整えに城へ行く。遅くなろうから、お前たちは先に寝ていろ」

平四郎は言って腰を上げる。

辰助と柊も立ち上がった。

「お供いたします」柊が言う。

「昨夜の残党がお命を狙うかもしれません」

「先方に、もはやわたしの命を狙う理由はない。弔い合戦で手を出したら、かえって親玉からお叱りを受ける」

「昨夜の賊以外にも、物騒な者たちがおります。ともかくお供を」

「それほどわたしは頼りないか」平四郎は苦笑する。

「ならば好きにするがいい」

「ありがとうございます」

柊と辰助は平四郎と共に座敷を出た。

三

翌日の朝、平四郎と六兵衛、寿庵は馬で立花村へ向かった。

立花村は北上川と和賀川の合流点の東岸にある。平四郎たちは奥州街道を南下し、黒沢尻で舟で川を渡った。

立花村の肝入の家で亥の上刻の少し前まで時を過ごし、三人は徒歩で街道を南へ下った。

この辺りは伊達領との藩境であるが、番所や藩境塚が築かれるのはまだ先であり、米や馬の密売をする者たちが使う裏道がたくさんあった。

また、対岸の奥州街道沿いの鬼柳には家々が建ち並んでいるが、こちら側は崖が道をふさぐ場所もあり、人通りも人家も少ない。伊達領から来る相手方にとって密かに待ち合わせるには恰好の場所である。

前方に篝火が見えた。

三人の足取りは速くなった。

村はずれの広場である。二つ灯された篝火に挟まれて、野袴に羽織をまとった侍が立っていた。年の頃は四十《しじゅう》になるかならぬか。整った顔の眉間に縦皺を寄せて、平四郎たちを迎えた。

平四郎と六兵衛、寿庵は広場の前で立ち止まった。この辺りが国境《くにざかい》であろうと思ったからである。

六兵衛が侍を見て、平四郎に「おい。話が違うぞ」と囁いた。

平四郎は「しっ」と六兵衛をたしなめる。

「三人で来るはずではなかったのか?」

侍が訊いた。

「三人で来ておりますが」

平四郎は答える。

「忍びの者がうようよしておるではないか」

「なぜそれをご存じで？　そちらの忍びが知らせましたか？　なぜこちらに忍び込ませたのです？」

　侍は答えない。

　平四郎は続ける。

「こちらの忍びは南部領におります。しかし、そちらの忍びは南部領にも忍び込み、狼藉《ろうぜき》を働いておりますな」

「そのようなことはない！」

「慌てて否定なさるのはいかにも怪しい。その狼藉があったから、こちらは用心したのです。おそらくそちらは、襲撃に失敗したから懐柔策に切り替えたのでございましょう？　だとすれば隙あらば殺してしまおうと考えるやもしれません」

「そのようなことはないと申したろう！」

「偉そうに仰せられるあなたさまはどなたでございます？」

「片倉小十郎だ」

「ああ、片倉重綱さまでございますか。寿庵を急襲なさり、まんまと逃げられたお方」

　平四郎の言葉に、片倉は左頰を歪めた。

「こちらのことはご存じでございましょうから名乗るまでもありませんね。片倉さま、約束を違えたのはそちらも同様でございます。わたしがお目にかかりたいのはあなたさまではございません。直接お目に掛かり、お声を頂戴したいと寿庵を通して申し上げたはず」

「お前が約束を違えるからだ。お前がこちらの陣営に入りたいと申すから迎えに来たのだ。殿がお出ましになるまでもない」

「罠とお考えになり、怖じ気づいたわけですな。そちらの殿様は怯《お》じ無《な》し（臆病者）でございますな。情けない」平四郎は吐き捨てるように言った。

「そちらの殿さまは計略が杜撰《ずさん》なのです。葛西大崎一揆も、和賀の一揆も、首謀者が誰であるかすぐにばれてお叱りを受けた」

葛西大崎一揆鎮圧の後、伊達政宗の家臣の数名が蒲生氏郷の陣を訪れ『一揆は葛西氏と大崎氏が政宗にそそのかされて起こしたものだ』と政宗が一揆衆と取り交わした密書を持参して訴え出た。その知らせは秀吉の元にも届き一揆への荷担を疑われる。しかし政宗はその密書は偽物であることを秀吉に納得させ、一揆討伐に復帰し、一揆の首謀者たちを皆殺しにした。

政宗が一揆に荷担していたという証言は得られなかったが、秀吉公は疑っていたようで一揆鎮圧の後、政宗は葛西氏、大崎氏の領地であった岩出山へ転封された。それに懲りずに裏で糸を引いた岩崎一揆の後には、家康公によって百万石のお墨付きを反故《ほご》にされた。

百万石のお墨付きとは、家康が政宗を自らの陣営に取り込むために関ヶ原の合戦の前に取り交わした書状である。合戦勝利の後に褒美として与えると約束した知行地《ちぎょうち》が記されていた。その時の政宗の領地とその知行地を合わせると百万石を超えるので俗に〈百万石のお墨付き〉と呼ばれている。

和賀の一揆――、岩崎一揆の謀叛の首謀者であった和賀忠親は、奥州仕置の後、伊達政宗の元に身を寄せていた。夜討ちは政宗が『天下の土台が固まらぬ今のうちが領地を取り返す好機である』とそそのかしたのだ。和賀忠親が奪おうとしたのは、伊達領との境界である和賀、稗貫付近一帯だ。政宗は忠親に和賀、稗貫を奪わせておいて、後から自らの領地にしようと考えていたのであろう。一揆は当然、家康公の知るところとなった。だが、逃げ延びた忠親や近習の蒲田治道《かまたはるみち》、筒井喜助《つついきすけ》、斎藤十蔵《さいとうじゅうぞう》らが自刃したために、政宗が黒幕であることを証言する者がいなくなった。忠親らは、口封じのために政宗に殺されたという噂があった。

「同じ手を二度も使い、ばれて慌ててもみ消しをする。なにやら、いたずら好きの悪ガキのようでございますね」平四郎は頭を振る。

「今回の謀《はかりごと》も、徒目付風情に見破られてしまいました。ああ、恥ずかしくて顔も出せないのでございましょうか」

「愚弄するな！」

闇の中から怒声が響いた。

何人かの慌てた声が続く。

篝火の中に、引き留めようとする供の者たちを振り払いながら、鎧武者《よろいむしゃ》が現れた。黒々とした当世具足《とうせいぐそく》。筋兜には大きな三日月方の前立が光っている。眉庇《まびさし》の下の顔は六十歳ほどに見える老人である。右目に眼帯をかけていた。

「退《の》いておれ、小十郎」

と老人は言った。

「しかし……」

と言いながら、片倉小十郎は後ろに退《ひ》いた。

平四郎と六兵衛は片膝を折り、頭を下げた。

「伊達政宗《だてまさむね》公とお見受けいたします。わたくし、米内平四郎と申します」

「中原六兵衛でございます」

寿庵も膝を折ったが名乗らなかった。

「後藤寿庵にしても、柏山明助さまにしても、有能な人物を手に入れるためには御自らお出ましになって説得なさる——。やはり来ていただけましたな」

「自分を有能な人物と言うか」

政宗は吐き捨てるように言った。

「伊達さまがそれを証明してくださいました。米内平四郎、嬉しゅうございます」

平四郎は深々と頭を下げる。

「まんまとお前の手に乗ってしまった」政宗は苛々と言った。

「わしを怒らせて引っ張り出そうとしたのであろう」

「ご明察でございます」

「それで、わしの配下になるのか、ならぬのか？」

「お返事の前に、わたしの景迹が当たっているかどうか色々と確かめておきとうございます」

平四郎が言うと、正面に出ていた侍が慌てたように言った。

「大殿。奴の手に乗ってはなりませぬ！」

「こっちの手に乗らなければ、あることないこと讒言を書いた書状をご公儀に送りますぞ。伊達さまには今までの悪戯がございますれば、『やりそうなことだ』として必ずお調べが入ります。

一方、わたしの問いに答えていただければ、穏やかに事を収めることもできまする。酷い目に合《お》うたこちらが下手《したて》にでているのですから、話に乗った方がお得でございますぞ」

「いかにも」と言って政宗は配下を睨み、平四郎に向かって肯いた。

「手短にせよ」

「真実のみをお聞きしとうございます」

平四郎は念を押す。

「無論だ」

政宗は答えた。

「ではまず、切支丹についてでございます。切支丹が大勢南部領に流れてきたのは、伊達さまの策略でございますね？」

「考えすぎだ。厳しく取り締まれば、取締りの緩い方へ流れるのは道理。ただ、使えると思ったのは確かだ。いずれ南部家はご公儀よりお叱りを受ける」

「後藤寿庵どのも南部領に逃げるよう仕向けたのはいかがでございます？」

「わたしを使って」寿庵が言った。

「柏山明助さまを調略させようと思ったのでございましょう？　ところがわたしが完全に背中を向けてしまったので、蔦を送り込んだ」

「そうだ。柏山の次は南部政直。南部家の者たちが少しずつ切支丹になって行けば、ご公儀のお叱りはさらに大きくなろう」

「そして、評判の悪い重直さまも利用しようとお考えになった」平四郎は続ける。

「自分が南部家の跡を継ぐために兄を殺すという筋書きを思いつかれた」

「その通りだ。蔦を使って実行しようとしたが、柏山がわたしと蔦が繫がっているらしいということを嗅ぎつけた。継ぎの者と書状のやり取りをしていることに気づいたのだ」

「それで伊達さまは、黒脛巾組《くろはばきぐみ》の者を使って政直さま、柏山さまを暗殺させた」

黒脛巾組とは伊達家が使う忍びの者の集団である。黒い脛巾をつけていることでその名がついたといわれる。

「蔦は黒脛巾組でございましょう？　だから、誰にも疑われず政直さまと柏山さまに毒を盛ることが出来たし、朴木金山へ行く途中、食い詰め者らに襲われたとき、何人かを切り捨てることも出来た」

「そうだ。蔦にやらせた。そのために寿庵に近づけた。政直と柏山の二人が不審な死に方をした後、疑われぬうちは二、三年動くなと命じてあった。だが、自分たちが切支丹であるという疑いを持つ者たちが多く、焦りを感じた蔦は、梅乃を人質に花巻城を脱出すると知らせて来た。そして、切支丹狩りが始まるという口実を梅乃に告げて、二人で花巻城を抜け出した。朴木金山に着く前に捕らえられたのは誤算だった」

「その誤算までも、伊達さまは利用しようとした。寺社奉行所与力、山田弥四郎を使って『切支丹らへの見せしめにするために、虎の餌にする』という方法を寺社奉行に吹き込んだ。そして、その通りになった。山田か、あるいは別の内通者は虎籠番に眠り薬を飲ませて虎籠を開け、その後、虎籠番が自分の失態を償うため腹を斬ったように装ったのでございますね」

「その通りだ。しかし、使える誤算と使えぬ誤算がある。一頭がお前の知恵で捕らえられたのはまずい誤算だった。何人か何十人か食い殺されるはずだった。もう一頭が重直に撃ち殺されたのはよい誤算だった。兄を謀殺した上に、神君から拝領した虎を殺したという筋書きが書ける。そうなれば重直はもとより、父の利直までも、ただではすまぬ」

「伊達さまの狙い通り、城内は混乱しております。けれど、そのせいでわたしは『得をするのは誰だろう』と考えたのです。切支丹が虎籠を開けたとなれば、取締りが厳しくなるのは必定。また、重直さまが南部家の跡継ぎになりたいがために政直さまを亡き者にし、虎狩りをしたいがために虎籠を開けたとなれば、お家がお取り潰しになるかもしれない。南部領内の者は誰も得をしないのです」

「やりすぎたか……」

政宗は唸るように言った。

「その通りでございます。南部家がお取り潰しになるようにと、仕掛けを重ねすぎました。まぁ、寿庵が梅乃さまと蔦の遺骸を盗み出したことが、大きなつまずきでございましたね。それさえなければ重直さまだけが疑われたことでございましょう」

「寿庵に足を引っかけられたか」

政宗は憎々しげに寿庵を見る。

「わたしに兵を差し向け、さらに利用して南部家を転覆させようとなさったお方が、どの口で仰せられる」

寿庵は小さく首を振った。

「そして、南部家の内通者の事でございます」

平四郎は手を上げて後ろの闇に合図をした。

辰助と柊が、縛られた工藤と三上を連れて現れた。

「二人まで絞り込みましたが、お二人とも痛めつけても口を割るお方ではございません。さりとて、二人とも罰することもできません。どうしたものかと困っておりました」

「それで？」

政宗は素っ気なく言う。視線の動きでどちらが内通者か見定めようとしたが、政宗の視線は平四郎を向いたままである。

政宗が直接命令していたのではなく、継ぎの者が密命を伝えていたのだろうから、内通者の顔を知らないのかもしれない――。

「それで、南部家は事を荒立てたくないと思っております。しかし、他家のために虎籠を開けるような人物を置いておくわけにはいきません。おそらく、伊達家でのそれなりの地位を約束されたのでしょうから、同じ条件で引き取ってもらうわけには参りませんか？」

「なんだそれは？」

政宗は怪訝な顔をする。

「この二人、わたしの上役なのです。どちらが内通者であるにしろ、首を刎ねられるのは見たくございません」

「そうか。甘いな」政宗は唇を歪める。

「裏切り者は厳しく処分せねば、続く者が出るぞ」

「まぁ、わたしは為政者ではございませんので」

「分かった。同じ条件で引き取ろう」

政宗は手招きをした。

辰助と柊が工藤と三上のいましめを切った。

腕をさすりながら、政宗の方へ歩き出したのは三上であった。

「三上さま！」驚きの顔で六兵衛が叫ぶ。

「何か一言なりと言い訳をなさいませ！」

三上は立ち止まって六兵衛を振り返り、

「主を選んだのだ。重直さまでは、この国は滅びる」

と、吐き捨てるように言った。

六兵衛は歯を食いしばって唸る。

「ほれ、お前もそう思っていよう」

三上は歩き出した。

工藤は平四郎の元へ歩み寄る。

「本当にわたしも疑っていたのか？」

「三上さまだとは思っていましたが、確かな証がありませんでしたので」

平四郎が頭を掻いた時、馬の蹄《ひずめ》の音が聞こえた。

こちらに駆けてくる。

篝火の明かりの中に、黒馬に跨った若武者が現れた。鮮やかな錦の唐衣《からころも》を後方になびかせている。金糸、銀糸が篝火に煌《きら》めいた。

手綱から手を離し、鉄砲を構えている。

南部重直であった。

「撃つな！　撃つなよ！」

政宗が叫んだ。重直に言ったのではない。政宗の後方の闇の中に、幾つも浮かんだ火縄の紅い火に叫んだのである。

重直は雄叫《おたけ》びのように声を張り上げた。

「勝負！　しょうーぶ！」

蹄の音と政宗の叫びに、三上が振り向いた。

驚きに目を見開いた瞬間、銃声が轟いた。

三上の体が後ろ様に大地に倒れた。

胸に血の染みが広がる。

「なんということを……」平四郎は声を震わせ、動かなくなった三上を見つめた。

「なんということをなさったのです、若殿！」

「鉄砲で撃つのは雄々しい獣だけと決めていたのだが、狡《こす》っ辛《から》い小悪党を撃ってしまった」

重直は馬を止め、苦い顔をして鉄砲を肩に担ぐ。

「陰からご覧になるだけとお伝えしたはずでございます！」

「余を招いた時、こういう事態を予想しなかったか？　ならば、お前の落ち度だ。三上は己の欲のために虎を放し、虎籠番に罪をなすりつけて殺し、余に牡丹丸を撃ち殺させた。憎《にっく》き罪人であるから、一寸刻み五分試しで苦しめて殺してやりたかったが、余にも欲がありそれに負けることもある。だからひと思いに殺してやった」

重直の言葉で、平四郎は思い出した。

「鉄砲方の太田さまとの問答でございますな。若殿は、マタギが獣を苦しませずに殺すのは、肉が臭くなるからだけではないと仰ったと聞きました」

「ああ、そんなこともあったかもしれん」

「獣は生き物でございます。マタギはその命を奪って暮らしております。自分も生き物。相手も生き物。同じ生き物なのだから、せめて苦しまぬように往生させる。マタギはそう考えて、獣を仕留めるのでございましょう」

「その通りだ」

「三上さまをなぶり殺しにしたかったがひと思いに撃ち殺したのは同じ思いでございますね」

「そうかもしれんな」

「しかし、そのお考えはいかがなものでしょう。評定もせずに、若殿ご自身で罪を決め、罰を与えるというのは――」

「ならば、お前が評定も経ずに、三上を伊達に引き渡そうとしたことはどうなのだ？」

平四郎は答えに詰まった。

重直はにやりと笑って「おあいこだ」と言い、そして政宗に顔を向けた。

「お初にお目にかかります。南部重直でござる」

「知っておる。だから鉄砲をとめた」

「伊達さまが南部の世継ぎを殺したとあっては、大騒ぎですからな。それにしても、伊達さまのこと、どうせ傾《かぶ》いた格好で現れると思い、合わせたつもりでございましたが――。そのような古色蒼然とした姿で登場とは意外でございました」

重直はからかうように言った。

「優れた軍師を迎えるのだから戦装束にしたのだ」

政宗は怒りを抑えたような声で返した。怒りの目を平四郎に向けた。

重直は顔を巡らせて右手の北上川を見た。下流から二十、三十の篝火が遡ってくるのが見えた。

「戦舟《いくさぶね》まで用意して御座したか」

重直はにやりと笑い、担いでいた鉄砲を天に向けて突き上げ、左右に大きく振った。

北上川と和賀川の合流付近に艪《ろ》の軋《きし》みが響き、数十の川舟が一斉に、対岸に向かって漕ぎ出した。それぞれの舟は太い鎖で繋がれていた。北上川を封鎖した舟に人影が立ち上がる。それぞれの舟に二つずつ、火縄の火が灯った。

「戦舟を退《ひ》いてもらいましょうか」重直が言った。

「わたしが飛び出して来た時に鉄砲を撃たせなかった時点で、伊達どのの負けでござる」

政宗は重直を睨む。

重直は微笑を浮かべたまま、その視線を受けとめる。

二人はしばらくの間黙っていたが――。

政宗は歯がみをして「舟を退かせよ」と命じた。後方の闇で法螺貝《ほらがい》の音が一度響く。

政宗の戦舟が、川の流れに乗って下流に退いて行った。同時に、北上川を封じた舟の上の、火縄の火が見えなくなった。

「それで、貴公は此度《こたび》の件、どう落着させるつもりだ?」

政宗が訊く。

「虎の次に独眼竜と名乗る男を撃つのも面白うございましょうが、あいにく鉄砲を一挺しか用意致しませんでした——。なので、どう落着するかは、伊達さまの出方《でかた》しだいでございますな。もし、今夜お出ましがなければ、ご公儀へ申し出るつもりでございました。まぁ、父が承知するかどうかという問題はありますが——。お出ましいただいたので、おそらく父もその判断に賛成するものと」

「出方しだいとは？」

「伊達さまは南部家を潰し、領地を我が物となさろうとしていたのでございますな？」

「陸奥国統一のためだ」

「はぁ。かつての伊達どのの悲願でございましたな。しかし、南部領で数々の失態が起きれば、まず伊達さまの悪戯が疑われますぞ。ここに至るまでに、伊達さまは悪戯が過ぎました。下手をすれば、伊達領も南部領も誰か別の大名のものとなりましょう」

「そうならぬよう、これから先の手も考えておった——。陸奥国統一は、かつては天下統一のための足掛かりと思うていたが、今は天下を取ったつもりでいる徳川に北から睨みを効かせるためだ。陸奥国の次は出羽国までを取り込み——」

「徳川さまと伊達さまの力が拮抗《きっこう》した世を作ろうと？」

「一つの勢力が牛耳れば、政は停滞する。停滞すれば、衰退が待っているだけだ。政にはうかうかしていれば寝首を掻かれるという緊張感が必要なのだ」

「もうそういう世ではないのです」重直は顎で政宗の戦装束を差した。

「鎧兜も、太刀も、もはや飾りでございます。権謀術数で他国の主を陥れるのも、一揆を誘発させるのも、世の趨勢が決まってしまった今、使えば己が滅ぶ毒薬でございます。伊達さまが見て御座すのは幻でございます。おそらく、諸大名は悔しさを感じながらもほっとしていることでございましょう。もう国盗りのために命を削らずともよいと。関ヶ原を戦った諸侯も代替わりが進み、いずれ徳川さまに頭を押さえられていることをなんとも思わない世になりましょう」

「貴公はそれでいいのか！」政宗は唾を飛ばして怒鳴った。

「これから世は腐って行くのだぞ！　戦も知らぬ者らが弛んだ政を行って行くのだ」

「いたしかたなし」重直は自嘲するように笑う。

「己の力でどうしようもなければ、それを受け入れるしかございますまい。それを前提にどう生きるかでございましょう。為政者という立場では、やりすぎれば民を苦しめまする。南部家を継いだあかつきには、わたしはそのぎりぎりで傾《かぶ》いてやろうと思うております」

「ご託はもういい。それで、どう落着するのだ？」

「何もなかったことに」

「何もなかった――」

「伊達さまとわたしが意地を張れば、共倒れになりましょう。そうなれば徳川さまを喜ばせるだけでございます。伊達さまがこれ以上、南部領に悪戯を仕掛けないとお約束なさるならば、何もなかったことにいたしましょうと申しておるのです。伊達さまは人を使って虎籠を開けさせなかった。こちらは虎を撃ち殺さなかった。三上はお役目の途中、野盗に殺された――」

「切支丹は」寿庵が割り込む。

「切支丹についてはどうなります？」

「取締りには手心を加えてやりたいが、徳川さまの出方しだいだな。切支丹と民を秤にかければ、どうしても民の方に傾く」

重直は気の毒そうに言った。

「己の力でどうしようもなければ、それを受け入れ、それを前提にどう生きるか、でございますか」

寿庵は溜息をついた。

「まぁ、そういうことだ」寿庵に言って、重直は政宗に顔を戻した。

「さて伊達さま。お返事はいかが？」

「分かった」

政宗は短く言って肯いた。

「伊達さまの弱味、次の南部領主がしっかりと摑みましたぞ。まぁ末永く仲良くやってまいりましょう」

重直は馬の首を回し、北へ向かって走り去った。

「今宵のことは他言無用じゃ」

政宗は平四郎たちを一瞥し、踵を返した。片倉はその後を追った。

政宗の背後の闇の中に見えていた火縄の火が消える。

川の方から鎖が触れ合う音と、艪の音が聞こえた。川を封じていた舟が撤退する音であった。

おそらく、後方から自分たちを守っていた美濃部の配下たちも引き上げたことだろうと平四郎は思った。

広場に二つの篝火だけが残っていた。

平四郎と六兵衛、工藤、寿庵、そして、辰助と柊は、誰からともなく溜息をついた。

「伊達政宗公に会ったということは、誰にも話しちゃいけないんですよね」

柊が残念そうに唇を尖《とが》らせる。

「言ったって、誰も信じちゃくれねぇよ」

辰助が力無く笑う。

「重直さまがご領主におなりになれば、振り回されそうだな」

六兵衛が言った。

「振り回されるのはずっと上の方々であろうよ」工藤が答えた。

「我《わ》が儘《まま》三昧のお方と聞いていたが、なかなかいいことを仰せられるではないか。己の力でどうしようもなければ、それを受け入れ、それを前提にどう生きるかなど、のうのうと生きてきた方には思いつかぬ言葉だ――。もしかすると重直さまは今まで、我らには計り知れぬような苦労をなされていたのかもしれぬな」

「それは――」平四郎はしみじみと言う。

「人ばかりではなく、虎も猪も、生きとし生けるものすべてに当てはまるのかもしれません。そう考えれば、余計なことに悩まされずにすみますな」

「切支丹はそう呑気なことを言っておれぬ」寿庵はしかめっ面をする。

「徳川は切支丹撲滅に躍起になるであろうから、南部領もますます住みづらくなるだろう。やがて金山も取締りの対象になろうから、弥十郎と善後策を考えねばならん」

「同じだ」

平四郎が言った。

「なにが？」

「それを前提にどう生きるかだ」

平四郎の言葉に寿庵は一瞬黙り込んだが、

「忙しくなるからおれは戻る」

と言って駆け出した。

寿庵の姿が篝火の明かりがとどかない所へ消えると、

「あれはどうしましょうね」

柊が篝火を指差した。

「火籠が熱いからほっぽって行ったんだろう。構うな」

辰助が言った。

「このままほったらかしにしていると枯れ木に火の粉が飛んで火事になるやもしれないな」

平四郎は言って道の端の積雪を一塊抱えた。小走りに篝火に走ってそれを火の中に放り込む。

雪は溶けて火に降り注ぎ音を立てた。

柊も平四郎を真似て、もう一つの篝火に雪の塊を放り込んだ。

「頑張ったのに、何もなかったことにされるのは癪《しゃく》に触りますね」

六兵衛と工藤、辰助の元に戻りながら柊が言った。

「南部家が潰されずにすんだことでよしとしよう」平四郎は肩を竦《すく》める。

「明日も飯を食えるのは幸せなことだ」

「平四郎」六兵衛が言った。

「お前、本当は重直さまに三上さまを成敗させるつもりだったのではないのか？」

「重直さまは自ら餌をお獲りになるほど虎を可愛がって御座したからな。自分に牡丹丸を撃たせた張本人をどれほど憎んで御座すかは分かったはずだ」

と工藤。

「あっしまった――」平四郎は額を叩く。

「薬で眠らされた金介の助命をお願いするのを忘れていました。それから兵八の家族の事も」

「城に戻ったら桜庭さまに申し上げておく」工藤は笑う。

「お前からのたっての願いとお聞きになれば、若殿も認めてくれよう」

「そうであればいいのですが」

平四郎は微笑んで「では、帰りましょうか」と北へ歩き出した。

※　※

数日後、虎籠番の金介はお咎めなしとなり、兵八の家では、息子が虎籠の小者として雇われることとなった。

伊達政宗はこの夜から十三年後に死去する。その間、南部領に手を出すことはなかった。

南部重直は、七年後に領主になる。

切支丹に対する強い取締りはしないという約束はしばらくの間守られる。幕府の圧力で本格的な取締りが行われるまで、盛岡には切支丹の教会まであった。

しかし、寛永十二年（一六三五）に南部領で切支丹の大弾圧があった。百七十人を越える切支丹を捕らえるが、領内の切支丹があまりにも多いために南部藩主が幕府に呼ばれ詰問されるのは寛永十三年（一六三六）のことであった。

重直は、参勤交代に遅参したり、譜代大名に取り立てられようとしたり、参勤中に吉原の遊廓通いをするなど、なかなかに傾いた人生であった。一方、医学や文学を奨励し、文化人や医師などを招き、藩校の始まりとなる文武の道場〈御稽古所〉を開いて藩士の教育にあたるなど、文化、学問の向上に尽力した。

この夜以降、後藤寿庵の行方は平四郎にも摑めなかった。

米内平四郎にとって、生涯で一番の大仕事は虎騒動の落着であったが、南部家にとって〝なかったこと〟であったから、その名が記録に残ることはなかった。

乱菊丸は寛永二十年（一六四三）まで生きた。虎騒動から十八年後である。

了

執筆にあたり、主に次の書籍を参考にしました。

【図説 盛岡四百年 上巻 江戸時代編 城下町―武士と庶民】吉田義昭 及川和哉 編著 郷土文化研究会
【郷土資料写真集 第7集 増補改訂 図説 盛岡今と昔】吉田義昭 編 盛岡市民会館
【盛岡藩御狩り日記 江戸時代の野生動物誌】遠藤公男 著 講談社
【奥羽切支丹史】菅野義之助 著 岩手県学校生活協同組合出版部

そのほかもりおか歴史文化館より寛永年間の盛岡の絵図のコピーを提供していただき、相談にものっていただきました。

北上市立埋蔵文化財センターの君島武史さんには藩境についてのアドバイスをいただきました。

本書は史実を元にしたフィクションですので、事実の誇張やあえての曲解があります。

また、三代盛岡藩主重直以前の資料が少なく、大目付や寺社奉行など、架空の名前を使っています。


本書は書き下ろしです。

［著者略歴］
平谷美樹（ひらや・よしき）
1960年岩手県生まれ。大阪芸術大学卒。2000年『エンデュミオンエンデュミオン』でデビュー。同年『エリ・エリ』で第1回小松左京賞を受賞。14年「風の王国」シリーズで第3回歴史時代作家クラブ賞シリーズ賞を受賞。近著に「草紙屋薬楽堂ふしぎ始末」「よこやり清左衛門仕置帳」「貸し物屋お庸謎解き帖」シリーズ、『柳は萌ゆる』『でんでら国』『鍬ヶ崎心中』『義経暗殺』『大一揆』『国萌ゆる　小説原敬』など多数。

虎《とら》と十字架《じゅうじか》　南部藩虎騒動《なんぶはんとらそうどう》

2023年8月1日　初版第1刷発行

著　者／平谷美樹
発行者／岩野裕一
発行所／株式会社実業之日本社
〒107-0062
東京都港区南青山6-6-22　emergence 2
電話（編集）03-6809-0473　（販売）03-6809-0495
https://www.j-n.co.jp/
小社のプライバシー・ポリシーは上記ホームページをご覧ください。

ＤＴＰ／ラッシュ
印刷所／大日本印刷株式会社
製本所／大日本印刷株式会社

ISBN978-4-408-53839-6（第二文芸）

平谷美樹の好評既刊

柳は萌ゆる

知られざるもう一つの戊辰戦争！

幕末、盛岡藩の若き藩士・楢山茂太（後の佐渡）は「百姓による世直し」を夢見、家老となってからも、新しい世の政の実現を志すが…。真の維新とは何か。若き藩家老の決断は!?　高橋克彦氏（作家）絶賛の歴史巨編！

四六判・文庫判

国萌ゆる　小説原敬

憲政史上初の「平民宰相」の生涯。

盛岡藩士の子として生まれ、日本初の本格的政党内閣で総理大臣となった政治家・原敬。日本の民主主義の基礎を築いた稀代の政治家の激動の生涯、そして家庭での知られざる等身大の姿も描ききった、渾身の大河小説。

四六判